RAP

레이드
: 신의 탄생 5

초판 1쇄 인쇄일 2016년 2월 22일 | **초판 1쇄 발행일** 2016년 2월 25일

지은이 박민규 | **펴낸이** 곽중열 | **담당편집 팀장** 이범수
편집부 신연제 이윤아 김은경 홍현주

펴낸곳 (주)조은세상 | 출판등록 제 2002-23호
주소 경기도 연천군 미산면 청정로1355
TEL 편집부 02)587-2966 | FAX 02)587-2922
e-mail bukdu@comics21c.co.kr

ⓒ박민규 2015
ISBN 979-11-5832-467-4 | ISBN 979-11-5832-353-0(set) | 값 8,000원

EO MODERN FANTASY STORY

RAID
레이드

신의 탄생

박민규 현대판타지 장편소설

⑤

(도은세상)

레
인
드

신의
탄생

1. 무형구슬

NEO MODERN FANTASY STORY

RAID

신의 탄생

1. 무형구슬

레이드

NEO MODERN FANTASY STORY

푸쉬이익!

푸쉬이이익!

푸쉬이이익!

쉴 새 없이 사방에서 검은 피가 흩뿌려지고 있었다. 루이의 눈은 경악에 물들어 있었다. 그는 민혁의 움직임을 눈으로도 쫓지 못할 정도였다.

그저 바람이 불면 괴수와 마물들이 피를 뿌리면서 바닥에 쓰러져 내리고 있었고, 그의 주먹이나, 발에 가격당한 놈들은 가격당한 부위가 터져나가며 쓰러지고 있었다.

주위를 감싸던 마물들과 괴수들이 모두 죽었다. 그들의 피로 주위가 흠뻑 물들어 있었다.

민혁의 발 밑에 붉은 구슬이 생겨나며 그의 발을 받쳤다.

그와 함께 그가 허공으로 높게 치솟아 오르기 시작했다.

촤아아앗!

하늘 높은 곳에서 양단되는 괴수들의 피가 바닥에 흩뿌려지고 있었다.

유니족들이 그 모습을 보면서 하나 둘 집 밖으로 나오기 시작했다.

그들은 죽어있는 마물들과 괴수, 마족들을 보면서 믿을 수 없다는 듯한 표정이었다. 시선을 하늘 위로 두었을 때에는 번쩍 번쩍 빛이 깜빡이는 듯한 착각을 받을 뿐이었다.

[투신…?]

누군가 자신도 모르게 중얼거렸다. 그 말에 한 여인의 눈이 커졌다.

[투신이 돌아왔어?]

[그, 그러지 않고서야 저런 움직임을 보일 자가 있을 리가 없지.]

[그, 그가 돌아온 건가?]

그들의 목소리가 커지고 있었다. 루이는 자신의 바로 앞으로 떨어져 내리는 괴수의 부산물을 바라보았다.

자신의 아버지는 이보다 더 강하다고 사내는 말했다.

그는 쓰게 웃으며 허공을 높이 올려다봤다.

[그렇지, 누구보다 강했던 사람이지.]

원망스러운 사람이긴 하지만 그것 하나만큼은 인정할 수

있었다.

[루이, 혹시 투신이 돌아온 거냐?]

한 중년 남성이 다가와 그에게 물었다.

[아버지가 보낸 제자라고 하더군요. 마족들과 아칸까지 모두 몰아낼 거라고 했습니다.]

그들의 얼굴로 경악이 떠올랐다. 아칸과 마족들을 모두 몰아내겠다?

그렇지만 그 숫자가 너무 많지 않은가. 당장 수백의 놈들이 죽어 나간다지만 아칸의 능력은 마물과 괴수를 부린다는 것이었다.

더 문제 되는 것은 그 숫자에 제한이 없다는 것.

허공으로 떠오르는 검은 피부를 가진 사내가 있었다. 군주들의 특징은 마족들과는 다르게 뿔이 없다는 것.

대신 이마의 붉은 점들이 서열을 나타내는 듯 했다. 아칸의 이마에는 일곱 개의 붉은 점들이 있었다.

[쿠라아아악!]

아칸이 힘껏 포효하였다. 사자후처럼 거대한 소리에 절로 유니족들은 자신들의 귀를 막으면서 바닥에 주저 앉았다.

그와 함께 쿠쿠쿠쿠! 하는 땅의 울림 소리가 들렸다.

계속해서 마물과 괴수들을 불러내고 있는 것이다.

'여덟 번째 군주는 마인들을 만들어냈다. 아나시스는 문을 열었고 지금 아칸이라는 자는 괴수와 마물 모두를 통제할 수 있다.'

민혁의 미간이 찌푸려졌다.

각기 가진 능력이 다르다.

그렇다면 발록은?

그때에 그는 발록의 진짜 능력을 보지는 못했으니까.

"흐음."

민혁은 눈앞에서 새까맣게 몰려오는 허공을 나는 괴수와 마물들을 보았다. 크기는 다양했고 괴수들의 종류도 다양했다.

그뿐만이 아니었다, 지상도 다를 바는 없었다. 그렇지만 그는 씨익 웃었다.

"좋은 먹잇감이다."

자신의 차크라를 올려줄 사냥감들 아니던가.

허나, 그의 생각과는 다르게 유니족들은 고개를 들었다.

[투신의 제자라지만 이건 불가능해!]

[저 정도 숫자를 혼자서 상대하겠다고?]

[…….]

루이도 그저 허공 높이 선 민혁을 올려다봤다. 숫자가 너무 많았다. 유니족들은 몰려오는 괴수와 마물들 때문에 서둘러서 몸을 숨기기 시작했다.

단, 루이만이 그 자리를 지키고 있었다.

누구든 싸울수록 지치기 마련이다. 모든 생명체가 그렇다.

물론 인피니티 건틀릿, 정확하게는 무형갑이 가진 힘을 모르는 그였기에 가지는 생각이다.

"쇼타임이 시작되었다."

그의 걱정과는 다르게 민혁은 즐겁다는 듯 웃고 있었다.

❖　❖　❖

푸와아아악!

촤아아아악!

민혁은 루이의 근처로 괴수나 마물들이 접근조차 할 수 없게 괴수들을 모두 쳐내고 있었다. 죽일수록 강해진다.

그것이 강민혁이 가진 고유의 힘이었다. 죽일 때마다 민혁은 지치지 않고 더욱 빨라지고 있었다.

적절하게 흡수된 차크라를 이용한 능력도 사용하고 있었다.

백이 오면 백이 죽고, 천이 오면 천이 죽었다.

'뜻밖의 수확인데.'

현재까지 죽인 놈들만 해도 천 이백은 될 정도였다. 아칸의 얼굴로 당혹감이 생겨났다. 그는 자신이 강민혁을 이길 수 없음을 직감한 듯 싶었고, 피해야 한다고 여긴 순간 민혁은 그의 눈앞에 있었다.

"조금 당겨진 것 뿐이야."

아칸의 미간이 찌푸려졌다.

"다른 놈들도 곧 죽을 거니까."

생긋 웃은 민혁의 무형검이 아칸의 몸을 갈라냈다. 그의 몸이 스르르 양단 되었다. 순간적으로 검은 마기가 주위로 폭사 되었다.

연기처럼 주위로 가득 뻗어 나가던 마기들은 인피니티 건틀릿으로 빠르게 스며들어왔다.

코슬렌 차원을 지배하던 아칸과 마족, 마물들까지 모두 싸그리 휩쓰는데 걸린 시간은 두 시간 남짓 밖에 되지 않았다.

"이게 너희 아버지가 남겨주신 힘이다."

민혁은 쓰게 웃었다. 루이는 얼떨떨한 표정으로 그를 보고 있었다.

"돌아가자."

민혁은 몸을 돌려 다시 그의 어머니가 있는 곳으로 걸음했다. 다시 한 번 머릿속으로 '고맙습니다.'라는 투신의 목소리가 퍼졌다.

❖　❖　❖

[와아아아아!]

[마족들이 물러났다.]

[자유다!]

바깥이 소란스럽다. 완전히 축제 분위기였다. 거기에 지금 시각은 밤중이었다. 유니족들은 술을 마시거나 노래를 부르면서 환호하고 있었다.

우르르르 계속해서 유니족들이 이 집에 몰려오기도 하고 있었다. 민혁을 보기 위해서였다. 그럴 때마다 그는 투신에 대해서 좋게 운운하면서 최대한 그의 이미지와 가족들이 앞으로 비난받지 않을 수 있게 발언했다.

때문인지 그들은 예전과는 다르게 루이와 산더의 아내에게 감사의 뜻을 전하기 시작했다.

역시 투신은 대단하다면서.

산더의 아내는 여전히 실감이 나지 않는다는 표정으로 민혁을 보고 있었다.

루이도 마찬가지였다.

집 안. 그들은 그저 소파에 앉아 있었다.

오늘 저녁이 지날 때까지 산더는 민혁에게 이곳에 남아 있어 달라고 부탁했다.

저녁이 지나고, 해가 뜨면 민혁을 원래의 세상으로 돌려주겠다고.

"해가 뜨면 전 돌아가겠습니다."

[어디로…?]

그녀는 고개를 갸웃했다. 지금 민혁의 모습은 유이족의 모습이었기 때문이다.

"제가 원래 있어야 할 세상으로요."

민혁은 그렇게 말하면서 품속에서 도플갱어 액기스를 꺼냈다. 그는 단숨에 들이켰다.

어차피 자신의 모습으로 돌아가는 것이다. 자신의 모습을 구현하는데 어려운 건 없었다.

그의 온몸이 울룩불룩 변하기 시작했다. 머리카락과 눈동자 색깔마저도.

두 사람이 깜짝 놀랐다. 특히나 산더의 아내는 자리에서 벌떡 일어나기까지 했을 정도다.

이마에 솟았던 뿔이 사라지고 모습을 드러낸 건 루이와 비슷한 또래의 날카로운 인상의 청년이었다.

너무나 젊어 보였고 자신들과 조금 다른 모습이었기에 그들은 의아한 표정이었다.

"전 지구라는 차원의 인간이라는 종족입니다."

그저 종족이 다르고 사는 곳이 다를 뿐이었다. 산더의 어머니도 그것을 인지하고 자리에 다시 앉았다.

어느덧 해가 밝아올 시간이 되어 가고 있었다.

'만족하나?'

─물론.

'다행이군.'

자신 때문에 희생한 자였다. 자신도 해줄 수 있는 최대한의 것을 해주고 싶었다.

─계승자께서 있던 차원으로 돌아가면 무형갑의 힘에 대해 알게 될 겁니다. 그리고 저의 힘 또한 완전히 흡수하게 되겠지요.

민혁은 의미심장하게 웃었다.

발록을 죽일 수 있을 것이다. 피해를 최소화해서.

-마지막 부탁이 하나 있습니다.

그 부탁이란 것을 민혁은 들어보기로 했다.

어느덧 시간이 흘러 해가 밝았다.

루이는 자지 않고 민혁과 이야기를 나누었다. 돌아갈 때가 되었다고 하자 그는 민혁을 따라 나왔다.

아침 이슬이 맺히고 쌀쌀하다. 여전히 축제 분위기는 식지 않고 있었다.

민혁은 품에서 담배를 꺼내 입에 물었다.

"검을 잡아. 다시."

그는 루이를 돌아보았다.

[이미 늦었습니다. 너무 오랫동안 잡지 않았어요.]

어렸을 적 루이는 투신인 아버지와 빼다 박았다라는 소릴 들었다. 그렇지만 너무 손을 놓은 지 오래다.

"넌 할 수 있을 거다. 내가 장담하마. 투신의 아들이니까."

민혁은 확신어린 목소리로 말했다. 사람에게 기라는 것이 있듯이 유니족에게도 그 고유의 힘이 어느 정도 느껴진다.

루이가 가진 고유의 힘은 무척 대단했다. 단 시간에 올라설 수 있을 것을 민혁은 확신하고 있었다.

"아직도 아버지가 원망스럽냐?"

그 질문에 루이는 답하지 못했다.

그동안 가졌던 앙갚음이, 일을 해결했다고 풀리는 것은 아니니까.

"하나만 알아라, 버린 게 아니라 해야 할 일이 있어서 사라졌던 거라고."

다른 여덟의 군주들에 대한 발언을 할 필요는 없었다. 하나의 군주를 죽였다고 이곳이 무사하다는 보장이 없음을 투신은 알았을 테고 그 때문에 계승자를 위해 희생한 것.

"그리고 넌 말이다."

민혁은 투신이 그에게 전해달라던 말을 뱉었다.

"투신보다 더 높은 이름을 가질 수 있을 거다."

[아….]

루이의 눈이 커졌다. 항상 아버지가 자신에게 했던 말이었기 때문이다.

루이가 입을 열려던 순간이었다. 민혁의 몸이 반짝반짝 빛나기 시작했다.

그는 자신의 차원으로 돌아가려 함을 짐작했다.

"내 말 명심해, 넌 투신 이상이 될 거야."

그의 말을 전하는 것이기도 했지만 사실이기도 했다. 그는 어쩌면 투신을 넘을 지도 모른다.

이내 민혁의 몸이 비눗방울처럼 샅샅이 흩어져 허공에 반짝이며 사라지기 시작했다.

루이는 사라지는 그를 작은 웃음을 지으며 바라봤다.

청포대 해수욕장.

질펀한 모래 위에 쓰러져 있는 사내가 있었다.

그의 몸이 꿈틀하고 움직였다.

그는 비틀거리면서 몸을 일으켰다.

사내는 다름 아닌 강민혁이었다. 그는 자신의 손을 내려다보고는 다시 주위를 둘러봤다.

돌아왔다. 자신의 차원. 지구로.

몸에서 불끈 거리는 강한 투신의 힘이 느껴졌다.

자신은 투신을 흡수하고 코슬렌 차원에서 얻어낸 차크라가 많았다.

몇 계단을 단숨에 뛰어올랐다.

그의 시선에 회색빛 머리칼의 여인 다리아가 들어왔다. 그녀는 생긋 웃고 있었다.

민혁은 품에서 담배 한 가치를 꺼내 입에 물었다. 그저 말없이 담배연기를 길게 뿜어냈다.

"후우우."

"사자들도 함께 돌아왔습니다."

"대체 어딜 데려갔다 온 거야?"

"직접 물어보시죠."

그녀는 의미심장하게 웃었다. 자신만만해 보이는 그 표정에서 아이들이 크게 성장했다고 민혁은 직감할 수 있었다.

"시크릿 에이전트."

"그들과 견주거나 그 이상입니다."

그녀의 말에 민혁의 입이 살짝 벌어졌다.

"이제 계승자님은 저를 흡수하실 수 있습니다. 무형갑의 온전한 힘을 가질 수 있는 거지요. 무형갑에는 알려진 것 중에 세 가지의 힘이 존재하지요."

그녀는 생긋 웃었다. 세 가지의 힘.

"흡수, 방어, 능력."

"능력…?"

흡수는 죽인 후 그들의 힘을 빼앗는 인피니티 건틀릿을 말할 거고, 방어는 투신이 보였던 무형검조차 막아낸 그 방어막 일 것이다.

그렇다면 능력은?

"상대방을 죽였을 때, 죽은 이의 특별한 능력 하나를 가져올 수 있습니다."

"특별한 능력 하나?"

특별한 능력 하나를 가져온다? 각성자들은 보통 비슷한 능력을 사용한다. 하지만 한 두 가지씩 다른 능력을 가지고도 있다.

차크라 조합에 따라서 얻은 것이거나 혹은 매직 스톤을 이용해 제작한 방어구, 무기를 이용해서 그 능력을 발휘할 수 있었다.

그것은 각 개인의 결정적인 한 방이 될 수도 있는 것이었다. 13인의 퍼스트 클래스나 시크릿 에이전트들도 각기 한 가지씩은 특별한 능력을 가지고 있고는 했다.

그들의 능력을 가져 온다.

"어떻게?"

다리아는 손을 펼쳐 보였다. 따라 하라는 제스처임을 직시한 민혁이 손을 펼쳤다. 그가 손을 펼치는 순간이었다.

인피니티 건틀릿이 크게 진동했다. 민혁의 손바닥 위로 검은 돌 하나가 만들어지고 있었다.

그의 미간이 찌푸려졌다.

"일곱 번째 군주, 아칸을 죽이셨지요?"

그녀는 들여다본 것처럼 말했다. 그저 고개를 끄덕였다.

"산더가 조치를 취해 놓은 것 같습니다."

"아…."

선물을 준비해놨다는 말을 이해할 수 있었다. 민혁은 이질적인 힘이 느껴지는 검은 돌을 내려다봤다. 각 개인이 가진 특별한 능력 하나를 가져온다. 이렇듯 돌의 형태로. 그렇다면 그것을 사용할 수 있다는 것이기도 할 것이다.

아칸의 능력은 괴수를 다루는 것이었다. 그 숫자에 구애받지 않고 무수하게 많은 괴수들과 마물들을 다뤘다.

이곳 지구 안에서는 괴수에 한정 될 것이다. 물론 마계에서 마물들이 나온다면 그들조차 조종할 수 있을 터.

'대박이군.'

대단한 것이었다. 물론 어느정도 제약도 존재할 것이다.

사용자의 차크라의 양에 따라서 부릴 수 있는 숫자나, 사용자의 급에 따라서 움직일 수 있는 괴수 같은.

하지만 일반 테이밍을 위주로 하는 지원계 각성자보다 월등하게 많은 괴수들을 부릴 수 있을 것이다.

"어떻게 익히는데?"

다리아는 생긋 웃었다.

민혁은 더 남은 사실이 있다는 걸 알아챘다.

"양도도 가능합니다."

"양도?"

양도. 타인에게 이 돌을 넘겨주는 것을 의미한다. 민혁의 입가에서 작은 웃음이 스치고 지나갔다.

실질적으로 민혁의 경지로써는 괴수나 마물을 다룰 필요는 크게 없었다.

하지만 다른 이가 이 돌을 얻게 되고 그 능력을 사용하게 되면 이야기는 달라진다. 새로운 강자의 탄생이 이루어지는 것이었다.

그리고 민혁은 멍청하게 다른 나라의 사람들에게 이 돌을 줄 만한 이는 아니었다. 지금 시국은 발록과 그 군사에 맞서야 하는 때였지만 앞으로의 미래도 생각해야 했다.

대한민국을 최고로 만든다.

이 '능력'이 있다면 자신이 없어도 가능하다.

중국, 일본, 미국, 러시아, 프랑스 세계의 강국 어디도 무시할 수 없는 강대국이 탄생하게 될 것이었다.

"좋군. 널 흡수하면 앞으로 계속 이렇게 구슬을 얻을 수 있는 건가?"

"네."

다리아는 생긋 웃었다. 그녀는 눈을 감았다. 자신의 흡수를 기다리는 것이었다.

하지만 민혁은 고개를 저었다.

"아직 시간은 남았어. 그때 흡수해도 늦지 않아."

민혁은 그렇게 말하며 앞서 걸어갔다. 다리아를 흡수해서 얻게 되는 것이 능력 흡수라고 한다. 며칠 뿐이지만 무언가를 죽이지는 않을 것이다.

"괴수들도 포함되나?"

그녀와 함께 자신의 차량이 있는 곳으로 걸으면서 물었다.

"네."

"걸어 다니는 매직스톤 제작기군."

쉽게 표현하면 그렇다. 자신이 손가락에 차고 있는 호화의 반지에 특별한 능력 하나가 깃들어 있던 것처럼, 그들의 특별한 능력 하나씩을 가져온다. 완전히 매직스톤 제작기다.

만약 각성자 때려 쳐도 굶어 죽을 걱정은 없을 거라는 우스개스러운 생각을 했다.

"혹시 중복된 능력이라면?"

"그렇다면 흡수하지 못합니다."

우연치 않게 같은 차크라 조합을 얻었거나 흔히 알려진 차크라 조합 능력을 사용하는 자들이 꽤나 되었다.

한 번 얻은 능력을 다시 얻지는 못한다.

"이름은 뭘로 할까."

민혁은 손 위의 검은 돌을 휘익 던졌다가 야구공처럼 잡아채면서 들여다보았다.

"무형구슬. 어떤가요?"

그녀의 말에 민혁이 픽 웃었다. 나름 괜찮은 이름 같았다.

두 사람이 차에 올랐다.

10일이 남았다.

"남은 일곱의 군주를 죽이면 얻게 될 능력들도 기대되는군."

갈수록 정말 인간과 멀어지는 듯한 기분이었다.

❖ ❖ ❖

훈련방이 배치 되어 있는 활인길드 빌딩. VVIP실의 투명한 유리벽 밖으로 민혁과 오재원, 다리아가 함께 서 있었다.

두 사람은 담배를 함께 빨아대고 있었다.

"면접?"

"그래."

민혁은 고개를 끄덕였다. 오재원은 턱을 어루만졌다. 전국에서 쓸만한 인재를 찾아달라고 그가 요구했다.

많으면 많을수록 좋다. 또한, 개인을 모두 민혁이 직접 만나볼 것이라고 하였다.

"좋군."

오재원은 씨익 웃었다. 그도 무형구슬에 대해서는 들었다. 죽은 이의 고유 능력을 흡수한다. 말도 안 되는 사기적인 능력이었다.

거기에 양도가 가능하다니? 그 자를 활인길드의 길드원으로 두게 되면 크나큰 전력 보충이 될 것이다.

또한, 이번에 민혁이 얻은 무형구슬의 이야기만 들어봐도 어마어마한 힘을 가진 것 같았다.

엄청난 숫자의 괴수를 부릴 수 있다.

물론 일단은 흡수를 해봐야 제한이 존재할지, 아닐지 확인할 수 있을 것이다.

"뭐 인재대회처럼 열면 되나?"

"강하다, 뭐다 이런 걸 떠나서. 인성이 제대로 되어있으면 좋겠는데."

"하긴, 어차피 그 무형구슬 하나만 얻어도 당장 S급 이상에 올라설 지도 모르니까."

그렇게 이야기를 나누던 도중이었다. 훈련방 안으로 한 사내가 자신만만한 표정으로 들어오고 있었다.

오중태였다. 민혁의 눈이 가늘어졌다.

기세가 변했다. 느낌도 많이 변했고, 검을 잡고 있는 자세도 미묘하게 변해 있는 것 같았다.

자신이 마계와 코슬렌 차원을 갔다 온 것은 아주 찰나였다. 그 잠깐 동안 이렇게 변할 수 있나? 그는 잠시 다리아를 바라봤다.

그녀는 생긋 웃기만 했다.

"대체 어딜 데려갔다 온 거냐니까?"

"일단 보시죠."

그녀는 민혁을 살살 약올리듯 웃었다. 그녀의 말처럼 일단 시선을 돌렸다. 그리고 이내, 오재원이 입에 꽉 물고 있던 담배가 치아의 힘이 풀리며 터억 바닥에 떨어졌다.

"이게 말이 돼?"

그는 질문했다. 민혁도 황당해서 웃음 밖에 나오질 않았다. 이내 중태가 나서고 미혜가 들어왔고, 그 다음에 이현인, 그 다음 스미스가 들어갔다.

그들이 들어갔다가 나올 때마다 민혁과 오재원이 혀를 내둘렀다.

'강하다. 이게 도대체.'

그는 다시 다리아를 바라봤다.

"시간의 방에 갔다왔습니다."

"시간의 방?"

민혁과 오재원이 집중했다.

"하루가 이 년처럼 시간이 흐르는 곳입니다."

"드래곤볼이야, 무슨?"

오재원이 황당해하며 웃었지만 민혁의 표정은 진지했다.

"그런데 왜 젊지?"

다리아의 말처럼 따지면 그들은 이미 10년 이상의 시간이 지난 것과 같았다.

"그 방에 들어가는 순간, 젊음은 유지됩니다. 하지만 능력의 변화가 생기는 거죠. 그들은 분명히 그 안에서 10년 이상의 시간을 보냈습니다. 밖에서는 며칠 뿐이었지만요, 사자들을 위한 맞춤형 방이라고 할까요?"

그분이 참 재밌는 것을 많이 만들어놓은 듯 했다. 오재원의 미간이 찌푸려졌다.

이수현도 그곳에 보내면 좋을 것 같다라고 생각을 했더니, 사자들을 위한 맞춤형이라?

"다른 이들은 못 들어가나?"

다리아는 고개만 끄덕여 답했다.

"사자들만?"

"네."

"왜 내 대답에는 이렇게 건방져."

오재원이 미간을 찌푸렸지만 민혁과 다리아는 전혀 개의치 않아 했다.

"젊음은 유지된다. 신기하군. 계속된 근력운동은 근육을 찢어서 크기를 키운다. 그처럼 신체가 10년 동안 계속 변화했다. 그렇지만 정작 젊음은 유지된다. 대단한 방이야."

오재원이 고개를 끄덕였다. 단지, 사자들만 이용할 수 있다는 것이 아쉬웠다.

"또 들어갈 수 있나?"

다리아는 이번에도 재원의 말에는 고개만 저으면서 답했다. 민혁에겐 예의 바른 숙녀였고, 재원에게는 조금 띠꺼운 차도녀 같았다.

문을 열고 밖으로 나가자 네 사람이 그들을 기다리고 있었다. 그들의 얼굴로는 피곤한 기색이 역력히 보였다.

이현인이 미간을 찌푸렸다.

"그…."

민혁이 고개를 갸웃했다.

"이름이 뭐였더라?"

물론 장난을 치는 것이겠지만 10년 이상이라는 시간을 그들은 분명히 지나쳐왔다.

민혁의 시선이 미혜에게 돌아갔다. 그녀의 입이 달싹였다.

그도 그럴 것이 10년 넘게 민혁을 못 본 셈이나 마찬가지였다. 민혁에겐 며칠 지났을 뿐이지만.

그 안에서 무수히 많은 생각을 한 그녀다.

'그것보다 미치지 않은 게 다행이군.'

그 시간의 방이 어떻게 되어있는지는 모르지만 자그마치 그곳에서 10년 이상을 이들은 있었다.

그들은 강해지기는 했지만 예전과 많이 달라진 성격을

보이지는 않았다.

"아, 고기 먹으러 가자."

언제나 그렇듯 현인은 고기 타령을 시작했다. 미혜는 몸을 돌리려는 민혁의 손을 붙잡았다.

"왜?"

"밥 같이 먹고 가."

민혁은 손목시계를 확인했다. 4시였다. 사실 그럴 생각이었다. 그녀가 조금 오버한 것이다. 그럴 만도 하다.

그녀에겐 10년 이상이 지나서 보게 된 민혁이니까.

그들이 함께 엘리베이터 앞에 섰다. 문이 띵동거리는 소리를 내면서 열렸다.

막 들어가려던 민혁은 앞에선 여인을 발견하고는 화들짝 놀랐다.

줄리안 무어였다. 그녀는 양 팔짱을 끼고 삐딱하게 다리 한쪽을 덜덜 떨고 있었다.

"실례."

생긋 웃은 그녀가 민혁의 멱살을 잡고 그를 엘리베이터 안으로 끌었다. 그리고는 맨 꼭대기 층 버튼을 눌렀다.

"나 선약이…"

"닥쳐."

"……."

무어의 말에 민혁은 입을 닫았다. 그녀는 그 때 일 이후 며칠 깨어나지 못했고, 민혁은 말없이 마계로 떠났다.

그것 때문에 화가 난 듯 싶었다. 무어의 매서운 눈빛에 아무도 엘리베이터에 타지 못했고, 문이 닫히자 그녀가 생긋 웃으며 손을 흔들었다.

"큰일났군."

오재원은 쯔쯔 혀를 차며 고개를 저었다. 누군가 갑자기 엘리베이터로 다가서더니 밑으로 내려가는 버튼을 맹렬히 누르기 시작했다.

"으으. 막았어야 하는데… 확 능력으로 엘리베이터 멈추게 할까? 아냐, 그랬다간 무어가 민혁이를 덮칠지도 몰라."

중태와 현인, 스미스가 눈을 맞췄다.

'시간의 방에서 많이 고팠던 거 같지?'

현인의 질문어린 시선에 스미스와 중태가 동시에 고개를 끄덕였다.

❖　❖　❖

엘리베이터를 타고 옥상에 도착했다. 무어가 먼저 내렸고 민혁이 뒤따라 내리면서 담배 한 가치를 입에 물었다.

"이러면 곤란해, 무어. 예의가 아니잖아."

다른 이들에게 무슨 이 추태란 말인가. 특히나, 그녀는 13인의 퍼스트 클래스 중 샌드의 악녀 아니었던가.

남자 때문에 이런 모습을 다른 이들 앞에서 보이는 건 좋지 않다.

막 불을 붙이려는 순간이었다. 몸을 홱 돌린 무어가 담배를 뺏더니, 그의 뺨을 쎄게 후려치려 했다.

후우우웅!

민혁은 고개를 젖혀 피해냈다.

"이거 맞아줬어야 되는 거지?"

본능적인 움직임이었기에 그는 볼을 긁적였다. 무어의 눈이 눈물이 터져 나올 듯 붉어져 있었다.

"왜 날 바로 죽이지 않았어요?"

그녀는 펑펑 울기 시작했다. 눈에서 눈물이 흘렀다.

"마스카라 번진다, 무어."

"왜 날 죽이지 않았냐고요!"

이야기는 들었다. 아니, 그녀는 영상을 통해서 똑똑히 봤다. 자신이 민혁을 죽이기 위해 갖은 차크라 능력을 사용했고, 그를 계속해서 공격했다.

그는 자신의 주먹에 바닥으로 추락하기도 했고, 복부에 강한 공격을 받기도 하였다.

자신을 공격한 적이 단 한 번도 없었다.

물론, 그 결심을 맺었던 것 같긴 했지만 그는 결국 허공을 향해 무형검을 날렸으니까.

자신이 사랑하는 사람이었다. 그 사람을 죽이기 위해 무어는 달려 들었고, 그것은 적잖은 충격으로 다가올 수 밖에 없었다.

"내가 널 어떻게 죽여, 무어."

민혁이 쓰게 웃었다. 그때에는 죽여야겠다는 생각을 품기도 했다. 하지만 뒤돌아보면 해서는 안 될 생각이었다.

오랜 시간을 그녀와 함께 했다. 민혁이 스스로 키워낸 제자이기도 하였고, 예쁜 여동생이기도 했던 그녀였다.

그리고 자신 같이 못난 사람을 끔찍이도 사랑해주는 여인이기도 했다.

그녀는 흐느꼈다. 힘없이 그녀의 손이 민혁의 가슴 위로 올라갔다.

그녀의 울음은 꽤 오랫동안 지속되었다. 그녀가 진정이 되었을 때, 그녀는 결심한 게 있는 듯 입을 달싹였다.

'이런…!'

그녀가 목걸이를 어루만지는 것을 보며 민혁은 대충 그녀가 무엇을 하려는지 알 수 있었다.

"선약이 있어서."

그는 언제나 그렇듯 몸을 거침없이 돌렸다. 막 문을 열려는데, 모래가 날아와 문을 거쎄게 닫아 버렸다.

민혁의 미간이 찌푸려졌다.

"좋아해요. 많이."

과격한 행동과는 다르게, 그녀는 수줍은 소녀처럼 땅을 바라보면서 말하고 있었다.

처음으로 그녀가 민혁의 면전에 대고 하는 고백이었다.

그녀의 고백은 사실 몇 번 있었다. 이렇게 면전이 아닌 다른 방식으로.

자신의 책상 위에 꽃과 선물을 놓거나, 편지를 놓거나.

그때마다 민혁은 항시 피하고는 했다.

'누가 청소하다 실수로 치워 버렸나 보던데?'

'난 그런 거 못 받았는데.'

물론 무어가 알아챘을 것을 안다. 일부러 받지 않았음을. 그리고 그녀의 가슴을 더욱 후벼 판 행위인 것도 알고 있었다.

그렇지만 그녀가 자신이 아닌, 다른 사람에게 마음을 두었으면 했다.

"저한테 조금의 마음도 없어요?"

그녀의 질문에 민혁의 눈이 흔들렸다.

사실 그렇다. 그녀는 아름다운 여성이었다. 세계에서도 손에 꼽힐 정도다. 오죽하면 할리우드 스타들보다 외모는 줄리안 무어다라는 말이 있을 정도였다.

그렇지만 민혁은 그녀에게서 동생 이상으로써의 감정을, 여자로써의 감정을 단 한 번도 느껴본 적이 없었다.

만약 그녀를 받아주었다면 그녀는 더욱 큰 상처만 입었을 것이다. 그러지 않기 위해서 애초에 시작하지 않는 게 나았다.

그리고 지금도 그렇게 생각한다.

"없어. 무어. 넌 나한테 좋은 동생일 뿐이야."

그녀의 눈이 크게 흔들렸다.

그 사실을 알고 있었지만 바로 앞에서 그 말을 듣는다는 건 달라지는 이야기였다. 그녀의 가슴이 덜컹하고 내려앉았다.

수 년을 혼자서 쫓아다녔다. 지금 강민혁은 자신보다도 더 앳된 모습을 하고 있었다. 염인빈일 때에는, 자신보다 열 댓 살은 더 많은 사람이었다.

하지만 그의 겉모습이 아니라, 그 자체를 사랑한 것이 바로 무어였다.

그 큼지막한 푸른 눈동자가 흔들리며 눈물이 왈칵 쏟아졌다. 그녀는 작은 손으로 자신의 얼굴을 감싸서 울기 시작했다.

민혁은 다시 어깨를 떨면서 우는 그녀를 바라봤다.

그녀가 진정 되었을 때, 그녀는 애써 웃고 있었다.

"아. 다 울었다. 이제 그만 내려가요."

"그래."

민혁은 그녀와 함께 엘리베이터에 올랐다. 총 42층으로 이루어진 빌딩이었다. 지하의 버튼을 눌렀다.

엘리베이터가 내려가기 시작했다. 어색한 침묵이 감도는 것만 같았다.

"미혜는 좋죠?"

그녀의 돌발 질문에 민혁은 고백을 받은 것보다 더 당혹할 수 밖에 없었다.

그는 내색은 안 하고 헛기침만 크게 했다.

"여자의 눈은 못 속여요."

사실 그것을 알고 있었기에 무어는 고백을 한 것이었다. 어쩌면 영원히 그를 마음 속에서 밀어내기 위함도 있었다.

그가 거절하면 자신은 더욱더 그를 미워할 것이니까. 정말이지 미련한 사랑이었다.

"응원할게요."

무어는 민혁의 제자고, 미혜는 무어의 제자였다. 참 아이러니한 관계를 응원하겠다고 말하는 그녀.

그리 말하면서도 얼마나 억장이 무너질지를 아는 민혁이다. 때문에 답하지 않았다.

"해야 할 일이 많은 건 알아요."

어느덧 엘리베이터는 20층을 지나쳤다.

"그렇지만 아무리 바쁜 사람도 사랑은 해요."

그 말의 의미를 알았다. 너무 미혜를 밀어내려고 하지 말라는 것이다.

"그리고 언제 죽을 지도 모르고."

그 말도 어느정도 사실이었다. 사실 발록과 견줄 힘을 지금 갖췄다고 자부하지만, 자신의 최종 목표는 마신을 베는 것일 지도 모른다. 어쩌면 그 이상이 될 수도 있다.

언제 죽을지 모르는 것.

"연애 한 번 못 해보고 죽는 것만큼 서러운 게 어딨어요?"

"그래서 내가 널 안 죽였지."

찰싹!

그 말에 무어가 그의 등짝을 강하게 후려쳤다.

"그걸 지금 농담이라고 해요?"

민혁이 쓰게 웃었다. 무어도 실질적으로는 모태 쏠로나 다름이 없었다.

"울리지 마요. 미혜는 나보다도 더 울보니까요."

그녀가 코를 찡그리면서 웃어보였다.

어느덧 엘리베이터는 지하의 주차장에 다다랐다.

문이 열리고 그 앞에 서 있는 흑발의 여인이 있었다. 미혜였다.

그녀는 무어와 눈이 마주치자 놀란 듯 홱 시선을 틀었다.

부드럽게 웃은 무어는 미혜의 머리를 쓰다듬어주었다. 그녀가 차키를 누르자 부가티가 삐빅 소리를 내었다.

무어는 자신의 차량을 타고 사라졌다.

"다른 사람들은?"

"밥 먹으러 갔지, 뭐."

그녀는 하고 싶은 말이 많았다. 위에서 어떤 일이 있었는지, 혹시 둘이 입을 맞추거나 하지는 않았는지.

하지만 그녀도 직감이라는 게 있었다. 다행이 아무 일도 없는 것 같았다.

"우리 둘이 먹으러 갈까?"

"그래."

미혜가 고개를 끄덕였다. 두 사람이 인근의 한식집으로 향했다.

"있잖아."

민혁의 차 안. 신호가 걸리자 미혜가 작게 웃음 지었다.

"나 10년 넘게 거기 있으면서."

"응."

민혁은 고개를 끄덕이며 그녀를 돌아봤다.

"네가 정말 보고 싶었어."

"…그래?"

민혁은 쓰게 웃으며 답했다. 그 후 다시 침묵이 이어졌고, 한식집에 들어갔다.

미닫이 문을 열고 들어갔다. 고급 한식집답게 고풍스러운 요리가 차려졌다.

두 사람의 등장에 한식집이 잠시 시끄러워졌었다. 그렇지만 룸 형식이었기에 그나마 안으로 들어오는 다른 외부인들은 없었다.

두 사람이 묵묵하게 식사를 했다.

모두 먹어갈 때쯤, 미혜가 대뜸 말했다.

"민혁아."

민혁의 시선이 그녀에게 향했다.

"지금 해야 할 일도 많고, 어려운 일도 많은 거 알아. 내가 나쁜 년이 될 지도 몰라."

민혁은 예감했다.

"지금 시국에 사랑 타령이라니. 그렇지만 언제 죽을지 모르잖아?"

무어처럼 그녀는 비슷하게 말했다.

"좋아해. 아주 많이. 같이 강원도에서 훈련 받을 때부터 지금까지. 정말 널 많이 좋아해."

"미혜. 난 지금 쉰이 넘는 아저씨야. 오재원과 동갑이라고."

겉모습은 젊었지만 그는 쉰이 넘는 아저씨였다. 미혜는 고개를 저었다.

"난 네 겉모습이 아니라, 강민혁이라는 사람 자체를 좋아하는 거야."

그녀는 주위를 두리번거리더니 벨을 눌렀다. 정장을 차려입은 여성이 들어왔다.

"술 좀 주세요."

"네."

"난 차 때문에."

"나만 마실거거든요."

미혜가 코를 찡그렸다. 확실히 그 시간의 방이라는 곳에서 자신을 많이 보고 싶어했던 것 같았다.

계속 그녀는 자신을 들여다봤다.

눈, 코, 입. 민혁의 입가로 작은 웃음이 맺어졌다.

정말로 사랑 받는다는 느낌을 받았다. 수천 명도 넘게 자신을 좋아해 주는 여자들이 있었다.

또한, 셀 수도 없을 만큼 많은 여자와 밤을 지새우기도 한 사람이 그이기도 했다.

그렇지만 미혜와 같이 순수한 눈동자로 사랑해준다는 표정의 여인은 만나지 못한 게 사실이었다.

미혜는 고급 도자기 주전자에 술이 나오자 자신의 잔에 따라서 계속 들이켰다.

그리고는 얼굴이 뻘개져 달아올랐다.

"우린 언제 죽을지 모르잖아. 그래서 오늘 말하는 거야."

그녀는 팔꿈치를 식탁에 기대고 있었는데, 비틀했다.

"사랑해. 강민혁."

그렇게 말하며 생긋 웃어 보였다.

민혁은 부드럽게 웃었다.

"미안한데, 우린 죽지 않아. 미혜."

미혜도 웃었다. 항상 그가 하는 말.

"내가 지킬 거니까."

"그럼. 우리 민혁이가 지켜주겠지."

그녀는 바로 대답하라며 땡깡을 부리거나 하지는 않았다. 그저 마지막 잔을 비웠다.

두 사람이 함께 나섰다. 민혁은 그녀를 차에 태웠고, 집으로 이끌었다. 어느덧 새근새근 잠이 든 그녀에게 혼잣말하듯 중얼거렸다.

"이 미친 세상. 잠잠해지면 그때는 내가 먼저 말해주마."

d-day가 얼마 남지 않았다.

어느덧 그녀의 집 앞에 도착하고 조수석 쪽으로 다가가 그녀를 흔들어 깨웠다.

잠에서 깬 그녀가 차에서 내리더니, 민혁의 볼에 입을 맞추고 후다닥 차로 뛰어 들어갔다.

민망함에 빠르게 뛰어가다가 구두 신은 발을 삐끗하는 그녀는 확 고개를 돌려 민망하게 웃고는 다시 총총 집으로 가고 있었다.

"이런 것 하나하나 모두다."

지켜야만 했다.

그는 차에 올랐다. 김미혜라는 여인이 좋았다. 그는 그녀가 들어간 집을 돌아보았다.

그렇지만 망설인 게 있었다.

영원한 삶. 다리아를 흡수하면 자신은 영원한 삶을 살게 된다.

물론 아무런 물리적인 충격을 받지 않았을 때일 것이다. 마신이 자신을 공격했는데, '나 불사신이여서 안 죽는다.' 하지는 않을 것이다.

분명히 자신도 소멸되긴 할 터.

하지만 그런 일이 없고선 죽지 않는다.

미혜가 죽는 것도, 부모님, 더 나아가 중태와 스미스, 이현인. 아끼는 자들 모두가 죽는 것을 봐야할지도 몰랐다.

"항상 난 새드엔딩만 보겠군."

남겨진 자가 더 아픈 법이다.

다리아는 허공에 뜬 달을 바라봤다. 이제 이틀 후면 전 세계는 통제를 받기 시작할 것이다.

국가재난사태가 선포될 것이고. 군인들과 각 길드는 신속하게 안전한 곳으로 국민들을 대피시킬 것이다.

끼이익!

쿠웅!

민혁이 옥상으로 올라왔다.

"다리아. 너도 사명이었나?"

투신은 한 차원에서 그저 살다가 임무를 수행 받았다. 다리아도 그처럼, 그저 살다가 임무를 받은 걸까?

그녀는 고개를 저었다.

"저는 그분의 옆에서 태어났고, 그분으로 인해 이곳에 왔어요. 투신과는 조금 다릅니다."

그나마 조금 다행이라고 해야 할까. 사명을 위해 태어났다는 것.

다리아는 천천히 민혁을 향해서 손을 뻗기 시작했다.

민혁도 손을 뻗어 다리아의 손을 붙잡았다.

"제가 모르는 무형갑의 힘도 분명 몇 가지가 더 있다는 것 명심해요. 어쩌면 또 다른 기사와 사자들이 당신을 찾아올 지도 몰라요. 그 분이 올지도 모르죠."

"그분이 온다. 차라리 그랬으면 좋겠군."

낯짝이라도 한 번 보게.

"글쎄요, 제가 모시는 분이지만 워낙 신비주의라."

"꼬부랑 할아버지인가?"

"아뇨, 금발의 아주 잘 생긴 미남자시죠."

민혁이 꿈속에서 씨앗을 보고 탑을 보았던 때에 보았던 긴 금발의 남성. 역시 그 자는 그분이었다.

"건투를 빕니다."

그녀가 사파이어처럼 푸르게 빛이 되기 시작했다. 천천히 다리아가 민혁의 팔을 타고 흘러들어와 인피니티 건틀릿으로 스며들기 시작하고 있었다.

2. d-day

NEO MODERN FANTASY STORY

RAID

신의 탄생

2.d-day

레이드

N E O   M O D E R N   F A N T A S Y   S T O R Y

그녀는 강한 무력을 가지거나 하지는 않았다. 그렇지만 무형구슬을 얻을 수 있다. 이제부터.

이 무형구슬은 분명히 요긴하게 쓰일 것이다. 물론 며칠 후 살아 남는 것을 가정해서이다.

민혁은 몸을 돌려 옥상을 내려갔다. 준비할 것이 많았다.

❖ ❖ ❖

세계의 수 백의 인사들이 있는 자리였다. 그들은 하나 같이 민혁의 발언에 눈을 크게 뜰 수 밖에 없었다.

애드거 앨런도 마찬가지였다. 지금 그가 하는 발언은 꽤나 충격적인 것이었다.

시크릿 에이전트와 13인의 퍼스트 클래스. 선출된 S-급 이상의 각성자들을 제외하고서 세계의 모든 국가는 최소한의 각성자들을 제외하고 절대 발록이나 군사와 맞서지 말라고 하고 있었다.

이유는 간단했다.

"피해를 최소화한다."

애드거 앨런이 중얼거렸다. 그는 곧 손을 들어 올렸다.

"그건 좋습니다. 피해를 최소화한다는 건 좋은 겁니다. 하지만 더욱 강한 전력이 보충될 것을 져 버리는 것입니다. 발록이나 군사들의 힘이 어느정도인지 파악도 되지 않았습니다. 그런데, 모두 마련된 대피소에서 숨만 죽이고 있으라고요? 당장 싸울 수 있는 각성자들까지 말입니까?"

수백의 사람들의 시선이 애드거 앨런과 오재원, 민혁에게 향해 있었다.

오재원이 고개를 끄덕이며 민혁을 돌아봤다. 그가 말했다.

"그래. 각성자나 군대는 무조건적으로 국민들의 안전을 최우선시 한다. 그리고 세계의 모든 각성자들의 안전도 우선시 한다. 싸우는 건, 내가 언급한 자들 뿐이다."

"정말…."

애드거 앨런과 세계의 인사들이 웅성거리기 시작했다.

일본의 코이치는 미련하다는 듯 고개를 저으면서 혀를 쯔쯔 거리며 차고 있었다.

"13인의 퍼스트 클래스와 시크릿 에이전트, S+급 이상의 각성자들만이 이번 습격에 참가한다라니, 뭐 이런 말도 안 되는 이야기인지."

민혁이 거론한 싸울 자들은 200명 정도였다. 그렇지만 그 모인 200의 숫자라면 미국조차도 하루면 날려 버릴 수 있을 핵폭탄 급의 힘을 가졌다.

그러나 이것은 단순하게 생각할 수 있는 문제가 아니었다. 그만큼의 힘을 가지지 못한 각성자를 가진 나라는 손가락만 빨고 구경해야한다는 의미이기도 했다.

그것은 그 국가에 치욕이기도 하였으며 추후 말이 나올지도 모르는 문제였다.

그 때문에 강민혁은 그런 문제들까지 입막음을 시킬 만한 확실한 한 방을 그들에게 줘야 하기도 하였다.

"만약 그렇게 물렁하게 행동했다가 밀리면 그때부터는 모두 죽습니다. 안 그렇습니까?"

코이치가 어깨를 으쓱거렸다.

처음부터 쎄게 두들기자는 말이었다. 만약 선발대의 200이 밀리면 그 다음부터는 추풍낙엽처럼 휩쓸릴 것이 불 보듯 뻔하다.

애초에 200이 아닌 수 천의 숫자로 시작하여 초반에 잡는 것이 낫지 않냐는 발언이기도 했다.

"조그마한 개미 수 천 마리가 있다고 해서 사자 한 마리를 잡아 먹을 수 있는 건 아니지."

민혁은 실소를 흘렸다.

코이치의 미간이 찌푸려졌다.

"S-급의 각성자는 보통 A-급의 각성자 열 명은 때려 눕히지. S-급의 각성자를 SS-급의 각성자는 더 많이 때려눕혀. 급이 올라갈수록 격차가 달라져. 시크릿 에이전트만 해도 길드 하나 박살 내는 건 일도 아닌 것처럼. 오합지졸이 모여서 뭘 할 건데?"

사실 민혁의 말도 타당한 것이긴 했다. 머리가 있다면 모두 알고 있었다.

당장 시크릿 에이전트의 노블레스 마하엘이 국내의 삼대 길드 중 화랑과 적이 된다고 가정한다.

승리는 누가 가질 것 같은가?

한 사람 뿐이지만 마하엘이 압도적으로 화랑 길드를 끝장 낼 것이다. 숫자가 많다고 좋은 건 아니다.

민혁의 발언처럼 수천의 개미가 사자 한 마리를 죽일 순 없는 것이다. 그 전에 사자의 발에 전부 밟혀 죽겠지.

"자신의 무력에 대해서 정말 자부하나 봅니다?"

코이치가 삐뚤어진 자신의 둥근 안경을 맞추면서 한 말이었다. 다르게는 민혁의 자만함으로 충분히 보일 수 있었다.

자신과 시크릿 에이전트, 13인의 퍼스트 클래스와 강자들이라면 충분하다.

민혁은 실소를 흘렸다.

"물론. 그리고 시크릿 에이전트들만큼의 힘을 가진 네 사람이 더 있다면?"

"……!"

코이치의 눈이 크게 떠졌다. 그뿐만이 아니었다. 이 자리에는 13인의 퍼스트 클래스들도 대거 참석해 있었으며 그와 관련된 길드 마스터들도 있었다.

그들은 말도 안 된다는 표정이었다. 시크릿 에이전트만큼의 힘을 가진 이들이 존재한다?

그런 이야기는 듣도 보도 못했다.

더군다나, 그런 힘을 가진 이들이라면 숨기기도 힘들었을 것이다.

시크릿 에이전트는 비밀리에 활동하는 조직이었지만 그 얼굴이 알려지지 않았을 뿐이지 아는 사람들은 다 아는 최강의 소수의 전투집단이었으니까.

"시크릿 에이전트만큼의 힘을 가진 자들이 있단 말입니까? 그것도 넷씩이나? 도대체 어디예요."

이번에는 애드거 앨런이 말도 안 된다는 듯이 고개를 저으면서 부정했다.

그조차도 이번에는 전혀 믿지 못하는 표정이었다.

"어디긴. 대한민국이지."

민혁의 말에 애드거 앨런이 갸웃했다.

"한 사람이요?"

민혁은 고개를 저었다. 앨런이 손가락 두 개를 펼쳤다. 이번에도 저었다.

"그럼…."

"네 명 전부가 우리나라의 사람들이다."

웅성웅성

그 말이 미치는 파장은 컸다.

대한민국에 그런 자들이 있다고? 네 명이나? 결국 듣다 보다 못한 코이치가 테이블을 손바닥으로 두들겼다.

탁! 탁탁!

"증명할 수 있는 겁니까!? 말 장난 하자고 우리가 바쁜 걸음 한 거 아닙니다."

그 말에 민혁은 말없이 일어나 리모컨을 쥐었다. 그가 버튼을 누르자 스크린이 내려왔고, 그곳에 프로젝터 빔이 빛을 쏘았다.

곧 영상 하나가 떠올랐다.

검은 색 중절모에 슈트, 레이피어를 쥔 사내가 있었다.

그 앞에 서 있는 이는 너무나도 앳된 청년이었다. 이제 스물 한 살, 스물 두 살 정도로 보였다.

'봤던 적이 있는 거 같은데….'

애드거 앨런의 미간이 찌푸려졌다. 스치듯이지만 분명히 본 적이 있는 것 같았다.

"저렇게 어린 풋내기가?"

민혁이 자신만만하게 스크린을 내보여도 여전히 불신 하는 자들이 꽤 되었다.

영상이 시작되었다.

마하엘의 주위로 검은 비둘기가 나타났다. 그는 바람처럼 빨랐다.

하지만 바람처럼 빠를 뿐이었다. 마하엘의 앞에 선 사내는 빛처럼 빨랐다.

속도로 사내는 마하엘을 압박하기 시작했다.

두 사람은 거의 박빙이었다.

사람들의 눈이 경악으로 물들고 있었다. 마하엘은 시크릿 에이전트 중 가장 강하다고 알려져 있다.

헌데, 젊은 동양인 청년은 비등하게 싸우고 있었다. 물론 그 젊은 동양인은 오중태였다.

오중태는 빠르게 마하엘을 조였고, 마하엘은 노련한 검솜씨와 다양한 능력을 펼치면서 그와 견주고 있었다.

계속해서 영상이 나갔다.

스미스와 이현인, 그리고 마지막 김미혜.

미혜의 경우는 알아보는 이들도 꽤나 되었다. 줄리안 무어의 제자라는 이야기는 떠들썩 했고, SNS에 예전에 무어가 미혜를 마중하던 사진이 세계적으로 퍼져서 미혜에 대한 의문을 표했던 사람들도 꽤나 되었던 것이다.

'어떻게…'

이 자리에는 줄리안 무어도 참석해 있었다. 미혜는 버서

커 아리에이와 싸우고 있었다. 광기 어린 그녀의 일본도가 빠르게 휘어져도 미혜는 침착하게 막아내고 있었다.

'정말 말도 안 되는 속도야, 무슨 구현이….'

무어조차도 입을 벌릴 정도의 속도로 미혜는 빠르게 구현하고, 공격하며 방어하고 있었다.

방출계의 단점은 찾아볼 수 없었다. 무어는 자신을 앞지른 제자인 그녀의 동영상을 멍하니 바라봤다.

"이게 가능하긴 해?"

앨런이 무어를 돌아보며 물었다.

"아뇨."

사실 불가능했다. 하지만 영상이 거짓 같지는 않았다.

민혁이 문 쪽을 턱짓했다.

곧 신호처럼 밖에서 대기하고 있던 네 사람이 들어섰다.

그들은 정장을 차려 입었다. 한 사람, 한 사람이 반듯한 차림새였다.

"이 아이들에게 이름 하나를 붙였어."

민혁이 씨익 웃었다.

"휘페리온. 높은 곳을 달리는 자들."

민혁은 주위를 돌아봤다.

"시크릿 에이전트에 버금가는 막강한 병력이 보충되었다. 그러니까."

민혁은 테이블에 올려진 생수를 까서 한 모금 목구멍 뒤로 넘겼다.

"하라는 대로 해."

❖　❖　❖

대한민국 전역을 사이렌 소리가 메우고 있었다. 그와 함께 방송이 흘러나왔다.

―국민 여러분 각성자들이나, 군인들의 통제를 받아 안전한 곳으로 이동해 주시기 바랍니다.

서울 전역에도 수도 없이 도착하는 군인들의 차량이 눈에 띄었으며 중소길드, 세계 삼대 길드 너나 할 것 없이 모든 자들이 통제에 최대한의 힘을 쓰고 있었다.

민혁은 이 모습을 오재원과 함께 내려다봤다.

드디어 내일이었다. 관측에 따르면 두 개의 달은 13시 쯤에 모습을 드러낼 것이라고 했다.

움직이는 자들은 꽤나 신속해 보였다. 혼란을 최대한 방지하기 위해서 계속 뉴스를 통해서 며칠 며칠 이렇게 할 것이니 잘 따라달라라고 머리에 인식을 단단히 시켜주었다.

물론 말을 안 듣는 이들도 있었다. 그런 자들은 각성자들이 알아서 처리하도록 이미 명령이 내려진 상황이었다.

또한 세계의 방출계 각성자들은 대부분 현재 워프존에서 대기하고 있었다.

언제라도 사람들을 한 곳으로 집중할 수 있게. 애초에 워프존이 설치되어 있지 않았던 무력한 힘을 가진 나라에도 최대한 워프존을 설치할 수 있게 모든 국가가 힘을 합쳤다.

위치가 확인되는 순간 2분의 텀을 두고 30명씩 워프존을 타고 이동할 것이다.

정확히 12분이면 200여 명이 모이게 된다.

텀을 둔 이유는 간단하다. 놈들이 곳곳에서 나타날지도 모르니까.

물론 그렇다고 해도 큰 타격은 없을 것이었다. 어차피 워프존이 꼬리를 물 듯이 연결되어있었고 방출계 각성자들은 최대한 그쪽에 모든 힘을 쏟을 것이기에 빠른 이동이 가능할 것이다.

"이렇게 해놨는데 안 나타나면."

오재원의 반쯤 장난끼 어린 말에 민혁의 미간이 찌푸려졌다.

"생각만 해도 끔찍하군."

세계적으로 큰 비난을 받을 것이다. 강하고 자시고를 떠나서 민혁이 매장 될 수도 있었다.

"우리 이 일만 끝나면."

오재원이 담배 한 가치를 민혁의 입에 물려주고 자신도 물었다.

"세계부터 제패해야지."

민혁은 고개를 끄덕였다.

지금의 상황에서 계속 세계 제패를 운운하는 것에 대해서 오재원이 안 좋아 보일 수도 있었지만 민혁은 그를 잘 알기에 다른 생각이었다.

참 대단한 놈이라는 생각 뿐이다.

그는 세계를 제패해서 호의호식하려는 생각은 없었다.

그저 대한민국이라는 나라를 최고의 강대국으로 높이 서게 하고 싶을 뿐이었고, 그저 하루에도 수 천 명씩 사람들이 힘없이 죽어 나가는 각성자가 부족한 나라에 힘을 보탤 수 있게 세계를 손에 쥐고 균등한 균형을 유지시키려 하는 것이다.

또한 지금도 계속 이러지는 전쟁들을 어느정도 종지부를 찍고 싶어하는 것 같았다.

"재원아."

민혁이 담배 한 모금을 깊게 빨면서 그를 돌아봤다.

어떠한 굳은 다짐을 보이려는 건가 싶어 재원의 표정이 진지했다.

"제패고 나발이고 장가나 가라 새끼야."

지금 재원의 나이를 감안하면 누가 데려가주기나 하면 참 다행일 것이다.

"후우우우."

민혁이 연기를 허공에 뿜었다. 햇빛을 받은 연기는 더욱 하얗고 짙게 보였다.

그렇게 바쁘게 하루가 지나고. 당일 날이 되었다.

웅성웅성!

수천 명은 될 법한 사람들이 대피소에 몰려 있었다. 군인들은 계속해서 빵이나, 우유 같은 식료품을 나르는데 분주하였다. 텐트를 가져온 사람들은 자신들의 텐트를 쳤고, 아니면 국가에서 지급해준 작은 4인용 텐트를 지급받았다.

당연히 문제는 생겼다.

"이런 씨발, 내가 이딴 데에서 쳐 자라고?"

20대 초반의 젊은 남성이 머리를 시원하게 민 이등병 앞에서 짝다리를 짚고 담배를 뻐끔거리면서 인상을 한껏 찌푸렸다.

그는 이등병의 가슴팍을 툭툭 쳤다.

"야, 니라면 저런 곳에서 자고 싶겠냐?"

"통제에 따라주시기 바랍니다."

이등병은 난처한 듯, 딱딱하게 말하면서 시선을 자신도 모르게 바닥으로 내렸다.

"니 한성물산 아냐?"

한성물산은 국내에서 이름 좀 있다 시피 한 기업이었다. 이등병의 눈이 동그랗게 뜨였다.

"우리 아버지가 거기 대빵이거든? 여긴 뭐 VVIP그런 곳 없어?"

그의 소란에 중위 계급장을 단 사내가 그의 앞에 다가왔다.

"무슨 일이십니까."

"나 저기서 못 자겠다고."

"통제에 따라주시기 바랍니다."

"싫다면?"

"싫다면 나가."

사내의 등 뒤에서 들린 목소리였다. 사내는 흘끗 고개를 돌렸다가 이제 서른 중반 정도나 되었을 법한 사내를 볼 수 있었다.

그에게서 풍겨지는 위압감에 그는 마른 침을 꿀꺽 삼켰다.

"나가라고."

그는 다름 아닌 노민후였다. 노민후는 그가 이등병의 가슴팍을 찌르던 것처럼 그의 가슴팍을 찔렀다.

"밖에서 지금 죽을지 살지도 모르는데, 싸우려고 대기하고 있는 사람들이 있다. 이런 곳에서 잠 좀 하루 이틀 잔다고 돼져?"

"당신 우리 아버지…."

"아버지고 자시고, 꺼지라고. 밖에 나가서 마족들 발길질에 치이던 뭣하던 난 상관없으니까."

사내는 입술을 질끈 깨물었다. 노민후가 그가 쥔 담배를 뺏어 바닥에 버렸다.

"그리고 여긴 금연이야. 마련된 흡연실에서 펴 이 싸가 지 없는 새끼야."

노민후의 험악한 욕설에 사내는 마른 침만 삼켰다. 기세에 눌린 사내가 무안해 하며 결국 텐트로 기어 들어갔다.

"상황은?"

"현재 남은 사람들은 없는지 계속 돌고 있습니다."

중위의 대답에 노민후는 고개를 끄덕였다. 그는 이곳 대피소에 총 통제를 맡았다.

말이 총 통제였지, 실제 이런 통제는 군인들 중 높은 계급장을 가진 원스타, 투스타들이 잘하는 법이었다.

노민후의 일은 분란이 생기면 막는 것이다.

"군인들도 되도록 빨리 철수시키도록."

"예."

사내가 거수경례를 취하고 몸을 돌렸다. 노민후는 주위를 둘러봤다. 수많은 사람들이 몸을 웅크리고 두려움에 찬 눈빛이었다. 어떤 이들은 간혹 재밌는 경험 한다는 듯이 실실 거리고 웃고 있었다.

노민후는 자신의 손을 내려다봤다.

'나도 가고 싶은데….'

싸우고 싶었다. 자신도. 그렇지만 명령이 내려왔다. 지정된 자들을 제외하고 모두 대피소에서 대기한다.

강민혁과 오재원이 모든 일을 지시하고 있었다. 그들이 피해를 최소화하기 위해 내린 지시임을 안다. 거기에 수는 여러 가지가 있었다.

현재는 그들의 지시처럼 따르는 것이었지만 혹여 예상치 못한 상황이 생길시 플랜이 변경된다.

플랜2로 넘어가게 되면 전 각성자들이 전투태세에 돌입한다. 이런 경우는 만약 마족들이 분산되어서 모습을 드러낼 때를 대비한 것이다.

"엄마, 우리 집에 언제가아?"

노민후의 눈으로 21살이나 되었을 법 해 보이지만 다섯 살 정도 되어 보이는 어린 남자 아이의 손을 잡고 있는 미혼모에게로 돌아갔다.

아이의 물음에 그녀는 작게 웃었다.

"금방 갈 수 있을 거야."

"정말? 이제 집에 못 가는 거 아니야?"

"그런 거 아니야. 멋진 아저씨들이 힘내서 싸울 거니까."

노민후는 쓸쓸한 웃음을 지었다.

"강민혁 아저씨?"

"그래."

"정말?"

아이가 눈을 동그랗게 떴다. 두 사람의 앞으로 다가간 노민후가 무릎을 굽혀 아이의 머리에 손을 얹었다.

"세상에서 가장 강한 사람이거든. 그 사람은."

그는 부드럽게 웃으며 아이의 볼을 살짝 꼬집었다.

그리고 다시 몸을 일으켜 대피소 밖으로 나섰다.

대낮이어야 할 시간이었지만 어둠이 몰려오고 있었다. 이 시간임에도 불구하고 달 하나가 붉게 떠올라 있었다.

곧 또 다른 달 하나가 세계를 덮을 것이다.

"강민혁…."

자신의 밑에서 훈련을 받았던 그 인재가 어느덧 세계를 짊어진 사람이 되어 있었다. 물론 그 자체는 염인빈이었지만.

다시 군인들의 안내를 받고 몇 사람이 들어오다가 노민후가 익숙한 얼굴의 이들을 발견하고는 서둘러 다가갔다.

"늦으셨네요."

"인원통제 좀 하느라요."

강민혁의 아버지 강무현이었다.

"와이프 분은 안에 계십니다."

노민후는 그와 함께 다시 안으로 들어갔다. 무현의 아내는 그가 돌아오자 사색이 되어 그에게 다가와 손을 잡았다.

"왜 이렇게 늦었어요."

"통제 좀 하느라."

두 사람이 자리에 앉았다.

"불편하시더라도 조금만 참아주십시오. 만약 우리나라에서 그들이 습격하지 않는다는 사실이 기정화되면 곧 바로 돌아갈 수 있을 겁니다."

"네."

노민후의 말에 그들이 고개를 끄덕였다. 두 사람의 얼굴에 짙은 어둠이 자리 잡아 있었다.

아버지가 물었다.

"나는 강한 사람이 아니여서 물어보는 겁니다. 저희 민혁이가 막을 수 있을까요?"

그 질문에 노민후는 생긋 웃었다.

"강합니다."

하지만 두 사람은 안심하지 못하는 것 같았다.

"세상 누구보다 강하죠. 그리고 염인빈이든, 강민혁일 때든 그 사람은 언제나 최고였죠. 마족이든, 발록이든 막을 수 있을 겁니다."

그는 뒤를 돌아봤다. 마치 그가 있는 곳을 보듯이.

"무사히 돌아올 겁니다."

❖ ❖ ❖

위이이이이이이잉!

사이렌이 서울 전역을 흔들고 있었다. 대한민국의 수도라 불리는 서울에는 개미 새끼 한 마리도 찾아보기 힘들어졌을 정도로 조용해져 있었다.

단지 아직 움직이고 있는 군용 트럭들만 간혹 보일 뿐이었다. 군용 트럭의 조수석에 선탑자로 타고 있던 이민용 중사는 주위를 둘러보았다.

빌딩이 높게 서고 크게 뚫린 도로에는 차량도, 사람도 없었다.

오싹해질 정도로.

"우리도 복귀하자."

어느덧 달 하나가 떠올랐다. 그 달은 천천히 이미 떠 있던 달을 향해서 움직이기 시작했다.

두 개의 달이 하나가 되어 만날 것이라고 관측이 내려지고 있었다.

"네. 알겠습니다."

운전병이 대피소 쪽으로 차를 틀었다. 매캐한 연기를 뿜으면서 트럭은 대피소를 향해 달리고 있었다.

"잠깐, 스톱."

운전병은 이민용 중사가 손을 들어올려 제지하자 차를 세웠다. 이민용 중사가 차에서 내렸다.

"거기 두 분! 어서 대피하셔야 합니다! 저희와 함께 가시죠."

이민용 중사가 제스처를 크게 취하며 소리쳤다. 그렇지만 두 사람은 묵묵부답이었다.

한 사람은 깔끔한 검은 색 슈트를 입고 있었으며 허리춤에 검을 차고 있었다. 댄디컷으로 깔끔하게 친 헤어 스타일과 잘 생긴 외모가 잘 부합되었다.

'각성자인가?'

또 다른 사내는 슈트를 입은 남성보다는 나이가 있어 보였다. 그렇지만 그도 여자 꽤나 울릴법한 미남자였다.

이민용 중사는 그들이 불러도 대답이 없자 그들에게

서둘러 다가갔다.

"어서 빨리 차량에 탑승하세요! 곧 있으면…."

그 말이 채 끝나기 전이었다. 이민용 중사는 자신의 시야
가 바닥으로 떨어지는 것을 찰나 느꼈다.

그의 몸과 머리가 분리되었다.

스르륵!

보이지도 않게 댄디컷 사내의 검은 검집에 들어가 있었
다. 운전병이 그 모습을 보고는 기겁을 하면서 서둘러서 엑
셀을 밟았다.

부아아아앙!

차량의 속도가 올라갔다. 하지만 곧 차량이 반쪽으로 쪼
개지면서 폭발했다.

콰아아앙!

"가시죠."

댄디컷의 사내는 한이였다.

당연스럽게도 그와 함께 있는 자는 류신이었다. 류신은
여전히 초점 없는 눈동자로 그의 옆을 따르고 있었다.

두 사람이 향하고 있는 곳은 다름 아닌 민혁의 아버지 강
무현이 있는 대피소 쪽이었다.

"수단과… 방법을… 가리지 말고… 계승자를… 죽여야
해."

"예."

"그래야만… 그분을… 만족 시킬 수 있을 테니까."

"알겠습니다."

한이는 씁쓸한 미소를 지었다. 자신은 류신이 원하는대로 할 뿐이다. 왕위는 대한민국에서 마인들과 함께 습격한 이후로는 모습을 드러내지 않고 있었다.

그동안 류신과 함께 몸을 숨기고 그를 보필하고 있던 한이였다.

류신은 가끔씩 잠에서 깨면 그분을 보았다고 하고는 했다. 그리고 그 꿈속에서 지시를 받았다고 한다.

어떤 방법이든 가리지 않고 계승자를 죽이라는 지시를. 류신이 직접 한이에게 명령한 것은 아니었다.

그렇지만 한이는 잘 알고 있었다.

강민혁의 가장 큰 취약점은 정이 많다는 것이었다.

물론 적에 대한 자비는 일 말도 없는 서리 같은 사람이었지만 자신의 주위 사람만큼은 누구보다 지키려 하는 사람이 바로 강민혁이었다.

그의 부모를 이용한다면, 또 대피소의 사람들을 이용한다면.

그를 죽이는데 훨씬 수월해질 것이다.

'형님.'

한이는 씁쓸한 미소를 지었다. 염인빈, 지금은 강민혁이 된 그는 류신 다음으로 자신이 웃으면서 담소를 나눴던 사람이기도 했다.

'죄송합니다.'

✤　✤　✤

　빌딩 위에 선 두 남녀가 있었다. 두 사람은 달 하나가 서서히 떠 있던 달에 근접하는 것을 바라보고 있었다.

　[이제 곧이다.]

　아나시스의 검은 입술이 열렸다. 옆에 선 자. 귀수의 마스터의 얼굴을 한 왕위, 아니 정확히는 서열 8위의 군주 잭.

　[아칸을 죽일 정도로 성장했습니다. 그리고….]

　[지금은 더 성장했겠지. 투신의 힘마저도 흡수했을 테니까.]

　잭은 걱정스러운 얼굴이었다. 하지만 아나시스는 여유로운 미소를 짓고 있었다.

　[발록이 마신께 하사 받은 능력은 인간 따위가 어찌할 수 있는 능력이 아니지.]

　서열 3위의 발록을 그 자리까지 올려놓은 대표적인 것은 악군들과 그가 가진 능력이었다.

　물론 그의 힘을 합쳐도 1위와 2위의 군주에게 비할 수 있는 수준은 아니었지만.

　[오늘 강림할 것이다.]

　[예.]

　[우리도 발록을 돕는다.]

　잭이 고개를 끄덕였다. 어느덧 달이 천천히 겹쳐지기 시작하고 있었다.

빌딩 위에 있던 둘이 순식간에 사라졌다.

❖ ❖ ❖

민혁은 워프존의 바로 앞에서 대기했다. 워프존은 본래 국가간의 승인이 있어야 연결되며 연결만 되면 어디든 이동할 수 있었다.

하지만 가장 큰 문제는 바로 잡아먹는 차크라의 양이었다.

당장 줄리안 무어를 두고 가정해도, 그녀도 다섯 번 정도 워프존을 사용하면 차크라가 고갈이 난다.

그녀가 그 정도라는 것은 워프존을 한 번 가동시킬 때, A급의 각성자 여럿이 있어야 한다는 것을 의미하기도 한다.

현재 세계의 모든 국가에 워프존이 연결되어 있었으며 기존에 없던 국가에도 강대국들이 도와 임시 워프존을 형성한 상태였다.

그의 등 뒤로 이수현이나 최강현, 오혁수, 시크릿 에이전트와 김두길 같은 우리나라의 강자들이 긴장된 기색으로서 있었다.

민혁은 창문을 통해서 하늘을 바라보고 있었다.

어느덧 어둠이 주위를 잠식했다.

두 개의 달이 거의 다 만났다. 민혁은 담배 한 가치를 꺼내 입에 물고 깊게 마신 후 허공에 뱉었다.

"후우우우…."

담배를 모두 태울 때쯤, 두 개의 달이 완전히 겹쳐졌다.

3. 응원이나 해

NEO MODERN FANTASY STORY

RAID

신의 탄생

레이드

NEO MODERN FANTASY STORY

민혁은 숨을 죽였다. 방송이 퍼지는 순간 가장 먼저 튀어 나가는 사람은 그가 될 것이었다.

1초, 3초, 5초가 지났다.

작은 초의 단위가 움직이고 있었지만 민혁도 뒤에선 이들도 마른 침을 꿀꺽 삼키며 대기하고 있었다.

그때에, 민혁의 휴대폰이 요란하게 울렸다.

❖　❖　❖

한이는 류신과 함께 대피소로 숨어 들어왔다. 그는 도플 갱어의 액기스를 류신과 함께 마셨다.

류신은 미친 사람처럼 계속해서 중얼거려 대었지만 워낙 대피실이 시끄러웠던 탓에 그 소리를 듣는 자는 없었다.

그는 자신이 잘 알고 있는 두 남녀의 바로 옆 자리에 텐트를 잡아서 앉았다.

"달이 완전히 겹쳐졌다고 합니다."

"그래?"

보고가 들어오자 노민후는 다급히 밖으로 뛰어나갔다. 상황을 확인하기 위해서였다.

"괜찮겠죠?"

"믿어야지, 강하잖아. 우리 민혁이."

한이는 묵묵히 옆자리에 앉아서 두 사람의 이야기를 들었다. 강민혁을 걱정하고 있었다. 쓴웃음이 스쳐 지나갔다.

"강하죠. 그 사람."

한이의 지금 모습은 그저 검을 찬 각성자 중 민혁 또래의 우리나라 사람의 모습에 지나지 않았다.

어눌한 한국말에 무현이 고개를 갸웃했다.

"조선족입니다."

"아…."

무현은 고개를 끄덕이고 다시 시선을 틀었다. 한이는 품속에 손을 뻗어 자신의 휴대폰을 꺼냈다.

강민혁의 번호를 꾹꾹 눌렀다.

전화를 걸자마자 바로 민혁의 목소리가 들렸다.

"형님."

그는 작은 목소리로 그를 불렀다. 민혁이 의문을 표하고 있었다.

–누구지?

"한이입니다."

목소리조차 변조되었기에 민혁은 알아듣지 못했다. 잠시 휴대폰 너머로 말이 없었다.

"3-11지점 대피소입니다."

–대피소….

민혁의 말이 흐려졌다. 그가 우리나라의 대피소에 있는 이유는 쉽게 간추릴 수 있었으니까.

–한이, 네가 설마….

"오실 겁니까?"

한이는 질문했다. 지금 그는 중대한 일을 바로 앞 전에 두고 있었다. 그가 노린 것 중 하나가 바로 이것이었다.

모든 준비를 끝낸 상황에서 민혁의 발목을 붙잡는다. 또한, 아무리 강민혁이라고 할지라도 인질을 코앞에서 잡고 있는 한이를 쉽게 상대할 수는 없을 것이다.

수화기 너머에서 답은 없었다.

–끊어.

잠시 침묵이 이어졌다가 들려온 답은 냉랭한 것이었다.

한이도 예상했던 대답이었다. 지금 당장, 강민혁은 오지 않을 것이다. 두 사람이 친부모가 아니여서?

그것은 아닐 것이다. 민혁은 두 사람의 모습과 세상의 사람들의 목숨을 바꿀 정도의 아둔한 자는 아니었으니까.

하지만 한 가지는 벌었다.

그의 머릿속은 혼란과 다급함에 차기 시작할 테니까.

한이는 군인이 배급해준 빵과 우유를 받고 작은 텐트로 들어갔다. 굳이 지금 바로 혼란을 빚을 필요는 없었다.

봉지에 싸진 카스테라를 뜯은 그는 조금 뜯어 류신에게 내밀었다.

류신은 고개를 저으면서 여전히 같은 말만 반복하고 있었다.

"그를… 죽여야… 나는 그분께… 인정받을 수 있을 것이다…."

"네."

이번에도 한이는 씁쓸한 표정으로 답했다.

❖ ❖ ❖

민혁은 자신의 머리를 부여잡았다. 일단은 가지 않을 생각이었다. 문제는 대피소에서 한이와 대적할만한 각성자는 없다.

아니, 세계적으로 따져도 자신을 제외하고서 한이를 막을 수 있는 강자는 없었다.

시크릿 에이전트 전원이 덤벼들어도 힘든 자가 바로

한이였다.

거기에 그조차도 마인이 되지 않았던가.

인질까지 잡고 있는 마당이다.

우르르르르!

여의도의 워프존이 설치되어 있는 빌딩에서 대기하고 있던 민혁은 빌딩이 격하게 진동하는 것을 느꼈다.

그는 쓰게 웃었다.

"차라리 다행이군."

목표지점이 우리나라인 것 같았다. 저번과 마찬가지로. 사실 민혁은 어느정도 차라리 이리 되기를 바라고 있었다.

워프존을 타고 신속히 넘어간다. 그것에는 분명히 한계가 존재했으니까.

그것도 서울에서 나타나주면 더 고마웠다. 만약, 예상치 못하게 불시에 놈들이 나타났다면 이야기는 달라졌을 것이다.

시민들이 대피하지 못한 상황이니까. 그렇지만 시민들이 모두 대피한 지금의 상황에서 서울 전역은 싸울 수 있는 공간이 될 것이다.

-강북구 미아동 지점. 정체를 알 수 없는 문 출현. 2년 전 등장했던 문과 동일한 형상을 띄고 있음을 알림. 이상.

방송이 흘러나왔다. 민혁의 바로 옆에는 미혜가 서 있었다.

실제로 워프존 앞에서 대기하고 있기는 하였지만, 워프 존은 다른 나라로 넘어갈 때 이용할 생각이었다.

민혁에게는 빠르게 몸을 움직일 수 있게 도와줄 김미혜가 있었다. 그녀의 블링크는 이제는 전방 50km지점까지도 이동할 수 있을 정도로 방대해졌으며 그와 함께 사람 다섯과도 움직일 수 있었다.

김미혜의 주위로 휘페리온이라고 새로 이름을 지은 그들이 섰다. 그 앞에 민혁이 섰다.

"곧바로 오겠습니다."

미혜가 말하자 최강현이 고개를 끄덕였다.

그들이 순식간에 그곳에서 사라졌다.

눈을 떴을 때 민혁은 2년 전에 보았던 그 문을 그대로 볼 수 있었다. 안에서 당장이라도 2년 전처럼 발록이 튀어나올 것만 같았다.

민혁은 마른 침을 삼켰다. 오중태나, 스미스, 이현인도 마찬가지였다. 미혜의 몸은 바람처럼 사라졌다.

타앗!

그녀가 다시 돌아왔을 때에는 시크릿 에이전트가 함께 도착했다. 속속들이 그녀는 워프존을 타고 오는 이들을 이곳으로 이동시키고 있었다.

그러면서도 세계의 다른 곳에서 마계의 문이 또 다시 열리지는 않은 것인지 주의를 하고 있기도 하였다.

촤아앗!

민혁과 일행을 중심으로 주위의 공간이 일그러지기 시작했다. 일행의 얼굴이 일그러지기 시작했다.

이러한 현상의 공간의 일그러짐을 한강공원에서 본 적이 있었다.

어마어마한 숫자의 마인들이 튀어나왔었다.

그리고 그때처럼 마인들이 튀어나오기 시작했다.

하나둘 모습을 드러내는 마인들의 숫자는 바글바글했다. 속속들이 미혜가 세계의 강자들을 나르고 있기는 하였지만 마인들의 숫자에 못 미쳐 보였다.

'저번에 보았던 여덟 번째 군주의 능력은 마인을 만드는 것으로 추정된다. 그리고 아나시스라는 군주는 자체적으로 워프존과 비슷한 것을 계속 소환할 수 있는 건가.'

아마도 저번에 보았던 그 군주 둘이 이번 발록과 함께 모습을 드러낼 심산인 것 같았다.

민혁도 어느정도 예상했던 부분이었다.

어느덧 마인들의 숫자가 오백은 될 정도였다. 그들은 문을 중심으로 일행을 포위하고 있었다.

[케케케케케!]

그 순간이었다. 열려있는 마계의 문에서 빛처럼 빠른 속도로 한 마족이 음침한 웃음소리를 내면서 튀어나왔다.

양 팔짱을 끼고 있던 민혁은 표정 변화 없이 움직이지 않았다.

민혁의 앞을 향해 쇄도해오는 마족을 막아낸 이는 오중 태였다.

타아앗!

오중태의 검이 수 십 개의 잔영을 만들어내면서 마족과 싸우기 시작했다.

민혁의 눈이 가늘어졌다. 시크릿 에이전트들과 13인의 퍼스트 클래스, 세계의 강자들도 오중태와 마족의 싸움에 집중했다.

지금 나온 마족은 악군 중 하나로 추정된다. 그 힘을 측 정하는 것이다.

오중태가 우위에 서긴 했다. 허나, 문제는 재생속도가 그 들이 알고 있는 속도의 두 배는 이른다는 것이었다.

또한 시크릿 에이전트들이 한강공원에서 상대했던 마족 보다 월등히 강했다. 아니, 정확하게 표현하면 두 개의 달 이 뜬 지금의 상황에서 마족들은 온전한 힘을 발휘하게 되 는 것이다.

오중태는 마족을 다소 힘겹게 소멸시켰다. 놈이 재가 되 어서 스르르 사라졌다.

"씨발… 좆같네."

최강현이 담배를 입에 문 채 욕을 지껄였다. 오중태가 시 크릿 에이전트의 마하엘과 동급이라는 것은 얼마 전에 검 증되었다.

그런 오중태가 단 한 마리의 마족과 싸우면서도 고전을

면치 못했다.

어쩌면 이 싸움은 다윗과 골리앗의 싸움과 같을 지도 몰랐다.

하나, 변수가 있다면 그들은 모두 강민혁이 잠시 사라진 동안 얼만큼 강해진 무력을 가지고 돌아왔는지 모른다는 것이었다.

민혁은 손등을 부딪쳤다.

촤르르르르륵!

인피니티 건틀릿이 비늘처럼 솟아나면서 그의 상체를 모두 덮었다.

[크크크크!]

[히히히히히히히!]

[죽이자, 죽이자.]

마인들이 히히덕 거리는 소리가 들렸다.

마계의 문에서 마족들이 걸어 나오기 시작했다.

하나, 둘, 셋, 넷.

숫자는 계속 늘어만 가고 있었다.

마족의 숫자가 오십을 넘어가자 마하엘은 고개를 저었다.

"안 좋군, 상황이 좋지 않아."

사실 악군이 얼만큼 모습을 드러낼지는 알려지지 않은 사실이었다. 그저 적길 바랬을 뿐.

어느덧 백이 넘어갔다.

"좆됐네, 쓰벌."

이현인이 미간을 찌푸리면서 짝다리를 짚고 욕을 흠껏 했다.

이백이 넘어갔다.

"와나… 무슨 숫자 차이가 이렇게 난다냐."

알렉산드르가 이마에 손을 짚었다. 이미 허공에는 그의 귀여운 괴수들이 준비를 하고 있었다.

어느덧 삼백을 넘어섰다.

"형님."

최강현이 민혁을 불렀다.

계속해서 마족들이 기어 나온다. 마인들의 숫자는 육백은 되어 보였으며 마족들은 사백을 향해 치닫고 있었다.

그렇다고 민혁의 전력 측이 마족 하나씩을 상대할 수 있을 만큼은 아니었다.

마족들은 최소한 13인의 퍼스트 클래스들 이상의 힘을 가졌다. 200명 중 13인의 퍼스트 클래스들에 못 미치는 이들이 대다수였다.

"이길 수 있는 겁니까?"

최강현의 물음에 민혁은 픽 웃었다.

"니네 내가 왜 거기에 세워놨는지 아냐?"

그 물음에 강현은 의문어린 표정만 지었을 뿐이다.

"응원이나 하라고."

"예?"

평소 장난끼가 많은 강현조차도 오늘은 그럴 수가 없었다. 그렇지만 민혁은 너무 여유롭게 웃으며 말하고 있었다.

"어차피 상대하기 힘들어."

민혁은 예상했다는 듯이 고개를 저으면서 쓸쓸한 표정을 짓고 있었다.

"저놈들 대부분은 어차피 내가 딸 거거든."

최강현의 표정이 미묘해졌다.

그 정도로 강해졌다는 건가?

[키키키키키!]

[케케케케케케!]

서서히 마인들이 거리를 좁혀오기 시작했다. 강한 마기를 흩뿌리는 마족들도 그들을 향해 다가오고 있었다.

덜덜덜

각성자들이 떨기 시작했다. 13인의 퍼스트 클래스나 시크릿 에이전트들조차도 뿌려지는 강한 마기에 몸이 딱딱하게 굳을 정도였다.

'빌어먹을, 이길 수 없는 싸움이었던 게야.'

다이스케는 입술을 질끈 깨물었다.

마족 하나하나의 기세가 자신 이상이었다. 거기에 숫자는 그들이 더 많지 않은가.

"하루라도 더 살고. 이렇게 적은 인원만 데려왔나?"

다이스케가 날이 선 목소리로 말했다. 민혁은 귀를 후벼 팠다.

"방금 강현이한테도 말했는데, 응원이나 하면 된다니까? 여러분은 지금부터 산 증인이 되는거야."

민혁은 떨고 있는 그들을 태연하게 돌아봤다.

"2년 전의 설욕을 내가 갚을 거니까."

그렇게 답해준 민혁은 입 한 쪽 꼬리를 올려 씨익 웃었다.

그리고는 온 몸의 카르마를 폭사시키기 시작했다.

좌아아아앗!

검게 먹구름처럼 몰려오던 거대한 마기로 붉은 기운이 뻗어나가며 막아서는 느낌이었다.

휘이이이이잉!

사람들이 깜짝 놀란 시선으로 민혁을 돌아보기 시작했다.

뭐랄까. 지금 그에게서는 인간으로써는 범접할 수 없는 힘이 흘러나오는 것만 같았다. 그가 기운을 폭사시키자 아군인 자들조차도 마른 침을 꿀꺽 삼킬 정도였다.

강민혁은 이미 예전의 염인빈 일 때만큼의 무력을 한참 전에 넘어선 상황이었다.

물론 악군들과 발록도 마찬가지다. 두 개의 달이 뜬 현재, 그들은 마계에서만큼의 힘을 발휘할 수 있었다.

산 증인.

지금 이 자리에 있는 이들은 민혁에게 증인이 될 것이다.

사실 그들이 전력에 큰 도움이 될 것이라는 기대는 없었다.

지금 모습을 드러낸 마족 하나 하나는, 시크릿 에이전트들과 비등한 것이 사실이었다.

숫자는 그들이 월등히 많았으며 마인들조차 합류한 상황이었다.

민혁이 품에서 담배 한 가치를 꺼내 입에 물었다.

철커억

지퍼 라이터가 경쾌한 소리를 내면서 열렸다. 높게 솟은 빌딩들 사이. 서울 전역은 이젠 민혁의 그라운드나 다름이 없었다.

"후우우."

연기를 뿜어낸 민혁은 여유로운 표정으로 거리를 좁히는 마인들과 마족들을 보고 있었다.

마족들은 살육에 눈이 먼 표정으로 킬킬 거리고 있었고, 마인들은 여전히 초점 없는 눈동자로 당장 덮칠 것 같은 모습이었다.

지금 이 자리에는 세계에서 꼽히는 강자들만 자리를 잡고 있었다.

오늘 발록을 죽인 후에 강민혁은 이들을 통해서 입증한다.

더 이상 인간으로써는 자신을 밟고 올라설 수 있는 사람이 없다는 것을. 물론 인명피해의 최소화를 위해서 이토록 적은 숫자만 소집한 것도 사실이다.

"시작할까."

민혁이 담배를 꽉 물었다. 담배에서 손을 뗀 그는 터벅 터벅 앞을 향해 걸어갔다.

그리고 한 쪽 주머니에 왼 손을 찔러 넣었다.

후우우웅!

그가 발을 떼는 순간이었다. 빠르게 이동한 민혁이 앞쪽을 가로막는 마족들의 틈 안으로 파고 들었다.

그 순간이었다. 빠른 속도로 마족들이 재로 흩뿌려지면서 허공에 사라지고 있었다.

다이스케의 눈이 휘둥그레 떠졌다.

"뭐, 뭣이…."

단 10초 안팎의 시간이었다. 마족들이 바람처럼 휩쓸리고 있었다. 마인들이 움직이기 시작했다. 그들은 200여 명의 그들을 향해 접근하려 했다.

허나, 그 순간 이미 민혁은 마인들의 틈을 헤집고 있었다.

최강현의 이마에서 주르륵 식은 땀이 흘렀다.

"이미 인간을 넘어섰군."

계승자를 돕는 사자인 그로써도 강민혁이 이 정도로 말도 안 되는 무력을 가지게 될 줄은 상상도 하지 못했다.

[케케케케! 끄헤엑!]

[캬악!]

원을 형성해서 그 안을 파고들려는 마족이나 마인들은 접근조차 하지 못하고 있었다. 순식간에 숫자가 백이 줄었다.

민혁이 무형검을 날릴 때면 열 댓이 넘는 악군들이 바람에 흩날렸고, 대포탄을 사용할 때도 비슷한 숫자가 사라지고 있었다.

지금 그가 뿜어내는 대포탄은 빌딩 하나 정도는 가뿐히 날릴 수 있을 정도로 거대했다.

주위는 흙먼지로 자욱해져만 가고 있었으며 숫자는 빠르게 줄어들고 있었다.

"플레이, 플레이 우리팀 이겨라."

최강현은 어처구니가 없다는 듯이 민혁의 말처럼 작게 박수를 치면서 무안하게 응원소리를 뱉었다.

"불쾌하군."

마하엘의 미간이 찌푸려졌다.

검은 별 존 워커는 시가 연기를 뿜으면서 고개를 저었다.

"좋지 않아. 이용당한 기분이야."

사실 강민혁도 자신이 이 정도 급까지 올라올지는 몰랐다. 사실 그도 시크릿 에이전트만큼의 강한 강자들이 필요했다.

그때에는 자신이 이 정도로 올라설지 몰랐고 강한 자들이 필요했으니까.

하지만 지금 강민혁의 경지는 시크릿 에이전트가 집 안을 기어 다니는 조그마한 개미 네 마리라면, 그들을 손으로 찍어 누르는 인간의 수준에 이르렀다.

퐈아악!

마하엘은 자신의 눈 앞으로 마인이 뛰쳐 나왔지만 움직이지 않았다.

바람처럼 움직인 민혁의 주먹에 마인의 머리가 터지면서 뒤로 날아갔다.

미혜와 중태, 스미스, 현인은 민혁의 움직임을 눈으로 쫓기도 힘들었다.

"우리 왜 강해진 거지? 이렇게 될 거였다면."

이 정도로 강민혁이 강해질 거였다면 어째서 자신들을 다리아는 강하게 만들어 주었을까.

"민혁이 없을 때를 대비해서 아닐까."

오중태의 말에 아이들은 어느정도 수긍한 표정이었다.

눈 깜짝할 사이에 마족과 마인들의 숫자가 절반으로 줄어들었다. 마족들이나 마인들도 차마 접근할 엄두를 내지 못하고 있었다.

치이익!

"후우우."

그들의 숫자가 반으로 줄어드는데 걸린 시간은 담배 한 가치를 다 태울 때 밖에 되지 않았다.

민혁의 시선이 위로 올라갔다.

그가 땅을 박차는 순간이었다.

사람들은 그를 찾아 시선을 굴렸고, 그를 찾을 수 있었다.

곧 그는 잭의 목을 잡고 바닥에 내려와 있었다.

"숨어서 지켜보긴."

[커억, 컥!]

잭은 믿을 수 없었다. 아칸을 죽이고 투신을 흡수했다는 것은 알고 있었다. 그렇지만 이 정도 수준이기까지 하다는 것은 그조차도 알지 못했다.

민혁을 향해서 검은 마기가 거대한 운석처럼 쏘아져 오고 있었다. 크기는 4층짜리 빌딩만 했다.

민혁이 팔을 크게 휘젓는 순간이었다.

촤아아악!

검은 마기가 허공에 상쇄되어 흩날려 사라졌다. 잭을 바닥에 내동댕이 친 민혁이 다시 사라졌다.

그는 이번에는 여인의 목을 움켜쥐고 있었다.

아나시스였다.

[꺼억….]

마계를 통솔하는 군주들이 민혁 앞에서 어린아이처럼 다뤄지고 있었다.

[이제 곧 발록이….]

"빨리 나오라 그래, 후딱 죽여버리게. 거기서 끝날 것 같아?"

민혁은 실소를 머금었다.

"마계로 가서 마신인가 뭔가도 죽일 거야. 절대신? 까짓거 한 번 해보지 뭐."

민혁은 한껏 조소했다. 아나시스의 눈동자로 올라가는 그의 팔이 비춰졌다.

그리고 민혁은 지체하지 않고 목을 베어버렸다.

푸화아아악!

아나시스의 몸이 재로 변하면서 사라졌다. 잭도 얼마 지나지 않아 재가 되어 사라졌다.

인피니티 건틀릿이 진동한다.

계속해서 마족과 마인들을 죽였다.

민혁은 머릿속에서 계속 검은 돌들의 형상이 만들어지는 것을 확인할 수 있었다.

그는 손을 뻗어보았다.

그의 손 위로 검은 돌이 만들어졌다.

"이것은 아나시스의 공간이동 능력이군."

흡수한 모든 능력들이 머릿속에서 그려지고 있었다. 또한, 불편하게 돌들이 후두두둑 나오는게 아니라 민혁의 머릿속에 능력들이 각인 되었고, 그것을 무형구슬화 시키려고 하면 바로 가능해졌다. 무척이나 편리했다.

쿠우우우웅!

땅이 크게 진동했다. 민혁의 시선이 돌아갔다.

드디어 기다리던 놈이 나오고 있는 것 같았다.

군주들끼리 한 단계씩의 서열이라고 해도 그 격차가 천지차이라고 알고 있었다. 아나시스나 잭의 경우는 민혁에게 단숨에 제압 당했지만 놈은 또 어떨지 모른다.

민혁은 바쁘게 움직였다. 마인들과 마족들의 수를 빠르게 줄여나갔다. 이젠 여유로움을 보일 때가 없었다.

놈의 거대한 발 하나가 공간을 비집고 땅을 밟았다.

두 개의 발이 우뚝 섰다.

놈이 모습을 드러냈다. 정확하게 2년 만이었다.

놈의 뱀과 같은 누런 눈이 민혁을 향해 있었다.

어느덧 악군의 숫자는 오십이 채 되지 않을 정도로 적어져 있었다.

민혁은 발록을 돌아보며 씨익 웃었다.

"간만이네."

[계승…자….]

발록이 쥔 붉은 검이 활활 타올랐다. 놈은 2년 전의 그를 잊을 수 없다는 듯이 매서운 기세를 뿌리고 있었다.

"모습은 어려졌지만 더 강해졌다. 전부 네 덕분인 거 같은데?"

마치 감사의 인사를 하는 것처럼 민혁은 발록을 조롱하고 있었다.

발록이 음침하게 웃었다.

[푸흐흐흐, 하하하하!]

그의 웃음에 민혁의 미간이 찌푸려졌다.

문에서 한 사내가 걸어 나오기 시작했다.

사내는 다른 군주들과는 다르게 피부가 하얀 편이었다. 군주라는 것을 민혁은 직감할 수 있었다.

문제는 그에게서 뿜어지는 위압감이 발록보다 몇 수 앞이라는 것이었다.

최소 서열 2위의 군주일 것이었다. 서열이 올라갈수록 벌어지는 격차가 크다더니 그 말이 사실인 듯 싶었다.

사내는 검을 쥐고 있었다. 척 보기에는 평범한 인간처럼 보이기도 했다.

발록의 날개가 화악 펼쳐졌다.

어느덧 남은 마족의 숫자는 사십 안 쪽이었다. 이 정도 숫자라면 충분히 민혁의 뒤에선 이들이 상대할 수 있을 것이었다.

발록이 어딘가로 날아가려고 했다.

'노리는 게 있군.'

왜 굳이 발록은 계속 이곳에 모습을 드러냈을까. 그가 원하는 무언가가 있을 것이다.

그 무언가를 하게 민혁은 놔둘 생각이 없었다.

퐈앗!

민혁이 발록의 앞으로 번쩍 떠올랐다. 발을 날렸다. 허나, 사내의 검이 민혁의 발을 향해 검을 휘둘렀다.

그가 자연스레 발을 뒤로 뺄 수 밖에 없었다.

"대체 하려는게 뭐냐."

민혁은 매서운 눈으로 발록을 노려봤다.

[마신강림.]

그 말에 민혁의 눈이 치켜 떠졌다. 이곳에 마신을 강림하겠다?

아직 마신에 대한 완벽한 정보는 없었다. 그 무위가 어디까지 수준인지도 그는 알지 못했다.

'발록의 능력이 마신을 부르는 것인가?'

생각은 그곳까지 미쳤다. 발록은 무위를 보면 그 수준이 높았지만 특별한 능력은 보이지 않고 있었다.

그렇다면 마신을 강림할 수 있는 능력을 부여받은 것일지도 몰랐다.

민혁의 시선이 앞의 사내에게 향했다. 무위적인 부분을 보자면 자신이 한 걸음 앞서는 것 같았다.

문제는 어떤 능력을 부릴 수 있느냐였다.

[부탁드립니다.]

[서둘러라.]

사내의 입이 열렸다. 서리처럼 차가운 목소리에 몸이 오싹해질 정도였다.

사내는 척 보기에는 무척 잘 생겼다. 날카롭게 솟은 코, 찢어진 쌍꺼풀이 없는 눈, 가느다란 계란형의 얼굴.

"어딜…"

민혁은 다시 발록을 쫓으려 했지만 그 앞을 사내가 막아섰다. 사내의 검이 크게 휘둘러졌다.

거대한 힘이 민혁을 향해 솟구쳐왔다. 피할 수 없는 속도임을 직시했다. 그와 함께 인피니티 건틀릿이 절로 반응했다.

콰아아악!

그의 앞으로 하얀 막이 생겨났다.

하얀 막은 무형갑의 본연의 힘이자 투신이 보였던 힘이다.

절대적인 방패.

퐈아아앗

힘이 좌우로 갈라졌다. 사내가 쏘아보낸 힘은 민혁의 무형갑에 작은 균열조차도 만들어내지 못했다.

그의 미간이 꿈틀거리는 것이 보였다.

"절대 날 죽일 수 없다."

민혁은 발록을 향해 몸을 돌렸다. 위험을 감지하는 순간, 무형갑이 저절로 방어막을 구축할 것이다.

[죽이지 못한다고 방법이 없는 건 아니다.]

사내의 입이 올라갔다.

그가 한 손을 좌악 펼치는 순간이었다. 민혁의 눈이 크게 뜨였다. 무언가에 속박된 듯 몸이 움직이지 않았다.

그의 눈 앞으로 비틀어진 공간 하나가 보였다. 민혁은 이것이 그가 가진 능력임을 알 수 있었다.

이 안에 무엇이 있을지 알 수 없었다. 그저, 공간은 민혁을 힘껏 빨아들이고 있었다. 민혁이 완전히 빨려 들어가자, 공간은 스르르 닫혀버렸다.

"민혁아…"

미혜는 그 모습을 보고는 덜덜 떨리는 목소리를 뱉을 수밖에 없었다. 순식간에 강민혁이 형체도 없이 어딘가로 사라져버렸다.

남은 것은 정체 모를 사내와 발록. 이제는 그 수가 거의 줄어 20이 채 남지 않은 마족 뿐이었다.

❖　❖　❖

몽롱하게 잠에서 깨어난 인빈은 몸을 일으켰다. 평소와 같았다. 자신의 침실이었다. 이불 속에서 나와 몸을 일으킨 그는 작은 기지개를 피고는 테이블 위에 올려진 담배 갑에서 한 가치를 꺼내 입에 물고 베란다로 나갔다.

여느 때처럼 평화로운 일상이었다. 그는 한 모금을 깊게 빨았다. 오늘 점심이 지나고 미국으로 출국한다.

세린디피티의 애드거 앨런과 줄리안 무어를 만나기 위해서였다.

"후우우우."

150평이 넘는 호화주택이었다. 베란다를 통해서 화려한 정원이 보였다.

띠이이익!

전자시계가 6시를 알렸다. 오늘은 정확하게 2020년 4월 14일이 되는 날이었다.

미국에 가는 이유는 요즘 중국과 사이가 나빠지고 있었기 때문이었다. 그 부분에 관련해서 애드거 앨런과 상의할 것이 있었다.

특히나 하우쉔. 그 자가 계속 귀에 거슬리게 들려온다.

"또 한 번 족쳐야 하나."

그는 쓰게 웃고는 담배를 툭툭 재떨이에 비벼 끈 후 화장실로 들어갔다.

샤워를 끝내고 나온 그는 속옷을 입고 머리를 드라이기로 말린 후에 깔끔한 슈트를 차려 입었다.

거울을 잠시 바라보며 볼을 어루만지던 그는 작게 웃었다.

"가자."

가기 전에 활인길드에 들려야 할 것 같았다.

버튼 하나를 누르자 집안의 모든 불이 소등되었다. 막 문을 열고 나서려던 인빈은 자신도 모르게 집을 돌아봤다.

뭔가 잊은 듯한 기분.

"뭐지?"

차키도 있었고 지갑도 있었으며 상의의 안주머니에 휴대폰도 분명히 있었다.

그런데 이 싸한 느낌은 무엇일까?

고개를 갸웃한 그는 신경이 날카로워졌나 하면서 집의 주차장에 세워져 있는 포르쉐와 람보르기니, 멕라린, 부가티를 둘러보던 중 부가티에 올랐다.

부가티는 그가 가장 아끼는 슈퍼카다. 차량에 올라 주차장 입구 앞에 다다르자 저절로 철문이 위이이잉 소리를 내면서 위로 열렸다.

그의 차량이 부드럽게 달리기 시작했다. 담배 한 가치를 물고 라디오를 통해 오늘의 날씨를 들으니 어느덧 빠르게 활인길드 본부에 도착할 수 있었다.

그를 발견한 활인길드 길드원들이 경례를 취해 보였다. 막 안으로 들어가려던 인빈은 눈살을 찌푸렸다.

막 출동하려는 것 같은 처리조의 인원들을 붙잡고 한 길드원이 뭐라고 해대고 있었다.

이런 일은 숱하게 일어났다.

"어이, 거기."

인빈의 미간이 찌푸려지며 그는 주머니에 양손을 꽂아넣고 다가갔다.

"화, 활인!"

처리조들을 싸잡아놓았던 길드원이 깜짝 놀라며 경례를 취했다. 인빈은 낮은 급의 각성자들을 천대하는 것을 끔찍이도 싫어했다.

"뭐야, 왜 아침부터 드잡이질이야?"

"아, 그게… 이 사람이 오늘 동행할 각성자를 한 명만 더 붙여달라고 해서요."

"한 명 더? 왜?"

인빈의 시선이 처리조 인원에게 돌아갔다. 명찰에 강무현이라는 이름이 적혀 있었다.

"이번에 공략을 시작한 C-44던전의 경우 아직 완전하게 간파된 것이 아니라서 위험요소가 많다고 판단 되어서 입니다."

쉰이 조금 넘을 것 같은 나이의 그는 인빈의 앞에서 쩔쩔
거리며 말했다.

그는 그의 이야기를 새심하게 모두 들었다.

"맞는 말이잖아."

그가 각성자를 보면서 미간을 찌푸렸다. 그가 요구하는
건 맞는 것이다. 위험요소가 평소보다 더 높으니, 각성자
한 명쯤 더 배치해달라는 건 충분히 해줄 수 있는 것이다.

"너 이름 뭐야?"

인빈이 그의 가슴을 찌르자 이름이 튀어나왔다.

"함부로 드잡이질 하지 마."

인빈이 턱짓을 하자 각성자가 후다닥 사라졌다. 여전히
강무현이라는 처리조의 사람은 이 자리가 불편한 듯 쩔쩔
매고 있었다.

"만약 또 한 번 이런 일이 생기면 곧 바로 보고해주세요.
오재원 마스터도 이런 거 되게 싫어하니까요."

"아, 알죠. 감사합니다."

인빈이 정중히 고개를 숙여 보이자 무현이라는 사내는
더 쩔쩔 거렸다.

인빈이 몸을 돌려 건물로 들어가려다 다시 확 뒤를 돌아
봤다.

"뭐지, 정말."

계속해서 뭔가 잊은 것 같다는 느낌.

그는 고개를 갸웃하며 엘리베이터에 올랐다.

그가 꼭대기 층에 올라갔다.

여비서가 항상 짓던 미소로 그를 반겨주었다.

"오재원은?"

"어제 과음을 하셔서 사무실에서 주무셨어요."

"하여튼, 저 새끼. 가라는 장가는 안 가고."

인빈은 고개를 저으며 너털 웃음을 흘렸다. 오재원의 집
무실로 들어갔다. 그는 자신의 집무실에서 샤워까지 마친
듯 넥타이를 메고 있었다.

"왔어?"

그는 언제나 그렇듯 반겨주었다. 인빈이 자리에 앉아 담
배를 입에 물었다.

"커피 한 잔 할래?"

"됐다."

인빈이 고개를 저었다. 오재원도 그와 마주 앉으며 담배
를 입에 물었다.

"오늘 좀 기분이 뭔가 이상해."

"뭐가?"

"마치 뭔가 잊은 듯한 기분?"

인빈의 말에 재원은 고개를 갸웃했다.

"잠자리가 싸나웠던 건 아니고?"

"글쎄. 꿈을 꾼 거 같아."

"꿈?"

꿈이라는 말에 재원이 이채를 머금었다.

"알지? 분명 꿈을 꾼 거 같은데, 꿈의 내용이 기억이 안 나는 거."

"아아. 그런 거. 뭐 별 일 아니겠지."

재원은 픽 웃었다. 인빈도 고개를 끄덕였다.

'별 일 아니겠지.'

아마도 오늘 자신이 예민한 거일 뿐인 것 같았다.

똑똑!

누군가 노크를 하고 들어왔다.

"확인."

오재원이 가볍게 받았다.

안으로 들어온 이는 2분대 공격대장 오혁수였다.

"이번에 원 타임 길드에서 X-32비공식 던전의 위치에 대해서 살 생각이 있는지 묻고 있습니다."

"사야지. 어떤 부산물이 나올지 모르니까."

원 타임 길드에서 던전 하나를 찾아냈다. 산꼴짜기에 숨어 있는 던전을 용케도.

"그러면 그렇게 진행하도록 하겠습니다."

"화랑이 모르게 해야 해. 놈들 요새 움직임이 심상치 않아, 중국과 교류를 하려는 것 같아."

"류신, 그 새끼가 하여튼 문제라니까."

인빈이 고개를 저으면서 혀를 끌끌 찼다.

오혁수가 나서려는데 인빈은 또 다시 느낌이 째해졌다.

그는 자신도 모르게 말을 툭 뱉었다.

"참, 아들 하나 있지?"

"아, 예."

"지금 나이가 어떻게 되더라?"

"고3입니다."

"좋을 때네."

"예."

"이름이?"

"오중태입니다."

인빈은 그 석 자를 곱씹었다.

"이름 좋네, 지금 학교는?"

"해성 각성자 고등학교 다니고 있습니다."

그 대답을 듣고 오재원이 픽 웃었다.

"오혁수 공격대장을 닮아 학교에서 아주 소문이 자자한 인재라더라."

"아닙니다."

오혁수는 무안한 듯 뒷머리를 어루만졌다.

"아버지를 닮았으면 아주 멋진 아이겠네."

인빈이 부드럽게 웃었다. 오혁수는 작게 웃고는 밖으로 나섰다.

"오혁수 대장 아들이 졸업하면 한 번 우리 길드에 들어올 생각 없는지 권유해보려고."

"좋지. 그 아버지에 그 아들일 테니까."

인빈이 씨익 웃었다.

피는 못 속일 것이다. 그 재능조차도.

인빈은 오재원과 함께 본부의 식당에 내려가서 함께 식사를 했다.

"너 줄리안 무어 조심해야겠더라."

오재원이 소고기 무국에 밥을 말면서 장난스럽게 웃었다.

"왜?"

"이번에는 아주 벼르는 것 같던데, 고백할 타이밍이야."

"가지 말까?"

"가야지. 새끼야."

인빈이 불안한 표정으로 말하자 재원이 으르렁 거렸다.

"하여튼, 새끼. 친구 존나 부려 먹어요."

"알잖냐. 나 좋자고 이러냐?"

재원의 말에 인빈이 픽 웃었다.

"알지, 나 존나 부려 먹으려는거."

속내는 그것이 아니었고, 재원도 알았기에 두 사람이 마주 보고 웃었다. 밥을 먹은 후 인빈은 다시 주차장으로 향했다.

"언제 돌아온다고 했지?"

"17일 날."

"아아, 그랬지. 참. 조심히 다녀와라."

"그래."

인빈이 등 뒤로 재원에게 손을 흔들면서 자신의 부가티에 올랐다. 빠르게 공항에 도착했다. 공항에는 세린디피티에서 보내준 전용기가 있었다.

출국절차를 끝마치고 전용기에 오르려던 인빈은 다시 느낌이 싸한 것을 느꼈다.

"왜 이래, 도대체…."

그는 미간을 찌푸렸다. 그는 피곤한 듯 콧대 부분을 엄지와 검지로 꾹꾹 누르더니 안대를 착용하고는 편하게 몸을 기대었다.

"요즘 너무 피곤하나."

그는 잠을 자자고 여겼다.

그순간.

'민혁아.'

'강민혁.'

'강민혁, 이 새끼!'

'민혁아.'

정체를 알 수 없는 목소리가 머릿속에서 맴돌기 시작했다. 그는 갑자기 속이 울렁거리는 것을 느꼈다.

안대를 벗고 후다닥 화장실로 뛰어갔다. 변기 커버를 올린 그가 속 안의 내용물을 비워냈다.

"우웨에에엑!"

그는 한참이나 게워내야 했다. 힘없이 세면대를 붙잡고선 그는 입가를 씻어 냈다.

"강…민혁… 그게 누구야…?"

정체를 알 수 없는 이름이 머릿속에 울리고 있었다.

❖ ❖ ❖

서열 2위의 군주.

아르온은 절망하는 인간들을 보았다. 강민혁이 순식간에 사라졌다.

아르온이 마신에게 하사 받은 능력은 환상과 가까웠다. 그렇지만 환상이 아니다.

실제다. 지금 강민혁은 그 안에서 이곳의 기억이 모두 지워졌다. 3일 후 발록과 싸운 후 그가 죽는다면, 그는 영원한 안식을 맞이하게 될 것이었다.

아르온은 터벅터벅 인간들을 향해 걸어갔다.

[쿠와아아아악!]

[요란하군.]

발록이 날아가면서 입에서 검은 불을 뿜어냈다. 빌딩 수십 여 채가 순식간에 재가 되어서 사라졌다.

오중태가 다가오는 아르온을 보면서 입술을 질끈 깨물었다. 악군과 마인은 모두 죽었다.

그렇지만 앞에서 느껴지는 아르온의 기세는 자신들보다 월등히 강해 보였다.

자신들이 바람처럼 휩쓸릴 것이다.

아르온이 다가올수록 강한 중압감이 그를 옭아매고 있었다. 마른 침을 삼킨 중태는 그에게 검을 겨누지 못했다.

그뿐만이 아니었다. 마하엘조차도 그에게 검을 겨누지 못했다. 모두가 그의 기세에 무력해졌다.

아르온은 그들의 옆을 스쳤다.

[성급하지 말거라. 곧 모두 죽을 것이다.]

아르온은 죽일 가치도 없다는 듯이 그를 지나쳐 갔다. 오중태가 입술을 질끈 깨물었다.

"강…민혁… 도대체…."

어디로 사라졌단 말인가.

모두의 얼굴로 의문이 자리 잡았다. 한 시간 내지로 그가 돌아오지 못하면 세계의 모든 각성자들이 전투태세에 돌입하고 대한민국으로 넘어오게 될 것이다.

그리고 사실상, 모두 죽게 될 것이었다.

❖ ❖ ❖

우우우웅!

전용기가 서서히 떠오르기 시작했다. 인빈은 자신의 자리에 앉아 강민혁이라는 이름을 곱씹기 시작했다.

도대체 그 강민혁이라는 아이가 누구인가.

그는 끓었던 속이 한층 진정이 된 것을 느끼고는 안대를 착용했다.

안대를 착용한 그는 편안하게 몸을 의자에 기대었다.

"강민혁."

그는 그 석 자를 곱씹어봤다.

오늘은 조금 이상한 날이었다.

계속 뭔가를 잊은 듯, 느낌이 싸하기도 했으며 이상한 이의 이름이 머릿속에서 맴돌기도 하였다.

그리고 데자뷰 현상을 겪은 것처럼, 가끔씩 겪었던 일인가 싶으면서 기억을 끄집어보고도 했다.

"좀 쉬어 줘야 해. 역시."

원인은 과로인가 싶었다. 하루에 세 시간에서 네 시간 정도만 자면서, 세계에서 도움을 청하면 날아가고는 했기 때문에 충분히 몸이 견디지 못할 수도 있었다.

어쩌면 머릿속에서 울렸던 그 이름도 피로해서 들린 것일지도 몰랐다.

그는 눈을 감고는 편안하게 손을 배 위에 올렸다.

곧 그는 새근새근 잠에 빠져들었다.

❖ ❖ ❖

워싱턴D.C에 도착한 인빈은 자신을 맞이해주는 애드거 앨런과 줄리안 무어를 향해 작은 웃음으로 인사했다.

줄리안 무어가 쪼르르 여동생처럼 다가와 그의 팔을 붙잡았다.

'왜 날 죽이지 않았어요?'

머릿속에서 또 다시 알 수 없는 음성이 스치고 지나갔다.

"쿨럭!"

그는 자신도 모르게 기침을 토했다.

"어디 안 좋아요?"

"아, 그냥 컨디션이 별로네."

인빈은 그저 둘러대었다. 함께 세린디피티의 웅장한 성으로 들어갔다. 차를 함께 마시며 이야기를 나눴다.

앞으로 중국을 어떤 식으로 제지해야 할지, 세린디피티는 어떻게 해야 하며 염인빈으로써는 어떤 조치를 취해야 하는지에 대한 이야기들이 오고 갔다.

"언제쯤 돌아가십니까?"

"17일 날에는 입국 해야지."

"그동안은?"

"좀 쉬려고."

간만에 휴식이었다. 물론 언제 또 다른 나라에서 도움을 청해올지는 모르는 노릇이었다.

인빈은 세린디피티에서 마련해준 자신의 방으로 들어갔다. 방이라고 보기보다는 5성급 호텔의 스위트룸처럼 거대했다.

줄리안 무어가 쪼르르 따라 들어왔다. 인빈은 못 본 척 담배를 입에 물었다.

"있잖아요, 인빈. 오늘 밤에 뭐할 거에요?"

인빈은 담배를 입에 물고 소파에 드러누워서 휴대폰으로 레이싱 게임을 틀었다. 그리고는 화면 속으로 화려한 스포츠카를 몰았다.

담배를 입으로 꽉 문 상태에서 그는 말했다.

"잘 거야."

"에이, 여기까지 와서요?"

그녀가 몸을 낮춰서 그를 보았지만 인빈은 홱 고개를 틀고는 귀찮다는 표정으로 몸까지 돌려버렸다.

"피곤해, 알잖아. 오늘 컨디션도 별로고."

그녀가 품속에 항상 목걸이를 들고 다니는 걸 알았다. 그것을 자신에게 주는 날, 고백이 성사되는 것이고 그러면 그녀와 자신의 관계가 틀어진다는 걸 알았다.

인빈에게 무어는 좋은 동생이고, 제자일 뿐이었다.

"칫, 멍청이!"

무어가 한껏 욕을 뱉고는 쿵쾅쿵쾅 발걸음 소리를 내면서 밖으로 나서버렸다.

그녀가 나서고 인빈은 나선 자리를 바라보면서 안도의 한숨을 뱉었다.

"후우우, 하여튼 정말."

무어도 자신이 일부러 그러는 것을 눈치챈 지는 오래일 것이다. 그러면서도 계속 이렇게 시도를 하니, 인빈으로써는 불편할 수 밖에 없었다.

'그것보다.'

그는 아까의 목소리를 회상해보았다.

머릿속에서 울렸던 목소리는 분명히 무어의 목소리였다.

"왜 날 죽이지 않았어요? 도대체 뭔 소리야. 내가 무어 너를 왜 죽여?"

도대체 오늘 하루 왜 이러는지 알 수가 없었다. 그는 피곤한 듯 미간을 꾹꾹 눌렀다.

❖　❖　❖

쿠쿠쿠쿠쿵!

대피소의 흙먼지가 떨어져 내렸다. 땅이 크게 진동할 때마다 대피소 안의 사람들은 비명을 지르면서 우왕좌왕하기 시작했다.

"침착하십시오!"

"나, 나가야 해! 여기 있다가 무너지면 다 뒈진다고!"

계속 된 거대한 진동에 사람들은 혼란에 빠지고 있었다. 한 중년 남성이 팔을 들어 올리며 강하게 주장했다.

하지만 이들을 통제하는 노민후의 생각은 정반대였다. 오히려 지금 나가면 다 죽을 것이다.

어떤 상황이 벌어질지는 모르지만, 만약 적이 있다면 자신들을 발견하는 즉시 죽일 것이다.

거기에 이 정도의 충격을 줄 수 있는 놈이라면 이 숫자가 순식간에 사라지는 건 일도 아닐 것이다.

"통제 해! 절대 나가지 못하게 막아!"

노민후가 다급하게 외쳤다. 군인들이 서로 팔짱을 끼면서 시민들의 앞을 막기 시작했다.

"야이, 미친놈들아 여기 있다가 무너지면 어떻게 하려고!?"

서른 초반의 남성이 말했다. 노민후는 고개를 저었다.

"밖으로 나가서 혹여 적들과 마주치면 죽습니다!"

"여기 있다 뒈지는 것보단 낫잖아!"

그들은 적들의 위험에 대해서 모른다. 여기 있다가 뒈지는 게 차라리 나을 수도 있었다. 시민들은 군인들이 몸으로 만들어낸 인간 바리게이트를 뚫으려고 하고 있었으며 군인들은 막기 위해 안간힘을 썼다.

"투입해!"

결국 노민후는 각성자들까지 투입 시킬 수 밖에 없었다. 폭력을 행사하려는 이들은 크게 다치지 않을 정도로만 제압을 하기 시작했다.

각성자들이 난입을 시작하자 통제는 발 빠르게 이루어지기 시작했다.

한이는 대피소에서 모든 상황을 지켜보고 있었다.

"그… 분이 오신다…."

류신의 중얼거림에 한이의 고개가 돌아갔다.

'그분이…?'

한이의 눈이 가늘어졌다. 갑자기 앉아있던 류신이 자리

에서 벌떡 몸을 일으켰다. 그는 대피소의 입구를 향해서 걸어가기 시작했다.

한이가 그의 팔을 붙잡았지만 류신은 거침없이 그 손을 뿌리쳤다.

"이봐요, 자리에서 대기⋯."

한 각성자가 류신의 어깨 위에 손을 올리려는 순간이었다. 한이가 사내를 밀어내 버렸다. 그의 몸에 함부로 누군가 손대는 것은 용납할 수 없었다.

노민후의 미간이 찌푸려졌다. 각성자들이 그쪽을 향해서 몰려들고 있었지만 스물 초반으로 보이는 사내가 빠른 속도로 각성자들을 때려눕히고 있었다.

"대체⋯."

노민후의 눈살이 찌푸려졌다. 자신보다 몇 수 위? 아니 이수현 공격대장이 와도 어찌할 수 없는 상대가 분명해 보였다.

어느덧 두 사내가 입구를 벗어나 지상을 향해 걸어가고 있었다.

류신을 따라서 걷던 한이는 어느덧 밖으로 나왔음을 알 수 있었다.

높은 허공 위에 솟아 있는 겹쳐진 달이 보였다. 대한민국 전역이 마치 마계가 된 것처럼 깜깜했고, 곳곳에서 마기가 느껴지는 것만 같았다.

콰아아앗!

멀리서 조그마한 점 하나가 이곳으로 향하는 것이 보였다. 거대한 박쥐의 날개 같은 것으로 날아오는 놈을 보며 한이는 미간을 찌푸렸다.

"발록…."

분명했다. 2년 전 등장했던 놈의 영상은 세계적으로 알려졌었으니까.

발록을 향해서 류신도 한 걸음 한 걸음 떼고 있었다.

발록은 이곳으로 오면서 계속해서 화염을 토해내고 있었다. 그럴 때마다 빌딩들이 우수수 무너져 내리고 있었다.

쿠우웅

어느덧 발록은 그 육중한 몸을 착지시켰다. 류신의 앞에 선 그는 천천히 그의 머리 위에 손을 올리기 시작했다.

[그분을 받아들여라.]

발록이 하사 받은 능력. 마신강림.

약 30분에서 1시간 뿐이었지만 그분이 이곳에 오실 수 있었다. 딱 1시간 뿐이라고 할지라도 이곳은 쑥대밭이 되기에 충분했다.

발록의 손에서 뻗어진 검은 기운이 류신의 머리부터 시작해서 서서히 그의 몸속으로 스며 들어가기 시작했다.

한이는 그 모습을 바라보며 얕은 신음을 흘렸다. 류신은 한없이 기쁘다는 듯 웃고 있었다.

"그 분을… 만난다…."

＊ ⚜ ＊

　호화로운 정원에서 인빈은 아침을 애드거 앨런과 함께 즐기고 있었다. 홍차와 부드러운 빵, 스프와 샐러드가 주된 메뉴였다.

　"무어는요?"

　애드거 앨런이 잼을 빵에 바르면서 한 말이었다.

　인빈이 답없이 홍차만 홀짝이자 그가 픽 웃었다.

　"또 삐졌답니까?"

　항상 이렇게 인빈이 돌아가는 날에 무어는 그를 마중오지 않았다. 왜냐? 이번에는 고백해야지 생각을 하고 있었는데, 인빈이 올 때마다 자신을 밀어내서 단단히 토라지는 것이다.

　"무어도 참 귀여운 구석이 많다니까요."

　"귀엽지, 아주아주."

　가끔은 무서울 정도다. 오늘 인빈은 다시 대한민국으로 돌아간다. 며칠 동안 세계가 웬일로 조용해서 편하게 쉴 수 있었다.

　그러던 중 인빈은 누군가 다급히 뛰어오는 걸음 소리를 느낄 수 있었다. 그 소리의 정체가 줄리안 무어이자 고개를 갸웃했다.

　"웬일…."

　"인빈, 서울에 정체를 알 수 없는 무언가가 솟아났대요."

"뭐?"

깜짝 놀란 인빈이 몸을 일으켰다. 무어가 휴대폰으로 전송 받은 사진을 보여줬다. 곧 세렌디피티의 몇 사람이 뛰어와 애드거 앨런에게도 보고를 하기 시작했다.

"이거 문 같지 않습니까?"

애드거 앨런의 말에 인빈은 동조했다.

저 문에서 무엇이 나올지 몰랐다.

"워프존으로 가십니까?"

인빈이 고개를 끄덕였다. 앨런이 서둘러 지시했다.

"빨리 차량 대기시켜."

차량은 빠르게 준비되었다. 무어와 인빈이 함께 차에 올랐고 빠른 속도로 내달렸다. 순식간에 워프존이 있는 건물에 멈춰 설 수 있었다.

"지금 현재 문에서 마족으로 추정되는 자들이 나왔다고 해요!"

무어는 전화를 끊고는 다급한 목소리로 말했다. 인빈의 미간이 찌푸려졌다.

"벌써 피해를 입은 숫자가 수 백명 이상…."

"젠장!"

인빈이 달렸다. 등 뒤로 무어가 그를 불렀다.

"이, 인빈!"

뭔가 무어는 더 이상 그를 볼 수 없을지도 모른다는 불길한 예감에 불렀지만 인빈은 돌아보지 않았다.

워프존 앞에 당도한 인빈은 서둘러서 넘어갈 채비를 했다. 워프존을 넘어가기 전에는 약을 먹어야 했다.

　어지러움과 구토를 억제해주는 약이다. 서둘러 씹어서 넘기고 넘어가려던 인빈은 홱 고개를 돌렸다.

　"뭐야, 진짜 씨발!"

　또 다시 싸한 느낌이 등 뒤를 잡았다.

　뭔가 들어가면 안 될 것 같은 적신호.

　하지만 시간이 없다. 계속해서 사람들이 죽어 나가고 있다고 한다.

　막 워프존을 타려던 순간이었다. 누군가 그의 옷깃을 끌어당겼다.

　뒤로 몇 걸음 물러난 인빈이 홱 시선을 틀었다.

　금발의 머리카락이 웨이브 진 화려한 미남자가 서 있었다. 그는 고개를 저었다.

　[들어가면 안 돼.]

　"무슨⋯."

　사내가 누구인지 정체는 몰랐다. 그렇지만 인빈은 이 사내의 말을 무시하고 뛰쳐 들어갈 수 없었다.

　[자네는 지금 강민혁이야.]

　머릿속에서 울리던 그 이름을 사내는 말하고 있었다. 인빈은 이해할 수 없었다.

　"인빈님! 어서 넘어가시지 않고요!"

　방출계 각성자들이 의아해하며 한 말이었다. 그들의

눈에는 금발의 남성이 보이지 않는 듯 싶었다.

"강…민혁…."

인빈은 그 석 자를 곱씹기 시작했다. 머리가 지끈거리며
아팠다.

'두 개의 달이 뜨는 날… 돌아온….'

인간이 아닌, 거대한 뿔이 달린 형상을 한 괴수가 스르르
문으로 스며 들어가면서 자신에게 말하고 있었다.

머릿속으로 정체를 알 수 없는 기억의 조각들이 스치고
지나가고 있었다. 그렇지만 인빈은 워프존을 향해 한 발자
국 발을 뗐다.

지금 당장 죽어 나가는 사람들이 많다고 했다.

다시 사내가 인빈의 손을 붙잡았다.

[넘어가면 자네는 죽어!]

"닥쳐!"

인빈은 매섭게 노려보며 그를 뿌리치려 했지만 그것이
되질 않았다. 자신보다 강해서? 아니, 아니었다.

자신의 몸은 움직였지만 머리는 앞의 사내의 말을 들으
라는 듯이 신호를 보내고 있었다.

[계승자. 강민혁. 자네를 위해 한 번 이치를 어기지.]

그의 손이 인빈의 머리 위로 올라갔다. 천천히 올라간 그
손에서 따뜻한 황금 빛이 흘러나오기 시작했다.

그 빛은 인빈의 온 몸을 뒤덮기 시작했다. 그럴수록 인빈
의 머릿속으로 강민혁의 기억이 고스란히 돌아오기 시작하

고 있었다.

"쿨럭!"

모든 기억이 돌아왔을 때, 그는 목을 움켜쥐며 기침을 크게 토했다. 민혁은 당혹한 표정으로 주위를 둘러봤다.

이때가 기억난다. 분명히 염인빈일 때, 자신이 다급하게 워싱턴에서 워프존을 타고 넘어갔었고, 발록과 결전을 벌인 후 사망했다.

그리고 지금의 이 몸을 가지게 되었지.

홱 고개를 튼 민혁은 미간을 찌푸렸다. 방금 전 그 금발의 사내가 사라져 있었다.

"염인빈님! 지체할 시간이 없습니다!"

방출계 각성자들이 소리치고 있었다, 잠시 공황에 빠졌다. 머리는 빠르게 이게 어떻게 된 일인지 계산을 하기 시작했다.

그리고 곧 민혁이 욕을 뱉었다.

"별 이상한 좆같은 능력을 다 쓰는군."

금발의 미남자. 정확하게는 절대신일 것이다. 이치를 거스른다고 했다. 뭔 소리인지는 모르겠지만 지금 더 중요한 건 이곳을 벗어나는 것이다.

환상 같지는 않았다.

빠져나갈 길을 찾아야 했다. 지금 당장 발록과 또 다른 군주가 대한민국을 어떻게 휘젓고 있을지 모르는 노릇이었다.

그는 불안한 듯 다리를 달달 떨기 시작했다.

4. 승리자

NEO MODERN FANTASY STORY

RAID

신의 탄생

레이드

NEO MODERN FANTASY STORY

"염인빈 님, 어서!"

민혁의 미간이 찌푸려졌다. 계속해서 자신을 재촉하는 목소리가 신경을 거슬렀다. 그는 허공을 향해서 무형검을 날린다고 생각했다.

무형검은 만들어지지 않았다. 그는 주먹을 꽉 쥐어보았다.

강민혁으로써 가진 무위가 아니다. 염인빈일 때 가지고 있었던 힘 밖에 있지 않았다.

실제 지금 자신은 염인빈일 때와 다를 바가 없었다.

"어떻게 빠져 나가는 거야, 씨발!"

그나마 이 워프존을 타고 넘어가지 않아서 다행이었다.

넘어갔다면 발록과 싸웠을 것이고, 놈도 죽었을 것이며 자신도 죽었을 것이다.

이 안에서 놈에게 죽었다면 과연 살아남을 수 있었을까?

아니다. 죽었을 것이다.

마신이 준 능력이다, 결코 가벼운 환상이 아닐 것이었다.

자신의 정신력 정도면 어지간한 환상은 컨트롤이 가능했으며 간파 또한 되었다.

예전에 예선전에서 빠르게 해답을 찾았던 것처럼. 그렇지만 지금 이 환상은 덧없이 조심스러워야 했다.

이것은 시험이 아니라 실제로 자신이 죽을 지도 모르는 일이었으니까.

어느덧 줄리안 무어가 뒤따라 들어왔다, 아직 민혁이 출발하지 않고 자리에 있자 그녀는 의아한 표정이었다.

"아직 안 갔어요?"

"염인빈님 피해자가 속출하고 있다고 합니다!"

다급한 방출계 각성자들의 목소리, 의아해하는 무어. 민혁은 몸을 휙 돌렸다.

"어디 가요?"

"따라오지 마."

민혁은 날카로운 목소리로 말했다.

그는 주위를 두리번 거리다 허공을 향해서 힘을 날렸다. 허공은 멀쩡했다.

트릭 같은 것을 찾아야 했다. 그마저도 찾기 쉽지 않았다. 시간은 계속 흐른다.

자신이 오늘 죽은 시각은 15시 17분 정도였다. 그는 손목시계를 바라봤다.

어쩌면 이 안에서 15시 17분이 되는 순간, 죽을 지도 몰랐다.

어떤 환상인지 전혀 알 수 없었기에 더욱더 다급해져만 가고 있었다. 지금 이 순간에도 얼마나 많은 사람들이 죽어 나갈지 모를 노릇이었다.

특히나, 자신이 사라진 이때에 플랜2로 넘어갔을 것이다. 전 세계에서 각성자들이 대한민국으로 넘어오기 위한 준비를 시작하고 있을 터.

그렇게 되면 인명피해는 장담할 수 없었다.

거기에 마신강림. 막아야 했다. 하지만 별의 별 짓을 다 해봐도 해답은 나오질 않고 있었다.

❖ ❖ ❖

"류신⋯님⋯?"

발록은 다시 날아갔다. 서울 전역이 불바다가 되고 있었다. 류신은 멍하니 자리에 서 있었다. 곧 검은 번개가 번쩍하면서 류신을 향해서 내리쳤다.

콰아아앙!

강한 번개의 힘에 한이가 자신의 눈앞을 양 팔로 막았다. 흙먼지가 자욱하게 피어났다. 류신의 눈이 뱀의 것처럼 누렇게 변하기 시작했다.

그의 몸에서 숨쉬기도 벅찰 정도의 이질적인 힘이 느껴지기 시작했다. 한이는 마른 침을 꿀꺽 삼켰다.

류신은 여전히 미동이 없었다. 마치 배터리가 방전되었다가 충전하고 있는 중인 것처럼.

한이는 그의 앞으로 다가갔다. 그의 얼굴을 향해 손을 뻗으려 했다.

"류신…."

그의 초점은 없었다. 그가 미쳤었다고 할지라도 그의 자아였다. 그의 자아가 말하고는 했다. 그분을 통한 안식을 얻고 싶다고.

하지만 지금 그는 이제 류신이 아니었다. 자신이 따르는 마스터가 아니었으며, 어린시절 항상 미소로 돌봐주었던 형님이 아니었다.

"끄흑…!"

한이는 고개를 푹 떨궜다. 마신이 강림하기 시작하고 있었다.

류신의 자아는 사라지고 있었다. 한이의 검이 스르르 뽑혀나왔다.

"함께 갑시다. 형님."

류신이 원하는 세상이 이런 것이 아님을 한이는 알고

있었다.

그는 백룡을 세계 최고로 만들어내고 싶어했다. 한이와 천이, 자신들과 함께.

그렇지만 지금의 세상은 누가 최고라고 할 것도 없이 먹혀가는 세상이었다. 마족들에 의해서, 자신조차도 잭을 통해서 마인이 되었다.

이 지긋지긋한 것을 이젠 끝내고 싶었다.

촤아아앗!

한이의 검이 류신의 목을 노리고 휘둘러졌다.

❖ ❖ ❖

투명하게 떠 있는 홀로그램. 세계에서 찬성한다는 목소리가 다급하게 퍼지고 있었다. 시간이 없었다.

코이치가 황당하단 목소리를 내뱉었다.

-그렇게 자신만만하더니, 이게 무슨 꼴이요! 뭐 어차피 대한민국에서 진행한 일이니, 쑥대밭이 된다고 딴 말 하진 않겠지요!

오재원은 입술을 질끈 깨물었다. 갑자기 강민혁이 홀연듯이 사라져 버렸다. 생사조차도 알 수 없었다.

더 큰 문제는 발록이 서울 전역을 휘젓고 있었다. 코이치의 말대로였다. 자신들이 이렇게 진행을 하였다.

최소한의 인원으로, 피해를 최소한으로 하며 강민혁을

앞에 내세운다. 하지만 강민혁이 없는 지금은 이야기가 달라진다.

정말 오늘 대한민국이 날아가도, 오재원은 할 말이 없었다.

-찬성합니다.

-찬성.

계속해서 세계의 국가들이 워프존을 통해서 대한민국으로 군사들을 보낼 것을 찬성하고 있었다. 그리고 이중 상당수의 나라들은 대부분 정상적인 업무의 가동을 시작했다.

정상적인 업무의 가동은, 대피시킨 시민들을 밖에 나가 집에 돌아가게 하거나 일을 할 수 있게 출근시키는 것을 의미했다.

물론 그렇게 한다고 제대로 일을 잡을 수 있는 사람이 있겠냐만은 일단은 자신들의 나라는 안전하다 이거였다.

-오늘부로 대한민국은 끝이군….

코이치가 작게 중얼거리듯 말했다. 그 말이 재원의 귀에 똑똑히 박혔다. 애드거 앨런은 실소를 흘렸다.

-말이 틀렸소.

코이치의 고개가 들어졌다.

-세계가 끝이요.

아무도 입을 여는 사람은 없었다. 그게 사실일지도 몰랐다. 당장, 발록이 서울을 향해서 화염을 뿜는 영상이 계속 전해지고 있었다.

한 번 토할 때마다 40층짜리 고층빌딩이 우르르 무너져 내리고, 땅이 지진을 일으키고 있었다.

다행이 아직 대피소는 뚜렷한 피해를 입은 곳은 없다고 보고가 되고 있었다.

최대한 깊숙한 곳. 지하로 대피시킨 것이 도움이 되어주고 있기는 했다.

"아직 안 끝났어."

오재원이 품에서 담배를 꺼내 물었다. 그가 지퍼 라이터로 불을 붙여 길게 뿜었다.

"난 강민혁의 시체를 보기 전까지 그가 죽었다는 거 인정하지 않거든."

그조차도 확신하진 못한다. 살아있다고. 그렇지만 그것이 지금 생각할 수 있는 최선이었다. 강민혁이 다시 나타나준다면 희망은 분명히 생길 수 있었다.

❖ ❖ ❖

한이는 눈을 부릅 떴다. 자신의 검이 막혔다. 정확하게는 퉁겨져 나갔다. 다시 한 번 검을 휘둘렀다.

그 검은 류신에게 닿지 못했다. 그의 고개가 뒤로 돌아갔다.

기적조차 느끼지 못했다. 아르온이 그곳에 서 있었다. 아르온은 짙은 웃음을 머금고 있었다.

[재밌구나.]

인간 중에 이 같은 힘을 가진 자가 있다는 게 아르온은 생소하고 재밌었다.

그 힘은 상급 마족들 몇과 대적해도 충분할 정도였다. 그리고 그에게서 흐르는 잭의 힘. 마인이 된 것이 분명해 보였다.

[왜 죽이려 하는가?]

"원치 않을 테니까."

[틀렸다. 그자는 원한다.]

한이는 류신을 돌아봤다. 그분의 안식. 그는 항상 원하고는 했다. 그녀를 위해서 뭐든 할 수 있다고 하고는 했다.

어쩌면 앞의 사내의 말이 사실일지도 몰랐다. 그렇지만 정신이 온전했을 때의 류신이라면 이런 것은 원하지 않았을 것이다.

한이는 다시 힘껏 류신을 향해 검을 휘둘렀다. 아무리 휘둘러도 그 힘이 닿지 못했다.

태에에엥!

한이의 검이 두동강이 나며 바닥에 떨어졌다. 그는 사내를 바라봤다.

"어째서 이렇게 된 것일까."

류신과 왕위가 교류를 하기 시작하면서 류신이 이리 변하기 시작하였다.

한이는 천천히 하늘을 올려다보았다. 푸른 하늘에 수놓아진 구름이 흘러가는 것이 보고 싶었다.

하지만 하늘은 먹구름이 세계를 덮은 것처럼 어둡기 그지없었다.

'형님…'

그의 부모를 이용해서 그를 죽이러 왔지만 이젠 아니다, 그가 류신을 죽여줬으면 좋겠다. 그리고 자신도 함께.

아르온은 터벅터벅 걸어가 한이를 무미건조한 표정으로 바라봤다. 그가 기세를 흘리자 한이의 몸이 저절로 떨려왔다.

숨이 가쁘다.

"쿨럭…!"

입에서 피가 흠껏 토해졌다. 그는 스르르 다리의 힘이 풀리는 것을 느꼈다, 무릎 꿇은 그의 입에서 계속해서 피가 흘러나왔다.

아르온은 생긋 웃었다. 류신의 바로 앞에선 그는 마신이 강림하기를 기다리고 있었다.

❖ ❖ ❖

15시 17분을 향해서 시계의 추는 맹렬히 움직이고 있었다. 더 고통스러운 것은 민혁은 똑똑히 듣고, 보고 있다는 것이었다.

발록에 의해서 그 앞을 막은 삼대 길드가 맥없이 전멸해 버렸다. 그뿐만이 아니었다. 서울 전역이 불바다가 되고 무고한 사람들이 죽어 나가고 있었다.

자칫, 이성을 잃고 뛰쳐 나갈 뻔 했을 정도였다. 담배를 초조하게 문 민혁은 시계를 확인했다.

이젠 10분 남짓 밖에 남지 않았다.

"시간이 되면 죽는다…."

10분 후에 죽을 것이다. 그 느낌이 강하게 들었다.

자신이 해보지 않은 일이 무엇이 있을까.

누군가를 죽이는 것도 해봤다. 자신에게 쪼잘쪼잘되는 방출계 각성자 한 명을 소리 없이 죽였다.

어차피 그는 지금 이 안의 사람에 불과했으니까. 그렇지만 변하는 것은 없었다. 자신의 소중한 사람들을 죽여야 하나?

그래야 할 수도 있었다. 그렇지만 그러기에는 시간이 촉박한 게 사실이었다. 그는 자신을 내려다봤다.

"나를 죽여야 하나?"

그게 해답일 수도 있었다. 스스로 자결해야하는 환상은 분명히 현실에도 존재하고는 했다.

문제는 환상을 벗어나려고 하는 것과 지금 이 안에서 자신을 죽이는 것은 다른 것이다.

실제로 자신이 죽을 수도 있는 것. 이것은 테스트 따위가 아니었으니까.

또한, 실제로도 사람이 사람에게 환상을 거는 경우는 허다한 경우가 아니었다.

사람이 사람에게 거는 경우는 불법적이었으니까.

그는 입술을 잘근잘근 씹었다.

이제 3분 남짓이 남았다. 그는 벌떡 몸을 일으켰다.

죽자. 죽어야 한다.

그래야 뭐가 되든 될 것이었다. 그는 땅을 박차고 움직였다.

순식간에 높은 고층 빌딩 위에 올라선 민혁이었다.

시간이 얼마 남지 않았다. 1분 남짓.

그는 호흡을 가다듬었다.

이 한 번에 모든 패가 갈렸다.

정말 죽을 지도, 벗어날 지도 모른다.

그는 힘껏 몸을 던졌다.

그는 몰랐지만 시간은 15시 17분을 향해 거의 치닫고 있었다. 10초, 9초, 8초, 7초, 6초, 5초….

서서히 민혁의 몸이 지상과 가까워지고 있었다.

❖　❖　❖

따닥따닥!

건물의 잔해가 타 들어가는 소리가 퍼지고 있었다. 후끈후끈 거리는 열기가 가득했다. 발록이 뿜어낸 불길에 의해 무너진 빌딩들이 가득한 곳.

허공의 높은 곳의 공간이 열리면서 민혁이 떨어져 내리고 있었다.

그는 빠르게 정신을 차리고 부드럽게 바닥에 내려섰다. 그는 주위를 둘러보고는 미간을 찌푸렸다.

온통 불바다였다. 다행이도 인명피해는 아직 크게 일어난 것 같지는 않았다. 지하를 중심으로 대피시킨 효과가 있는 것 같았다.

그는 주위를 둘러봤다. 지금쯤 플랜2로 계획이 변경되어 각성자들이 넘어오기 시작하고 있을 것이다.

쿠우우웅!

건물들이 무너져 내리는 소리가 들렸다.

"빌어먹을 새끼."

민혁이 욕을 내뱉었다. 두 번째 군주의 능력에서 풀려났다.

어차피 놈의 무위는 자신보다 위는 아니었다. 문제는 발록의 능력인 마신강림이었다.

그는 발록과 아르온의 위치를 그들의 음산한 기운만으로 짐작했다.

발록이냐, 아르온이냐. 어느 쪽을 갈지 일단은 빠르게 정했다. 발록부터 죽여야 했다.

그가 발록을 향해 움직이려던 순간이었다.

쿠구구구!

이질적인 힘이 느껴졌다. 그 힘은 이제까지 느껴보았던 것과는 차원이 달랐다. 그의 얼굴이 처참히 일그러졌다.

그 이질적은 힘은 서서히 커져 가고만 있었다.

"설마…."

발록이 했던 말.

마신강림을 행하겠다고 했다.

마신강림이 이루어진 것인가?

그는 머리를 굴렸다. 혹시 발록을 죽이면 중단이 될 수도 있었다.

더 빨리 움직이자고 여겼다.

파앗!

땅을 박차는 순간 민혁은 그곳에서 사라져 있었고, 어느덧 그의 머리 위로 발록이 날아다니며 입에서 불을 뿜어대고 있었다.

타앗

번쩍 뛰어오른 민혁은 거침없이 발록의 등을 걷어찼다.

[끄억!]

그의 기척을 느끼지 못한 발록이 단말마를 터뜨리면서 쭈욱 밀려났다. 그를 쫓아간 민혁은 어느덧 그의 앞에 서 있었다.

"뒈진 줄 알았지?"

민혁은 한쪽 입을 올려 조소했다. 그를 위에서 밑으로 힘껏 발로 내리쳤다.

콰아아앙!

땅이 진동하면서 움푹 패였다. 민혁이 팔을 크게 휘둘렀다. 그의 손에서 뻗어진 두 개의 무형검이 발록의 몸을 양단 내었다.

화르르르!

재가 되어 사라지는 발록을 보면서 민혁은 홱 시선을 틀었다. 여전히 그 이질적인 힘이 사라지지 않고 있었다.

그렇다는 것은 그가 강림한다는 것이 된다. 민혁은 지체하지 않고 움직였다.

그의 시야로 무릎을 꿇고 입에서 피를 흘리며 거의 다 죽어가고 있는 한이가 들어왔으며 아르온이 보였다. 그 앞으로 가만히 서 있는 류신도 있었다.

아르온의 눈이 처참하게 일그러졌다.

"어떻게…."

그 능력은 인간의 힘으로 절대적으로 깰 수 없는 것이었다. 자신의 기억도 없었을 테고, 평상시처럼 행동하게 되었을 것이다.

그리고 발록과 만나 그를 죽이고, 자신도 죽으면 민혁은 영원한 안식에 빠지게 되는 것이었다.

민혁도 그 놀란 표정을 이해했다. 금발의 미남자. 절대신이 도와주지 않았다면 지금쯤 자신은 죽었을 것이다.

당혹한 표정을 짓던 아르온이 히죽 웃었다.

상관 없는 일이었다. 어차피 곧 강민혁은 죽게 될 테니까.

마신강림이 이루어지고 있었다. 그는 막을 수 없었다.

"형…님….'"

한이는 피를 토하면서 이를 드러내며 쓸쓸하게 웃고 있었다. 그는 천천히 고개를 돌려 류신을 바라봤다. 절망적인 표정의 그에게서 그가 원하는 바를 볼 수 있었다.

"류신… 죽여…주십시오."

"부모님은."

민혁의 눈빛은 평소와는 다르게 조금 차가웠다. 한이는 쓰게 웃었다.

"무사하십니다."

민혁은 고개를 끄덕였다. 부모님이 무사하시다. 무거웠던 마음이 한결 가벼워졌다. 그는 아르온을 매서운 눈으로 노려봤다.

"탐나는데. 네 능력."

그가 생긋 웃었다.

"죽어줘야겠어."

민혁이 땅을 박차고 나섰다. 아르온을 가볍게 몰아치기 시작했다. 한이는 빠르게 움직이는 두 개의 잔영을 보고 있었다.

강민혁의 움직임은 자신조차도 쫓을 수 없을 정도로 빨랐고 강했다.

사실 알고 있었다. 자신은 오늘 그의 부모를 인질 삼아 죽일 수 없었으며 그의 손에 죽게 될 것이라는 걸.

물론 지금 자신의 생명은 다해가고 있다. 단지, 류신과 함께였으면 했다.

촤아아앗!

아르온의 몸이 양단되어 사라졌다. 두 번째 군주가 맥없이 무너져 내렸다.

민혁은 지체하지 않고 류신을 향해서 무형검을 날렸다.

후우우우

소리도, 형체도 없이 날아간 무형검이 류신을 벨 것이다. 라고 생각했다. 하지만 민혁이 눈을 깜빡인 순간 류신은 그 자리에 없었다.

민혁의 시선이 주위를 훑었다. 곧 허공으로 향했다.

허공에 그가 서 있었다. 그는 주위를 두리번거리다가 자신의 손을 내려다봤다.

[그의 차원인가.]

그의 차원이라면 절대신이 관리하는 차원을 말할 것이다. 그의 얼굴로 짙은 조소가 맺어졌다. 이곳을 초토화 시킴으로써 절대신이 무력해졌다는 것을 마신은 증명하고 싶었다.

그리고 그를 꺾고 자신이 절대신이 될 것이었다.

민혁은 결국 마신이 강림했음을 알 수 있었다. 류신의 손이 앞으로 뻗어졌다.

그의 손으로 강한 힘이 몰려드는 것이 느껴졌다. 저 힘은 순식간에 서울의 반을 날려버릴지도 몰랐다.

민혁이 입술을 질끈 깨물었다. 자신이 감당할 수 있을까 싶었다. 그렇지만 일단은 부딪쳐 봐야 했다.

촤아아앗!

허공에 번쩍 뛰어오른 민혁이 그에게 무형검을 날렸다. 류신의 몸이 빠르게 움직였다.

류신의 손이 어느덧 민혁을 겨냥하고 있었다.

[계승자. 벌레 같은 것.]

작은 실소를 흘린 그의 손에서 압축된 강한 힘이 뻗어 나왔다. 민혁이 입술을 깨물었다. 자신이 피하게 되면 무수히 많은 사람들이 죽어나가게 될 것이었다.

콰아아아앙!

민혁은 무형갑의 본연의 힘을 활성화 시켰다. 그와 함께 그 힘을 향해 저항했다. 양 팔을 교차시켜 막아내는 민혁의 몸이 뒤로 밀려나고 있었다.

"끄흐윽!"

온몸의 카르마를 힘껏 끌어올려 폭사시켰다. 그도 그가 쏘아낸 힘처럼 카르마를 양 팔에 모아 폭사시켰다.

콰아아앙!

검은 힘과 붉은 힘이 서로 밀어내기 위해 거친 충돌을 일으키고 있었다.

민혁의 눈이 이채를 머금었다.

자신의 힘이 밀리지 않는다. 그는 마신을 바라봤다. 그 얼굴은 무덤덤했지만 속 내가 비추어지는 것 같았다.

마신은 지금 완전한 강림을 이룩한 것이 아닌 듯 보였다.

❖ ✛ ❖

"돌아왔군."

"강민혁이 돌아왔다."

시크릿 에이전트, 13인의 퍼스트 클래스. 그들을 비롯한 세계의 강자들의 시선이 한 사람에게 향해 있었다.

류신과 맞서고 있는 강민혁이었다. 그들은 믿을 수 없을 정도로 강한 힘을 쏘아내는 류신에게 대항하는 민혁을 보고 있었다.

"서둘러서 이 사실을 알려라."

마하엘이 뒤에 선 한 각성자에게 말했다. 각성자가 고개를 끄덕이면서 품속의 휴대폰을 꺼내 들어 전화를 넣는 것이 보였다.

김미혜는 다리에 힘이 풀린 듯 주저 앉았다.

그가 죽었으면 어쩌나 싶었다. 오중태와 이현인, 스미스는 발록이 죽었음을 알 수 있었다.

이 싸움에서 이기면 세계는 위기를 극복해내는 것이었다.

소식은 빠르게 세계 곳곳에 퍼져나갔다. 강민혁이 돌아왔다. 막 활성화되려던 워프존 앞에서 모든 각성자들이 멈추었다.

대한민국의 대피소에서 숨을 죽이던 이들도, 강민혁이 불현 듯 사라졌으며 생사를 알 수 없다는 이야기를 들었다.

"강민혁 님이 돌아왔다고 합니다."

서울 전역을 흔들던 진동이 주춤해지고 노민후는 혹시나 했다. 그리고 들려온 소식을 듣고 기사회생한 표정으로 말했다.

"미, 민혁아."

아버지와 어머니가 서로의 손을 꼭 붙잡았다. 이제부터 진짜 싸움이 시작될 것을 두 사람도 알고 있는 듯 싶었다.

모두가 한 마음으로 바라고 있었다. 강민혁이 오늘의 싸움에서 승리를 거머쥐기를.

❖ ❖ ❖

콰아아앗!

민혁이 빠르게 류신을 향해 접근했다. 그의 주먹이 머리를 노렸다.

류신이자 마신. 그는 가까스로 그 주먹을 피해내는 모습이었다.

"네놈."

민혁이 픽 웃었다.

"완전한 힘을 발휘할 수 없구나."

그것이 아니라면 마신은 절대신에 도전할 수 없을만큼 약한 존재이거나 였다. 전자에 가까워 보였다.

류신이 입술을 질끈 깨무는 것이 보였다.

[감히…!]

그는 아직 한낱 인간에 지나지 않은 자에게 자신이 밀리자 분노한 모습이었다. 팔을 크게 휘익 젓자 반달처럼 생긴 검은 힘이 쏘아져 나갔다.

몸을 밑으로 내려 피해낸 민혁은 반달의 힘을 쫓았다.

더 이상 대한민국이 망가지는 꼴은 볼 수 없었다.

콰아악!

두 개의 무형검이 빠르게 검은 반달을 소멸시켜버렸다.

흩날리는 힘 사이로 민혁의 눈이 차갑게 내려앉았다.

"약해 빠졌어."

민혁은 실소를 터뜨렸다. 고작 이런 힘을 가지고 이곳을 집어삼키겠다고? 어림없는 소리였다. 그렇게 되게 자신이 두지 않는다.

그가 한 걸음 내딛었다. 마신의 몸이 움찔했다.

"널 죽이면 완전한 죽음인가?"

사실 민혁은 그것은 아닐 거라고 생각하고 있었다. 그랬다면 이런 위험요소를 가지고 그는 이곳에 강림하지 못했을 테니까.

[그럴 리가 있나.]

그의 입꼬리가 올라갔다. 오늘 끝난다고 하여도 끝은 아닌 것이다.

민혁이 고개를 끄덕였다.

"꺼져라. 짜증나니까."

눈썹을 치켜 올린 민혁이 빠르게 거리를 좁히고 들어갔다. 저항하는 놈의 목을 거침없이 베어버렸다.

푸화아아악!

검은 마기가 원의 형태로 하늘을 뚫고 높이 솟구치기 시작했다.

[키에에엑!]

놈의 거친 포효에 민혁은 미간을 찌푸렸다.

투욱!

류신의 머리가 바닥에 떨어졌다. 그의 떨어진 머리를 향해서 한이는 마지막 힘을 짜내어서 다가갔다.

그는 류신의 머리를 가슴에 꽉 끌어안았다.

스르르 그의 눈이 감겼다.

그의 고개가 힘없이 바닥으로 떨어졌다. 품에는 류신의 머리를 안은 채.

화아아악!

원을 그리고 솟아 올라간 검은 마기. 겹쳐진 두 개의 달이 서서히 흐릿해지고 있었다. 어둠이 몰려왔던 세상에 태양의 빛이 내리고 있었다.

서서히 밝아지기 시작하고 있었다.

민혁은 하늘을 올려다봤다. 푸르다. 구름이 움직인다.

주위를 다시 둘러봤다. 서울의 1/3의 건물들이 무너져 내렸다. 그렇지만 빠른 시일 내에 복구가 될 것이다.

가장 중요한 것은 인명피해였다. 다행이 지하에 피신을 하고 있었기 때문에 우려했던만큼의 피해는 없는 걸로 추정된다.

그렇지만 수천 이상의 사람들이 죽었을 것이다.

민혁은 품에서 담배 한 가치를 꺼내 입에 물었다.

"후우우우…."

일단은 끝났다. 발록은 죽었고 강림했던 마신도 흔적도 없이 사라져버렸다.

언젠간 다시 돌아오겠지. 하지만 그때 역시도 강민혁은 막아낼 자신이 있었다.

❖   ❖   ❖

재떨이에 담배 꽁초가 수북하게 쌓여있었다. 머리가 띵 해지고 입 안이 텁텁했지만 오재원은 계속해서 담배를 입 에 물 수 밖에 없었다.

강민혁이 돌아왔다는 보고를 듣고 한 시름 놓았다, 그리 고 진짜 싸움이 시작되었다는 것을 알 수 있었다.

승패에 따라서 이 땅이 어떻게 될지 알 수 있었다.

띠리리리리!

전화기가 요란하게 울렸다. 그는 서둘러서 품에서 휴대폰을 꺼내 귀에 가져갔다.

그리고 들려온 보고에 벌떡 몸을 일으켰다. 그는 밖으로 나서려다가 홀로그램을 돌아봤다.

"아까 누가 나한테 대한민국은 끝이라고 했지? 일본이었던가?"

그 말에 코이치는 대답하지 않았다.

"발록이 죽었다. 그리고 강민혁은 무사하다."

그가 한껏 조소해 보였다.

"내 말 무슨 뜻인지 알지?"

아까 그런 발언을 했던 것에 대해서 후회하게 할 것이라는 의미였다.

"마스터."

"시민들 대피령 해지해."

이제 곧 대통령이 뉴스를 통해서 전파할 것이다. 발록은 죽었으며 평화가 찾아왔다. 코리안 나이트 강민혁이 구해냈다.

이제 세상은 조용할 것이다라고.

그는 거센 발걸음으로 민혁을 만나러 가기 위해 움직이기 시작했다.

200여 명의 사람들이 우르르 뛰어오는 것을 보니 민혁
은 골이 아파지는 것 같았다. 쉬고 싶었다. 당장이라도 침
대 위에 누우면 잠에 빠져들 것만 같았다.

역시나 언제나 그렇듯이 김미혜가 그를 꽉 끌어안았고
중태는 코를 씰룩이며 웃었으며 스미스와 이현인은 그저
웃어보였다.

뒤에 선 이들은 민혁을 경이롭다는 표정으로 볼 수 밖에
없었다.

더 이상 자신에게 대적할 자는 이곳엔 존재하지 않을 것
이다.

하지만 자신은 인간이 아니기도 했다.

그는 손을 내려다봤다.

다리아는 투신을 흡수하고 자신마저 흡수하면 영원한 삶
을 살게 될 거라고 했다.

이제부터 늙지 않는 거다. 인간 같았지만 이젠 인간이 아
닌 게 강민혁. 자신이었다.

그는 미혜의 머리를 쓸어내렸다.

"내가 좋아하는 거 알고 있어?"

그 말에 미혜의 눈이 커졌다. 이슬이 가득 맺힌 눈으로
고개를 힘차게 끄덕인 그녀는 민혁의 가슴에 고개를 묻었
다.

앞으로 어떤 일이 벌어질지 모른다, 마신이 언제 다시 들이닥칠지도 모른다.

그렇지만 그 날만 기다리며 두려워하고 있을 필욘 없다.

잠깐의 휴식도 나쁘진 않을 것이다. 민혁은 자신을 끌어안은 미혜를 자신도 양 팔로 안았다.

"지랄들 하는구나, 끌끌!"

다이스케가 그 모습을 보면서 혀를 차며 고개를 저었다.

5. 하루밤

NEO MODERN FANTASY STORY

RAID

신의 탄생

5. 하루밤

레이드

NEO MODERN FANTASY STORY

서울에서 사망한 이들의 숫자는 약 2만 여명 정도였다. 대부분 대피소가 무너져 내리면서 그 안에 있던 사람들이 깔려 죽었다.

그리고 무너져 내린 건물들에 관련하여서는 수조 원 이상의 피해가 났다. 세계 곳곳에서 구호의 손길을 보내왔다.

미국, 러시아, 일본, 프랑스. 대부분의 나라들이 구호의 손길을 자처하고 있었다. 이유는 간단했다.

강민혁이 대한민국에 있었으며 그곳에 시크릿 에이전트만큼의 힘을 가진 네 사람. 휘페리온이 있었기 때문이다.

휘페리온은 시크릿 에이전트들과 달랐다. 시크릿 에이

전트는 다시 자신들의 임무가 끝나자 자취를 감췄지만 휘페리온은 아니었다.

공식적으로 활인 길드의 트레이드 마크로 활동하기 시작했으며 그들은 세계적인 스타덤에 오른 것이나 다름이 없었다.

그리고 세계의 어느 나라도 대한민국의 위에 설 수 없는 상황이 와버렸다. 코리안 나이트 강민혁이 있었으며, 휘페리온이 있었기 때문이다.

현재 세계 삼대 길드로써 백룡은 하락하였고, 활인길드의 이름이 올라서고 있었다.

대한민국이 진정한 강대국으로 떠오르기 시작한 것이다. 다양한 나라에서 손을 뻗어오기 시작할 것이다.

갑자기 친한 척을 하려고 위세를 부려댈 것이며 활인길드의 마스터인 오재원은 못 이기는 척, 그들과 손을 잡아주고 자신의 발밑에 두면 되는 것.

오늘은 그날 이후 일주일이 지나간 때이다. 어느정도 정신 없던 시간이 흘러 지나가 한층 안정을 찾았다.

민혁은 휘페리온과 오재원, 이수현, 최강현. 그들과 함께 호화로운 호텔의 뷔페를 즐기고 있었다.

그것도 화랑길드가 운영하는 5성급 대한호텔에서.

오재원이 이곳에 오자고 한 것이었다. 활인길드도 5성급의 호텔을 몇 개 운영 중이기는 하였지만 굳이 이곳에 온 이유는 간단했다.

"어디 보자, 벌써 우리가 들어온 지 30분이 지났구만."

오재원이 혀를 끌끌 거리면서 주위를 둘러봤다. 요리사든, 웨이터든 재원과 시선이 마주치려고 하면 시선을 홱 틀었다.

그도 그럴 것이 얼마 전까지만 해도 화랑과 활인은 적대 관계였다.

거기에 염인빈이 죽은 틈을 타서 계속해서 공격해 들어오지 않았던가. 헌데, 염인빈이 더 젊은 육체를 가지고 강해져서 돌아와 버렸다.

민혁은 한 쪽 입을 올려 웃었다. 오재원도 악독한 취미가 있는 것 같았다.

민혁은 잔에 담긴 레드 와인을 흔들었다.

"난 소주가 더 좋은데."

"밥 먹고 소주나 한 잔 하자."

민혁의 말에 재원이 픽 웃었다.

얼마 지나지 않아서였다. 엘리베이터가 띵동 하는 소리와 함께 열렸다. 그 안에서 허겁지겁 안으로 뛰어오는 이가 있었다.

그의 옆에는 한 쪽 팔이 없는 각성자 김두길이 있었다. 뛰어오는 이는 화랑 길드의 마스터 김재민이었다.

"정확하게 35분 걸렸군."

오재원이 씨익 웃더니 헛기침을 했다.

"스테이크가 너무 질긴 것 같은데. 안 그래?"

"조금 질기긴 한 것 같네."

뛰어오는 김재민을 보면서 오재원이 육즙이 흐르는 고기 덩어리를 포크로 집어 들어 올리며 한 말이다.

민혁도 맞장구 쳐줬다. 사실 고기는 아주 맛이 좋았다. 입안에서 살살 녹을 정도로.

"아! 오재원 마스터! 오실 거면 연락이나 해주고 오시지!"

"아닙니다. 아니에요. 뭘 식사를 하러 오면서 연락까지나. 그저 대한호텔 뷔페가 그렇게 맛있다길래 와 봤을 뿐입니다. 그보다 화랑 길드 요새 바쁘지 않습니까?"

오재원은 어지간한 사람들에게 하대를 했다. 단 한 사람. 김재민을 제외하고서.

때론 반말보다 존대가 기분 나쁠 때도 있는 법이다. 거리를 두는 것처럼 보이게 할 수 있기 때문.

오재원이 히죽 웃으면서 스테이크를 다시 들어 올렸다.

"그런데 생각보다 맛이…."

그 말이 채 끝나기 전이었다. 김재민이 뒤를 돌아봤다.

"총주방장!"

그 외침에 안에서 조리모에 조리복을 입은 러시아인이 빠르게 달려왔다. 뚱뚱한 체구의 그는 김재민에게 접시를 받아들었다.

"새로 해 와 당장! 이분들이 어떤 분들인데!"

"아, 됐습니다."

김재민이 버럭 호통을 치자 오재원이 만류했다. 재원이 눈짓으로 주방장에게 자신의 앞자리를 가리켰다.

주방장이 뻘쭘한 표정으로 다시 그의 앞에 접시를 내려놔 주었다.

그가 턱짓으로 돌아가라는 제스처를 취하자 모자를 벗고 공손히 상체를 숙인 주방장이 주방으로 후다닥 사라졌다.

"이런, 새로 해드릴 수 있는데…."

"아닙니다. 저희가 시간이 없어서요. 해야 할 일이 많아요. 아시겠지만 이번에 세계기구에서 제가 또 상 하나를 받기로 해서요. 아시죠? 하하!"

오재원이 너털웃음을 터뜨렸다. 그러면서 내일은 또 어떤 할 일이 있으며, 다 다음날은 무엇을 해야 한다면서 늘어놨다.

휘페리온의 아이들은 킥킥 거리며 웃을 수 밖에 없었다. 그가 늘어놓는 일정 하나하나는 김재민이 상상도 할 수 없는 것들 위주였다.

세계의 길드 마스터들을 총 소집해서 앞으로의 세계의 평화를 위한 진행 방향에 대해서 이야기할 것이며 휘페리온과 활인길드의 움직임에 대해서 말하러 갈 것이다.

그리고 혹시라도 있을 남은 귀수의 잔당이 있으면 어떤 식으로 쓸어야 할지에 대한 이야기도 진행이 될 것이었다.

"김재민 마스터도 많이 바쁘죠? 35분이 걸렸어요. 오시는데."

"예?"

"아닙니다."

'이런 빌어먹을…!'

김재민은 그 말뜻을 알아차렸다. 35분이나 걸렸다는 의미였다. 감히 자신이 왔는데, 이렇게 늦게 와? 로 해석할 수도 있었다.

"하, 하하! 저, 저도 좀 바쁘긴 하지요."

"그래서 35분이나… 흠…."

오재원이 손목시계를 다시 보았다. 김재민은 당장 죽을 맛이었다. 더 이상 활인을 등지기에는 그들이 가진 힘이 너무나 막강했다.

더군다나, 마음만 먹으면 이제 활인은 화랑 정도는 손바닥 위에 두고 가볍게 흔들 수 있었다.

염인빈이 없다고 해서 그렇게 지랄을 해댔으니 활인 측은 명분도 충분히 가지고 있는 셈이었다.

"뭐, 이해해야죠. 제가 이 넓은 아량으로."

오재원은 부드럽게 웃어 보였다.

그는 주위를 둘러봤다. 그래도 자신들이 오자 모든 손님들을 내보냈다. 오재원이 품에서 담배 갑을 꺼내 한 가치를 입에 물었다.

"펴도 됩니까?"

"당연하지요."

국내 삼대 길드라 불리는 화랑의 마스터가 쩔쩔 매는

모습이 참으로 안쓰럽기 그지 없었다. 오재원이 심해 보일 지도 몰랐지만, 화랑은 백룡 길드를 통해서 더 심한 짓도 하려고 했었다.

이곳에서 담배 한 가치 피는 것쯤이야, 그들이 행한 일에 비하면 새 발의 피에 지나지 않을 것이다.

"후우우…."

연기를 그가 내뿜자 김재민이 서둘러서 접시 하나에 티슈 한 장을 뽑고는 물을 살짝 뿌려 그 앞에 놨다.

"앞으로 우리 관계. 잘 되겠지요?"

그 물음에 김재민은 어색하게 웃었다.

"그리 될 수 있도록 노력해보죠."

오재원이 다시 연기를 뿜었다. 그 의미는 즉, 네가 노력해야 우리 관계가 그나마 호전될 것이다. 였다.

그 모습을 재밌다는 듯 바라보던 민혁이 몸을 일으켰다.

"어디 가?"

"화장실 좀."

"아 저쪽입니다."

김재민이 공손히 화장실의 위치를 가리켰다. 민혁은 혀를 끌끌 차면서 고개를 저었다. 그러니까, 애초에 잘할 것이지.

민혁이 화장실로 가자, 뒤 따라오는 이가 있었다. 김두길이었다. 산만한 덩치에 올해 쉰 두 살인 그.

등에는 언제나처럼 바스타드 소드가 걸려 있었다. 어느 덧 그는 S급에 올랐다고 들었다.

민혁이 바지 지퍼를 내리고 소변기 앞에서 물을 뺐다.

"왜 사람 무안하게 뒤에 서 계십니까."

민혁이 미간을 찌푸리며 말하자 김두길이 작게 웃었다.

"그때 고마웠어서."

김두길은 성격이 개차반인 것으로 유명하기도 했다. 그 렇지만 강민혁, 정확하게 염인빈은 그때 발록에게서 그를 구해준 생명의 은인인 것은 사실이었다.

민혁은 고개를 끄덕이며 피식 웃으며 세면대로 다가가 손을 씻었다.

"앞으로 화랑, 조심해야겠던데 말입니다."

"무슨 뜻인지 아네."

"화이팅입니다."

민혁이 장난스레 웃으며 밖으로 나섰다. 김두길도 뒤따 라 나왔다. 어느덧 오재원과 일행은 몸을 일으키고 있었다.

"맛이 들던 것보다 별로네. 쇠주에 삼겹살이나 먹으러 가자."

김재민이 있는데, 들으라는 듯이 말하는 재원이었다.

"좋지."

역시 자신은 와인에 스테이크보다는 소주와 삼겹살이 어 울렸다. 기다리던 이야기였다.

한 잔, 두 잔 잔이 채워지고 사라지고가 반복되고 있었다. 하나 둘 취기가 오른 이들의 잔은 느려져만 갔다.

민혁도 연거푸 술을 들이키다가 입을 열었다.

"내가 말했던 거 있지?"

"무형구슬?"

재원이 그의 잔을 채워주며 되물었다.

"응. 진행해줬으면 해."

무형구슬의 능력을 타인에게 양도가 가능하다. 그 이점을 민혁은 제대로 이용하고 싶었다.

이미 인간의 위에 선 자신이 많은 능력을 가진다고 해서 더 강해지는 건 아니었다.

천만 원을 가진 사람에게 만원을 준다고 해서 크게 달라지는 건 없다.

그렇지만 만원을 가진 사람에게 만원 한 장을 쥐어 주는 건 큰 의미가 될 수 있다.

적합한 자를 찾아서 능력을 줄 것이다.

그리고 그들은 대한민국에 큰 부흥을 줄 것이었다.

마신이 여덟의 군주에게 능력을 줬다면, 민혁은 그들의 빼앗은 능력을 몇 인간에게 나눠줄 것이다.

바르고 정직하며, 강해질 길이 눈앞에 보이는 자들에게.

"활인의 인재로 거듭난 사람이 인재를 찾는다. 타이틀이 재밌군."

오재원이 픽 웃어 보였다.

"그리고 날 너무 의지들 하지 마."

민혁은 쓸쓸한 표정으로 그들 한 사람, 한 사람을 눈에 넣었다. 언제 사라질지 모르는 것이 자신일지도 몰랐다.

지금 당장 앞으로 어떻게 해야 할 지도 갈피를 잡지 못하고 있는 민혁이었다.

아직 마계에는 남아있는 군주들이 있었으며 마신은 죽지 않았다.

언제 또 그들이 습격해올지 모른다. 때문에 최강현에게 지시를 해 놓은 것이 있었다.

서둘러 마계로 넘어갈 수 있는 방법을 찾아라.

어쩌면 또 다른 사자가 각성 했을 지도 모른다. 최강현은 귀찮다고 투덜대기는 했지만 정보수집을 시작할 것이다.

마계로 넘어갈 방법을 찾기 위해서 해본 것 중, 민혁은 아나시스의 능력을 익혀보았다.

그녀의 능력은 차원의 문을 열어 어디든 넘어가는 것이었으니까.

그녀의 능력을 얻자 라이센스가 반응을 하였는데, 일반 차크라 능력처럼 창이 떴다.

[아나시스-차원이동]

엑티브 능력

레벨:1

차원을 넘나든다. 위치와 가는 방향만 알고 있다면 넘어갈 수 있다. 단 반경은 100km에 제한하며 하루에 세 번만 사용 가능하다.

실제 아나시스는 제한을 받지 않은 것으로 보인다. 그녀는 능력의 레벨이 10을 찍었을 것으로 추정되었다.

말 그대로, 능력을 익힐 수는 있지만 성장 시켜야 한다는 것이다. 어쩌면 이것이 벨런스가 맞을 지도 모른다.

인재를 찾아서 아칸의 능력을 주었다고 가정한다.

세계의 모든 괴수를 지배한다? 말도 안 되는 사기캐릭이 탄생 되는 순간이 될 것이다.

레벨1부터 시작해서 성장할수록 강해지는 능력. 이것이 밸런스가 맞아보였다.

아마도 언젠간 '아나시스-차원이동' 능력도 레벨을 10이상 찍으면 위의 제한처럼 위치와 가는 방향을 몰라도 넘어갈 수 있을지도 모르며 반경에 대한 제약도 없어질 것이다.

"언제 사라질지 모르는 사람이니까."

민혁은 씁쓸하게 웃었다.

오재원은 자신의 잔을 불편한 기색으로 비우면서 서늘한 목소리를 뱉었다.

"그런 뭣 같은 소리 좀 작작해라."

수십 년을 강민혁과 친구였다. 언제는 그를 잃었고 가슴에 묻자고 다짐하기도 했다. 그렇지만 말처럼 되는 것은 아니었었다.

그가 다시 돌아왔을 때는 모든 것을 다 얻은 듯이 기뻤다. 비록 몸은 염인빈, 그때의 모습도 아니었고 자신과는 다르게 젊어진 모습에 심술이 나기도 했지만 누구보다 기뻐했던 것이 오재원이었다.

그런 그가 언제 사라질지 모른다는 말을 하고 있자 기분이 좋을 리는 없었다.

"맞아, 그딴 소리 좀 그만해."

오중태가 고개를 끄덕였다. 민혁이 픽 웃었다. 중태와 재원의 나이는 스무 살 이상이 차이가 난다. 두 사람 모두 자신에게 반말을 하는 게 조금 재밌기도 하다.

"미안하다. 내가 늙어서 추태를 부렸나 봐."

오재원과 이수현을 흘끗 보면서 한 말에 두 사람이 미간을 찌푸렸다.

"어디가 늙었습니까?"

이수현이 고개를 치켜 올리며 한 말이다.

"나이로 장난치지 마십시오."

"푸흐흐, 이수현이 간이 배 밖으로 나왔네."

"하하하하!"

오랜만에 수현이 한 번 터뜨려주었다. 서늘한 분위기가 한층 잠잠해졌다. 그 사람들 틈에서 웃지 않고 술을 들이키는 사람이 딱 한 명 있었다.

　김미혜였다.

　'민혁이가 사라진다면… 난… 난….'

　생각만 해도 깜깜했다. 그녀는 자신도 모르게 술을 연거푸 들이켰다.

❖　❖　❖

　모두가 한 사람에게 눈짓을 주고 있었다. 민혁이 이마에 손을 짚었다. 술자리는 새벽 3시까지 이어졌다.

　일행이 눈짓을 주는 이유는 하나였다. 김미혜가 술에 꼬랐다. 테이블 위에 완전히 엎어졌다. 그러니 강민혁에게 어서 그녀를 데려가라는 의미로 눈치를 주고 있었다.

　'그때 괜히 안았나.'

　일주일 전을 떠올린다. 그것은 다른 사람들에게도 두 사람이 사랑을 하게 되었다는 증거로 보였을 수도 있었다.

　그는 하는 수 없다는 듯이 그녀의 팔을 목 뒤로 둘러매었다.

　삼겹살 가게였지만 다행이도 룸이 있었기에 사람들의 눈에 띄지 않고 고기를 먹을 수 있었다. 밖으로 나오자 설렁한 가게의 모습이 들어왔다.

　민혁도 술을 먹었기 때문에 대리 운전을 불러야 했다.

간혹 그와 미혜를 알아본 사람들이 다가오고는 했는데, 그때마다 미간을 찌푸려야만 했다.

"와, 강민혁이다."

"김미혜도 있어!"

"대박! 대박!"

술에 꼴은 두 남녀가 함께 있는 모습. 내일이면 스캔들에 대문짝만하게 찍힐 것이다. 거기에 미혜나 민혁이나 외모가 한껏 빛을 발하니 더할 것이다.

사실 강민혁도 그렇고 김미혜도 그렇고 연예인도 아니었음에도 불구하고 국내에서 어마어마한 숫자의 팬들을 보유하고 있기도 하였다.

"끄으으…."

"정신이 들어?"

그녀를 계단 한 칸에 앉혀놓은 민혁은 다가오려는 사람들에게 손을 휘휘 저었다. 그래도 안 사라지면 기운을 조금씩 흘렸다.

그러면 저절로 도망갔다.

사람들은 자신을 싸가지 없는 코리안 나이트라고 부를지도 모른다. 그렇지만 이미지까지 신경 쓸 만큼 세심한 사람이 그는 아니었다.

"푸드드득!"

말의 작은 울음소리처럼 그녀가 입술을 푸드득 거렸다. 민혁은 이마에 손을 짚었다.

미혜가 자연스럽게 그의 어깨에 머리를 기대었다.

"바다 가고 싶다. 바다바다…."

바다를 중얼거리는 그녀. 민혁은 부드러운 샴푸 냄새를 맡았고, 그녀의 작은 손을 보았다.

손이 무척 예뻤다. 옅은 분홍색으로 칠해진 매니큐어. 자신도 모르게 그 작은 손을 어루만져보았다.

자신의 손의 반쪽 밖에 되지 않는 손을 한 손에 쥐자 꼭 들어왔다.

"바다. 갈까?"

"응!응! 바다갈래에, 갈래에!"

술에 취해있으면서도 그녀는 고개를 세차게 끄덕였다. 사람들을 쫓는다고 쫓았는데, 어느덧 다시 몰려오고 있다.

기운을 흘리기도 귀찮았다.

민혁은 뒤쪽에 아나시스의 능력을 사용했다.

공간이 열렸다. 그가 그녀를 부축하고 그 안으로 들어갔다.

"헉! 오재원이다!"

"휘, 휘페리온!"

오재원과 휘페리온이 나오자 사람들이 웅성거렸다. 오재원은 깔끔하게 전화 한 통을 넣어서 해결했다.

주위에서 대기하고 있던 활인길드의 길드원들이 나타나서 사람들을 통제하기 시작했다.

"얘네 둘은 금세 어디로 사라진 거야?"

"좋을 때 아닙니까."

오재원이 미간을 찌푸리면서 하는 말에 이현인이 능글거리는 웃음을 지었다.

오재원이 '아~' 하는 표정을 지으면서 뒤를 돌아봤다.

뒤쪽에 간판들이 반짝 거리고 있었다. 영어로 MOTEL 이라고 써진 것들이 대부분이었다.

"저기를 갔구만?"

오재원은 어깨를 으쓱거리며 주머니에 양 손을 꽂아넣었다.

❖ ❖ ❖

좌아아아!

김미혜가 정신을 조금 차렸을 때에는 파도가 출렁이는 소리와 얕은 비린내가 코끝을 찌르고 있었다.

어지러운 머리를 부여잡고 눈을 뜬 그녀는 자신의 눈앞에 광활하게 펼쳐져 있는 바다를 볼 수 있었다.

막 해가 뜨려는 것인지 밝아지고 있었다. 그녀는 자신의 옆에 누군가 있음을 알 수 있었다.

계속 어깨를 빌려주고 두 시간 동안 한 번도 움직이지 않고 그는 그 자리에서 그녀의 손을 어루만지고 있었다.

강민혁이었다.

"깼어?"

"응."

그녀는 볼이 붉어졌다. 다행이도 해가 뜨고 있어서 그 빛 때문에 가려진다고 생각했다. 쓰게 웃은 민혁이 다시 바다를 향해서 시선을 틀었다.

"어떻게…."

"무형구슬 능력."

"아…."

그녀는 새삼 대단한 능력이라고 여겼다. 물론 자신이 가진 블링크도 그 못지 않은 능력이기는 하였지만.

기억 속으로 술에 취한 자신이 바다바다 노래를 부른 것이 생각났다. 민망해지는 순간이었다.

"열 다섯 살 때일 거야. 아마."

민혁은 흘끗 그녀를 돌아봤다.

담배를 품에서 꺼내려던 그는 다시 품속에 집어넣고는 아쉬운 입으로 말을 이었다.

"아버지와 어머니. 두 분하고 함께 살았는데 아버지는 지독한 알코올 주정뱅이에 어머니를 때리기 일쑤였지, 나조차도. 그러다가 어머니가 한 번은 나를 이 바다에 데려왔었어."

자신이 이 바다의 위치와 장소를 정확하게 알고 있는 이유. 자주 오기 때문이었다.

"저쪽 뒤에 있는 조개구이 집에서 조개구이를 둘이 먹었지, 술도 한 잔 따라주셨어. 그러면서 나한테 그러셨지."

민혁은 씁쓸하게 웃었다.

"강해져라. 인빈아, 강해져야만 한다. 인빈아. 꿋꿋하게."

민혁은 작은 한숨을 뱉었다.

"아직도 그때의 그 기억이 선명해. 수십 년이 더 지난 일인데, 그 일 이후 어머니는 얼마 안 되어서 돌아가셨고, 아버지도 돌아가셨지."

술주정뱅이 아버지 밑에서 자랐지만 따뜻한 온정을 가진 어머니도 있었다. 그렇지만 그때에는 왜 이렇게 자신의 가정은 불우한가 원망만 했다.

그 때문에 지금 만난 두 부모님을 더 애뜻해하는 것일지도 모른다.

"가끔 한 번 이곳에 오곤 해. 그리고 혼잣말도 잘 중얼거리지. 엄마, 나 왔어. 이런 거."

민혁은 씁쓸하게 웃었다.

"엄마 장례식은 치르지도 못했거든. 돈이 없어서 화장만 했지, 납골당에 안치도 못 시켜드리고 이곳에 뼛가루를 뿌렸어. 그리고 엄마 말처럼 강해지다 보니까."

그는 자신의 손을 펼쳤다. 큼지막한 투박한 손.

"이렇게 강해지더라."

그는 어깨를 으쓱거렸다.

"근데 요새는 내가 노력해서가 아니라 계승자여서 강해진 건가 싶기도 해."

그는 코를 찡그리며 웃었다. 그 큼지막한 손을 미혜가 잡아주었다.

"훌륭하게 자랐네?"

그녀의 말에 민혁은 작게 고개를 끄덕였다.

"아주 훌륭하게 자란 거겠지?"

그런 형편, 그런 인생을 살아와 놓고 강민혁은 스스로도 훌륭하게 자랐다고 자부했다. 사실 오재원도 많이 도와줬었다.

그 때문에 그의 곁에서 평생 함께 하겠노라고 다짐 했을지도 모른다.

"말했지만 난 언제 사라질지 몰라."

민혁은 다시 아까 전의 이야기를 꺼냈다.

"너를 두고."

그는 그렇게 말하며 미혜의 이마에 입을 맞췄다.

"어쩌면 죽을 지도 몰라. 마신의 손에."

천천히 입을 내렸다. 그의 숨결이 미혜의 콧등을 간지럽혔다.

"그리고 난 겉은 이래도 실제로는 쉰 살은 넘는 아저씨야."

민혁은 그녀와 눈을 맞췄다. 그 큼지막한 눈이 천천히 감기고 있었다.

"그런데도 내가 좋아?"

그녀는 천천히 고개를 끄덕였다. 민혁의 눈이 웃었다. 천천히 다가가 그녀의 부드러운 입술에 입을 맞췄다.

잠깐 그러고 있다가 떼어내는데, 그녀의 눈을 질끔 감고 양손에 힘을 주고 있는 모습이 너무 귀여워 다시 입을 맞췄다.

　다시 입을 떼려는데, 미혜의 손이 그의 뒷머리를 살짝 눌렀다. 민혁이 부드럽게 양 손으로 그녀의 얼굴을 잡았고 그녀의 양 팔이 그의 목 뒤로 감아졌다.

　해가 완전히 밝기 시작했다.

❖　❖　❖

　피곤했던 지라 휴대폰까지 꺼놓고 잠이 들었던 민혁이었다. 미혜 역시도 휴대폰까지 꺼놓고 잠이 들었었다.

　일어나자마자 휴대폰을 켜서 확인해봤다. 전화 몇 통과 메시지 몇 개가 날아와 있었다. 시간은 어느덧 2시가 되어 있었다.

　주위를 둘러봤다. 널부러진 속옷이 보였다, 그리고 알몸으로 자신의 옆에서 자고 있는 그녀를 볼 수 있었다.

　조심스럽게 머리맡에 팔을 끼워 넣어 머리를 어루만져주었다.

　'결국 이렇게….'

　사라질지도 모르는 사람이 자신이었다. 자신이 먼저 밀어냈어야 하는 게 맞을지도 몰랐다.

　그렇지만 김미혜라는 여인의 순수함이 그리고 아름다움이

자신을 매혹시키듯이 끌어 당겨버렸다.

같은 학교 동창이자 친구가 이젠 완전한 연인이 된 것이다.

그녀가 눈을 떴을 때, 그녀는 깜짝 놀라 있었다. 이 방 안에서 뜨거웠던 것은 아직 그녀가 술이 덜 깨어 있을 때니까.

그렇다고 당했다고 생각하는 건 아니었다. 자신도 똑똑히 모두 기억했고, 허락했으며 사랑하는 그를 안아서 만족했으니까.

단지.

"민망해…!"

그녀가 이불을 머리끝까지 뒤집어 쓰면서 한 말이었다. 민혁이 키득거리며 웃었다.

이불을 걷어내면서 이마에 입을 맞춰주었다.

"슬슬 나가야지."

"응…!"

슬금슬금 이불 밖으로 팔만이 빠져나가 더듬더듬 브레지어와 팬티를 찾는 것을 본 민혁은 다시 그녀의 귀여운 모습에 빠질 수 밖에 없었다.

민혁이 먼저 몸을 일으켜 나서면서 팬티만 입고는 화장실로 들어가 칫솔에 치약을 묻혔다.

그리고 그녀에게 건넸다.

"양치부터 해."

"왜 양치부터…."

"한 번 또 하게."

"이런, 응큼한!"

자고 일어나서 바로 키스하는 건 드라마에서나 있는 일
이다. 아무리 치아가 하얀 여인도, 자고 일어나면 입에서
좋지 못한 냄새가 나니까.

그의 응큼한 말에 그녀가 조심스레 그의 머리에 땅콩을
먹였다.

그렇지만 결국 알몸인 상태로 민혁에게 안겨서 화장실로
끌려가고 마는 미혜다.

자신이 사라지지 않는다고 해도 언젠간, 미혜가 먼저 죽
는 것을 민혁은 봐야 할 지도 몰랐다.

그때에 과연 자신이 견딜 수 있을까?

쉽게 그녀를 보낼 수 있을까?

그러지 못할 것이다. 아마도.

그는 흘끗 민망한 표정으로 양치를 하는 그녀를 다시 돌
아봤다. 부드럽게 율곡을 그린 선이 무척이나 아름답다.

일단은 지금 현재만 생각하기로 한다.

그녀는 옆에 있었고, 자신도 더 이상 감정을 숨길 수 없
을 테니까.

6. 이우민

NEO MODERN FANTASY STORY

RAID

신의 탄생

레이드

NEO MODERN FANTASY STORY

공고가 나갔다. 활인길드에서 길드원을 모집한다는 공고
였다.

나이 대는 17세 이상부터 가능하며, 당연하게도 각성자
로써의 가능성이 있어야만 했다.

보통 각성자 전문 고등학교에 진학하고 있는 학생들도
차크라 검사를 해보면 일정 수치가 나온다.

하지만 일반인들은 그 일정 수치가 나오지 않는 편이며
차크라 수치가 나오는 이들은 사실 매우 드문 편에 속한다.

사람들은 활인길드에서 전력을 보충하려 한다고 생각했
다. 무형구슬에 관련한 사실에 대해서 민혁은 일체 언급한
바가 없었다.

그들 중 특별히 선출된 이들에게만 무형구슬을 나눠줄 것이었다.

민혁은 간추려진 열 명의 이력서를 쭈르륵 흩어보았다. 어디에서 이름 좀 날린다 싶은 이도 있었으며 워스트 길드에 있다가 불화를 맺고 나온 실력 있는 각성자도 있었다.

그중 가장 눈에 띄는 이는 다름 아닌 열 여덟 살 고등학생이었다.

"이우민이라…."

그는 그 석 자를 곱씹었다. 특이한 사항이 한 두 가지가 아니었다. 학교를 각성자 전문 고등학교에 다닌 것도 아니었으며 그나마 다니던 실업계도 자퇴를 한 상황이었다.

'직업' 이란 항목에는 '노가다' 라는 재밌는 문구가 적혀져 있었다.

픽 웃은 그는 차크라 수치로 시선을 돌렸다. 수치도 매우 적은 편이었다. 각성자 전문 고등학교에 들어갈 수 있을까? 할 정도로 간당간당했다.

그렇지만 활인길드의 사람들이 추려서 뽑은 아이 중 한 명이었다.

부모는 어머니는 없었고 아버지만 한 분 계셨다.

"재밌네."

그는 열 장의 이력서를 한데 모아 툭툭 책상 위에 두들기고는 갈색 서류봉투에 넣고는 몸을 일으켰다.

어차피 금방 확인할 수 있을 것이다. 그가 향하는 곳은 테스트장이었다.

✣　✣　✣

테스트장에 그가 도착하자 노민후가 경례를 취해 보였다.

"이거 미안한데."

"괜찮습니다."

강민혁은 이번 테스트에서 총 전담해줄 사람으로 노민후를 지목했다. 노민후도 엄연히 대장 중 한 사람이었다.

그가 이런 일에 끼게 하는 것이 미안하기는 했지만 그라는 사람은 사람을 보는 안목이 있는 것 같았다.

"이력서는 흝어 보셨습니까?"

"봤지."

"이우민도요?"

노민후가 괜히 그 아이의 이름을 올렸을 리 없었다. 그 말에 민혁이 입을 올려 웃었다.

"뭔가 있구나. 그 꼬맹이."

"보시면 각성자 전문 고등학교에 진학한 것도 아니고 지금은 노가다를 뛰고 있어요. 차크라 지수도 형편 없는 수준이고요. 그런데… 아닙니다. 보시면 알 겁니다."

노민후는 말끝을 흐리더니 고개를 저었다. 민혁은 양

팔짱을 끼면서 웃었다.

노민후가 이렇게 말할 정도라면 분명 뭔가 있는 아이 같
았다.

그는 손목시계를 확인했다. 테스트 시작 정확하게 15분
전이었다.

❖ ❖ ❖

대기실에는 열 명의 테스트를 하게 될 사람들이 대기하
고 있었다. 그들의 대부분이 화려한 옷을 입거나 값비싼 무
구나 무기를 쥐고 있었다.

한 사람, 한 사람이 대부분 국내에서는 이름 좀 있다 싶
은 이들이었으며 다른 길드에서 활인 길드로 넘어오기 위
해 면접을 보는 이들도 상당했다.

"세계 삼대 길드 활인. 들어갈 수 있을 때 들어가야
지."

이제는 그 누구라도 세계 삼대길드 하면 백룡보단 활인
을 먼저 떠올린다. 당장 반년만 지나도 이젠 활인에 들어가
는 것이 하늘의 별 따기만큼 어려워질지도 몰랐다.

그렇게 말한 사내는 헬스 트레이너 같이 거대한 체격을
가진 사내였다.

그리고 그중 유독 눈에 띄는 두 사람이 있었다. 한 사람
은 은색의 머리칼을 깔끔하게 자른 20대 중반의 사내였다.

눈빛은 서리가 내린 듯 차가웠지만 입꼬리는 항상 말려 올라가 있었다.

사람들은 모두 그의 눈치를 보고 있었다. 그는 20대 중반이라는 나이에 A-급에 오른 강자로써 은광도 이태현이라는 이였다.

이 열 명 중에서 몇 명이 뽑힐지는 알 수 없었지만 사람들은 그는 무조건 뽑힐 거라고 여겼다.

스물 중반의 나이에 A-급의 경지에 이르렀다는 것은 서른이 되기 전에 A+급의 각성자에 이를 것이라는 의미가 되기도 하다.

그가 은광도 이태현이라 불리는 이유는 화가 나거나 싸움을 할 때는 미친놈처럼 날뛰어 대기 때문이었다.

또 계속 미친놈처럼 실실 거리며 웃고 다니는 낯짝도 한 몫 하기는 하였다.

그리고 또 이목을 받는 사람은 행색부터가 다른 이들과 차이가 났다.

오늘 이 테스트 때문에 모두 한껏 멋을 내고 왔다. 그에 반면, 흙먼지가 자욱하게 묻은 워커에 노가다 판에서나 입을 법한 진흙이 달라붙은 카고 바지. 위에는 대충 회색 후드 집업을 입은 머리를 시원하게 민 소년이었다.

얼핏 봐도 열 여덟 정도 되어 보이는 소년은 꽤나 훈훈하게 생긴 인상이었다. 그렇지만 한 눈에 보기에도 잔 상처가 꽤 되었다.

괴수에 의한 상처가 아닌 일을 하다가 생긴 상처.

"꼬맹이가 올 곳은 못 되는 것 같은데. 푸흐."

덩치 큰 사내가 작은 실소를 흘리며 중얼거렸다. 소년. 이우민은 무시했다.

덩치 큰 사내는 A-급의 각성자였다. 올해 서른 두 살로 주 특기는 괴력이었다.

그도 A-급의 실력자인만큼 어디 가서 빠지지 않는 각성 자로 통한다. 그의 이름은 최고길이었다.

"인마, 어른이 말을 하면 쳐다를 봐야지."

"신경 꺼요. 아저씨."

고길의 도발에 이우민이 흘끗 돌아보더니 작게 실소를 흘렸다.

고길이 일부러 우민에게 딴지를 건 이유는 자신은 이태 현이 앞에 있을지 언정 기 죽지 않는다는 걸 어필하기 위해서였다.

그렇지만 개무시를 당하자 기분이 확 상할 수 밖에 없었다.

"이런 싸가지 없는….

"조용히들 있자, 응?"

이태현이 껌을 쫘악쫘악 씹어대면서 살벌하게 웃었다. 그 말에 고길이 마른 침을 꿀꺽 삼키며 헛기침을 크게 하더니 품에서 담배를 꺼내며 밖으로 나갔다.

우민은 이태현과 눈이 마주치자 그냥 다시 시선을 틀어

버렸다.

시선을 돌리는 건 보통 두 가지다.

그냥 시선을 두고 싶지 않거나, 피하거나. 이우민은 전자에 가까웠다.

이태현도 작은 흥미를 느낄 수 밖에 없었다.

"테스트 시작 시간입니다. 어디 보자."

노민후가 문을 열고 들어왔다. 그는 머릿수를 세어보더니 미간을 찌푸렸다.

"최고길 씨는 어디 가셨습니까?"

"담배 피러 갔어요."

한 여자가 고자질 하듯 말했다.

"거참. 뺀질뺀질대면 안 좋은데."

노민후는 장난스레 웃었다. 자신의 눈에 나서 좋을 건 없다는 의미다.

"껌 뱉어요."

노민후가 이태현을 보면서 한 말이었다. 태현이 헤죽거리며 웃으며 노려봤지만 노민후는 미간을 찌푸렸다.

"뺀질대면 안 좋을 거라고 했죠?"

노민후는 지금 이태현 정도는 제압할 수 있을 경지에 이르른 각성자였다.

결국 이태현이 양 손을 들어 올리며 바닥에 투잇 껌을 뱉었다.

'넌 감점이야, 새끼야.'

노민후는 속으로 말하면서 그들을 이끌고 나왔다. 어느새 담배를 피고 온 최고길이 후다닥 합류했다.

테스트 장에는 총 열 개의 문이 있었다.

"시험 방식은 간단합니다. 인재대회 기억하시죠? 그 관문과 비슷합니다. 그렇지만 순서는 다릅니다. 첫 번째 관문에서는 머리를 들여다 볼 겁니다."

노민후는 툭툭 자신의 머리를 두들기는 시늉을 했다.

"뭐, 환상일 수도 있고. 뭐일 수도 있고 설명은 따로 안 드리겠습니다."

직접 경험하라는 뜻이었다.

"두 번째에는 교관이 나와 여러분을 상대합니다."

"교관이 약해 빠졌으면 어떡합니까?"

최고길이 이죽이며 웃었다. 노민후가 그에 장난스레 웃음 지었다.

"그런 걱정은 안 해도 될 것 같습니다."

그의 눈이 차갑게 가라앉았다.

"모두 여러분보다 한 단계 이상의 각성자가 있으니까요."

"……."

그 말에 테스트를 칠 자들이 조용해졌다. 테스트를 치르는 이들은 대부분 그 급과 능력이 달랐다.

덧붙여 이번에 활인길드 길드원을 뽑는 것에 있어서 강한 자들 위주로 뽑는 것이었다면 이미 그들 중 합격자는 정해져 있었다.

지금 이 시험은 강한 자를 뽑는 건 아니었다. 강민혁은 요구하는 게 많았고 테스트를 치르는 사람들은 그 조건을 충족시키지 못하면 떨어질 것이다.

"마지막 방은 인재대회 때와는 다르게 테이밍 된 괴수가 나오진 않습니다. 다만, 면접을 보시게 될 겁니다. 지금 이 자리에 오재원 마스터를 비롯해, 코리안 나이트 강민혁님과 1분대 공격대장 이수현 님이 와 계시다는 것을 명심하십시오."

그 말에 그들의 얼굴로 긴장이 스쳤다.

이름만 들어도 등골이 오싹해지는 자들이 바로 그들이었으니까.

"문에 들어가는 건 제가 호명하는 분들대로 들어가시면 됩니다. 1번 문 이태현 님, 2번 문 최고길 님 3번 문 이우민 님…."

차례대로 호명되고 그들이 앞에 서기 시작했다. 열 명이 모두 서자 노민후는 만족스럽게 웃었다.

"테스트 시작합니다. 각자 배정된 문을 열고 들어가 테스트를 치러주시기 바랍니다."

❖ ❖ ❖

조금 늦게 도착한 오재원과 이수현이 서둘러서 자리에 앉았다. 그들 앞에는 모니터가 무수히 많았으며 모니터의 바로 위에는 테스트를 치르는 이들의 이름이 적혀 있었다.
개인당 두 개의 모니터가 비추어지고 있었다.

오재원은 그제야 이력서를 들추어보고 있었다.

"미리미리 안 하냐?"

"바쁘다. 인마."

민혁의 핀잔에 오재원이 코를 찡그리면서 으르렁 거렸다.

"뭐야, 열 여덟 살? 차크라 지수가 거의 없네? 근데 어떻게 올라왔대."

"마스터면 마스터답게 생각 좀 해라. 그만한 이유가 있겠지."

"나도 안다. 그냥 모른 척 해 본 거야."

오재원이 픽 웃었다. 이수현도 고개를 끄덕였다. 무언가 그럴만한 이유가 있을 테니 노민후가 올려 보냈을 것이다.

그들은 모니터에 집중했다. 첫 번째 방이 환상인 것은 사실이었다. 그렇지만 보잘 것 없는 환상일 수도 있었다.

그들 모두는 하얀 방에 덩그러니 앉아있게 되었다.

인내심을 테스트 하는 것이라고 할 수 있었다.

실제 저 하얀 방안에서의 10일이 바깥에서의 한 시간 밖에 되지 않는다.

-테스트 하는 분들은 자고 싶다면 주무셔도 됩니다.

노민후가 마이크를 통해서 말하자 그들이 주위를 두리번 거렸다.

세 사람은 집중해서 그들을 지켜보았다.

모니터로 시간이 떠올랐다.

하루, 이틀. 삼일 사 일을 빨리 감기처럼 보여주고 있는 것이다.

사일 째가 되던 때에 어떤 이는 나가고 싶어서 안절부절 못하는 모습을 보였다.

어떤 이는 '이런 쓸데 없는 걸 왜 하는 건데!' 라는 목소리를 뱉기도 하고 있었다.

세 사람은 묵묵히 그 모습을 지켜보았다.

모니터는 하얀 방 안의 그들만 보여주는 것이 아니었다. 두 개 씩 붙어있는 모니터 중 또 다른 하나는 그들이 살아온 인생을 보여주고 있기도 하였는데, 마치 심리테스트를 하는 것처럼 색깔, 나무, 해, 어둠, 등등을 해석하고 풀어야 했기에 전문가가 필요했다.

실제로 현직에서 지원계 각성자이자 이쪽 전문가가 협조를 해주었다.

"첫 번째 지원자는 아시겠지만 모니터에 붉은 개의 형상이 계속 스쳐 지나갑니다. 이는 매우 폭력적인 성향을 드러내며 한 편으로는 성공을 위해서 물불 가리지 않는 욕심도 드러납니다. 매우 위험하다고 볼 수 있죠."

서른 살 초반의 여인의 말을 들으며 세 사람은 고개를 끄덕거렸다.

그녀는 세 번째의 모니터에 떠오른 것을 보면서 부드럽게 웃었다.

"세 번째 지원자는 매우 앳되네요."

그녀의 부드러운 미소 속에 감춰진 것이 긍정이라는 것을 세 사람은 알 수 있었다.

"보시면 아시겠지만 라이터의 불처럼 일정한 양의 불의 크기가 모니터에 비추어집니다."

세 사람은 여인의 말을 따라서 시선을 모니터에 두었다. 정말이었다. 모니터에 비추어지는 불은 그 크기가 커지지도 않고 작아지지도 않고 있었다.

"이 앳된 나이에 이런 성향을 가진 이는 많지 않아요. 100만 명 중 한 명 될까 말까 일 텐데, 보통의 이런 이들이 대부분 전국 모의고사에서 1등을 맞고 성실한 인재로 거듭나는 경우가 대부분입니다. 일정한 불은 쓰러지지 않는 강인함과 성공을 위해 나아가는 열정을 보여줍니다."

그 말을 들은 세 사람은 작게 입을 벌렸다.

"커지지도 작아지지도 않는 불은 자신의 성공 만을 위해서 달려가는 사람은 아니다. 라는 것을 보여주기도 합니다. 즉, 성실성도 갖추고 있고 대인관계도 원활하게 할 수 있음을 보일지도 모릅니다."

그녀가 버튼 하나를 누르자 불을 보여주던 화면이 변했다. 이번에는 선선한 바람의 모양이 스크린에 떠올랐다.

"이것도 훌륭하네요. 주위 사람을 위해 나아가는 힘을 가지고 있습니다. 가령 예를 들어서, 아버지, 어머니, 친구를 위해서 계속 성장하고 뭔가를 하려고 하는 그런 마음

가짐이 보여요. 이 잔잔한 바람의 형상은 너무 빠르게도, 너무 느리게도 뛰지 않는 것을 의미합니다. 이 정도로 훌륭한 표를 가진 아이는 본 적이 없는데요. 마지막을 보시죠."

그녀가 다시 버튼 하나를 누르자 모니터가 또 다시 변했다. 모니터를 본 그녀의 미간이 찌푸려졌다.

"지금 무엇이 보이시나요?"

세 사람은 동시에 입을 열었다.

"악마."

그렇다. 악마의 형상을 한 것이 모니터에 떠올라 있었다.

"맞습니다. 악마가 보입니다. 세 번째는 이제까지의 성장 배경을 보여주는 건데요, 악마가 나왔을 정도라면 아주 아주 힘든 시절을 보내고 있는 것 같아요."

그녀는 슬쩍 이우민의 이력서를 흩어보았다.

"역시 맞네요. 어머니는 돌아가셨고 현재 노가다 판에서 일을 하고 있어요."

"세 번째는 안 좋은 거군요."

오재원이 미간을 찌푸리면서 한 말이었다. 첫 번째와 두 번째. 그 둘 모두 국내에서 실력 좀 있는 강자들이라 어느정도 군침이 돌았지만 그녀의 평가는 박약한 편이었다.

세 번째. 이 아이의 특별함이 뭘까 생각하고 있었는데, 여인의 말을 들을 때마다 놀라움을 감출 수가 없었다.

그렇지만 세 번째에서 꽝이란 건가?

"정반대입니다."

하지만 그녀는 고개를 저으면서 웃었다.

"이토록 힘들면서 불우한 가정형편에서 자랐으면서도 첫 번째와 두 번째 처럼의 표를 나타낸다는 건 쉬운 일이 아닙니다."

이해한 그들이 고개를 끄덕였다.

"사람은 누구든 가정형편에 영향을 받게 되어 있습니다. 하지만 이 소년은 말 그대로 천성이 타고난 겁니다. 이 정도로 훌륭한 표를 가진 아이라니…."

그녀는 놀랍다는 듯이 웃어 보였다.

어느덧 그녀는 다른 시험자들에 대해서 측정해주기 시작했다. 이우민만큼의 평가를 받는 이는 그 누구도 없었다.

어느덧 마지막까지 앉아있던 여인도 몸을 일으켜서 빨리 이 시험 끝내라면서 소리치고 있었다.

단, 한 사람. 이우민만큼은 달랐다.

하얀 방 안에서는 원하면 책상이나, 침대 같은 것들을 만들어낼 수 있었는데, 그는 계속해서 책상에서 뭔가를 끄적였다.

확대해서 들여다보면 공부를 하고 있는 모습이었다.

세 사람이 서로를 돌아봤다.

"역시 노민후가 괜한 아이를 올려보내진 않은 것 같네."

오재원의 말처럼이었다.

첫 번째가 끝나고 두 번째로 넘어갔다.

이번에도 세 사람의 이목은 보통 그에게로 넘어가 있었다.

이우민이 상대하는 각성자는 길드에서도 급이 낮았다. 그렇지만 그는 단숨에 이우민을 때려눕혔다.

무척 낮은 차크라 수치를 가진 그가 각성자를 상대할 수 없었다. 하지만 차분하게 그는 다시 몸을 일으켜 덤벼들고, 쓰러지면 일어서 덤벼들고, 넘어지면 덤벼들고를 반복하고 있었다.

"차크라 지수만 빼면 100점 짜리군."

오재원은 자신의 머리를 쓸어넘겼다.

그 차크라 지수를 강민혁의 무형구슬이 채워주게 된다면?

대단한 인재가 탄생할 것이다. 강민혁도 흥미를 머금고 아이를 계속 들여다보고 있었다.

-이런 씨발 새끼가!

언급했듯 테스트를 하는 자들보다 각성자들은 모두 한 단계씩 급이 높았다. 지금 이 테스트는 활인길드 각성자를 이기느냐를 보는 것이 아니었다.

최고길이 자신이 바닥에 쓰러지자 성을 내면서 무기를 들고 덤벼들었다.

험악한 욕설까지 내뱉는 모습.

세 사람이 일제히 혀를 쯔쯔 찼다.

이태현에게 시선을 돌린 민혁은 미간을 찌푸렸다.

이태현을 상대하는 이는 노민후였다. 노민후와 이태현이 호각이었다.

'등급을 업 시키지 않았군.'

이미 이태현은 A-이상이었던 것이다. 노민후와 대등하게 싸우는 모습. 간발의 차이로 노민후가 그를 바닥에 눕혔다.

이태현도 자신이 패하자 분한 모습을 보이는 것이 보였다.

다시 시선을 이우민의 모니터로.

여전히 맞으면 일어서고, 맞으면 일어서서 덤벼 들어대니, 각성자는 지친 듯 사색이 되어 있었다.

"재밌군. 정말."

민혁은 만족스러운 표정으로 웃고 있었다.

❖　❖　❖

세 번째 방은 1차 2차 시험을 합격한 자들이 넘어와서 면접을 보는 방이었다. 2차 시험을 치른 방 안에서 성난 고함소리가 들리고 있었다.

최고길의 목소리였다.

"이 씨발! 내가 떨어졌다는 게 말이 돼! 응!?"

목소리는 그에게서만 나오고 있는 것은 아니었다.

한 사람이 노민후의 팔을 뿌리치고 문을 열고 세 번째

방으로 들어왔다. 이태현이었다.

그는 생글생글 웃으면서도 어이없다는 표정이었다.

"내가 떨어졌다고요? 어째서요?"

"이봐. 활인길드를 등지고 싶어?"

뒤따라나온 노민후가 서늘한 눈빛으로 말했지만 이태현
은 납득하지 못한 표정이었다.

그럴 것이 스물 중반에 A-급 이상의 경지에 올랐다. 숨
겨진 최고의 인재였다. 그런 그가 면접을 볼 기회조차 얻지
못했다.

오재원은 코웃음을 치며 그를 보고 있었고, 이수현은 몸
을 일으켜서 당장 혼내줄까하는 표정이었다.

아무도 답을 해주지 않자 이태현은 코웃음 쳤다.

"합격자가 있기는 합니까!?"

그 분한 외침과 함께 3번째 문이 열리면서 각성자가 얼
굴이 멍에 가득진해 이우민을 데리고 들어오고 있었다.

"저기 있네. 유일한 합격자. 이우민 군."

오재원이 피식거리며 웃었다.

이태현의 얼굴이 황당함으로 물들었다. 그는 허탈한 웃
음을 지으며 그를 엄지 손가락으로 가리켰다.

"쟤, 쟤가 합격했고, 나는 떨어졌다고? 응?"

"손가락질 하지 마요. 기분 나쁘니까."

이태현에게 꼬박꼬박 말대답하는 우민의 모습이 귀엽기
그지 없다.

"이런 씨…!"

이태현이 뭐라 소리치려던 순간이었다. 이수현이 움직여, 그의 앞으로 성큼 다가갔다.

"활인길드에 절대 들어올 수 없겠군."

그는 안타깝다는 듯 혀를 차면서 뒷목을 가격해 기절시켜버렸다.

"치우게."

"네."

노민후가 서둘러 이태현을 끌어냈다. 이우민은 멀뚱멀뚱 서서 세 사람을 보다가 꾸벅 고개를 숙였다.

"안녕하세요. 이우민입니다."

"푸흐흐흐! 재밌다. 민혁아."

오재원은 이마에 손을 짚고 웃어버렸다. 자신이 이런 곳에 면접까지 보러 와야되나 싶기는 하였지만 막상 와보니 온 보람이 있는 것 같았다.

세 사람의 시선은 눈이 시퍼렇게 팬더처럼 멍이 든 이우민에게 향해 있었다.

각성자가 조심스레 그를 의자에 앉혔다.

"형, 저 그래도 한 대 때렸습니다."

그는 호기롭게 각성자를 향해서 어깨를 으쓱이며 말했다. 각성자는 그의 머리를 털어주었다.

"그래, 자식아. 이만 나가보겠습니다."

각성자가 활인의 경례를 취하고는 밖으로 나섰다.

"근데 저만 붙었어요?"

세 사람이 고개를 끄덕였다.

"역시."

그 말에 오재원이 질문했다.

"너만 면접까지 올 걸 예상했나?"

"그럼요."

"뭘로?"

"직감으로요."

어린 소년답게 재치있는 말솜씨도 가진 듯 보였다. 하지만 그는 미간을 찌푸렸다.

"근데 저 차크라인가 뭔가 없는데."

"그럼 왜 지원했는데?"

"혹시 몰라서요. 여기 길드원되면 돈 많이 주잖아요?"

그 당돌한 대답에 세 사람은 황당하단 표정이었다. 확실히 그의 말처럼 그가 가진 차크라는 일반인에 가까울 정도로 아주 형편 없었다.

"돈이 많이 필요한가? 왜? 부귀영화 좀 누리고 싶어?"

"아버지가 앓아 누우셨습니다. 아, 이런 거 말하면 동정표 얻고 그럴까 봐 말하고 싶진 않은데."

그는 그렇게 말하면서 자신의 머리를 벅벅 긁었다.

"치료비라."

오재원은 고개를 끄덕였다. 그의 말처럼 동정표를 줄 수도 있었다. 그렇지만 재원은 아니었다.

동정표를 줄만큼 물렁한 사람이 그는 아니었으니까.

"노가다는 언제부터 했지?"

"1년 전부터 했어요. 그 전부터 안 해본 일은 없어서 받아만 주면 어떤 잡일이든 다 할 자신 있습니다."

그는 호기롭게 말했다.

"무엇이든지?"

오재원이 되물었다.

"네."

"사람도 죽일 수 있어?"

그 질문에는 이우민은 답하지 못했다. 각성자들은 사람을 죽이기도 한다.

물론 숱한 일은 아니었고 그럴 경우는 거의 없었지만 그런 일이 생길지도 몰랐다. 힘이 있다는 것은 그런 것이다.

"우리 길드에 있으면 사람을 죽여야 할지도 몰라. 단순히 돈만 많이 받고 싶어서 오기에는 부족해."

그 부분에 관련해서는 오재원은 낮은 점수를 주고 싶었다. 그렇지만 오재원은 아까 전에 하얀 방에서 공부를 했던 모습이 생생했다.

"네가 강해지면 뭘 하겠어?"

다음 질문은 민혁이 했다.

그 질문에 이우민은 잠깐의 망설임도 없었다.

"지켜야죠."

"지켜?"

"내가 지킬 수 있는 사람들 지키라고 힘 얻고, 돈 얻고 하는 거 아닌가요?"

그 대답에 민혁은 웃음을 흘릴 뻔 한 걸 참았다.

"얼마 전에 병원에 갔는데, 더 이상 아버지 치료를 진행할 수 없대요. 왜냐, 보호자인 제가 힘도 없고 돈도 없으니까요."

그의 말은 현실적이었다.

"강해지면 지키고 싶은 건 다 지킬 거예요."

"너에 대한 투자는? 화려한 오픈카, 멋진 대저택. 우리 길드에서는 꿈만 같은 일은 아니거든."

이런 질문에 대부분 가식적인 대답을 할 것이다.

가식적인 미소로. 그렇지만 그는 정말 당연하다는 걸 묻는다는 표정으로 꿋꿋이 답했다. 가식이 보이지 않을 정도로.

"차는 굴러다니기만 하면 되는 거고, 집은 살기만 하면 되는 거 아니에요? 일단은 아버지가 먼저죠."

그 명쾌한 답에 민혁은 고개를 끄덕였다. 이번에는 이수현이 몇 마디 질문을 던졌다.

길드에서의 면접이라기보다는 마치 진로상담을 하는 분위기였지만 분위기는 썩 나쁘지 않았다.

모든 면접이 끝났다.

이우민은 농담 식으로 몸을 일으키며 말했다.

"그런데 정말 한 시간도 안 지났어요?"

아까 그 하얀 방을 말하는 것 같았다. 재원이 고개를 끄덕였다.

"와… 가져가고 싶다."

그 말에 세 사람이 픽 웃었다.

"합격 여부는 추후 통지해주마."

이우민은 곧 노민후를 따라서 바깥으로 나갔다. 오재원이 민혁을 돌아봤다.

"어때?"

그 질문에 민혁은 망설이지 않고 대답했다.

"내가 찾던 적임자다."

"만족스럽긴 하지?"

"그렇지만 더 보고 싶은데."

그 말에 오재원이 키득거리면서 기지개를 쭉 폈다. 그러면 그렇지. 강민혁은 성격이 꽤 확실하고 꼼꼼한 편이었다. 정말이지 의외로.

강민혁은 지금 자신이 선택한 사람에게 여덟 명의 군주 중 한 존재에게서 얻은 무형구슬을 주려는 것이었다.

자그마치 마신에게 받았다는 그 능력 중 하나다. 확실하고 싶었고, 더 알고 싶은 것도 있었다.

"어차피 나 한가하잖아."

민혁은 담배를 입에 물며 픽 웃었다. 기존에 염인빈이 세계 곳곳에 콜을 받아 날아가서 번거로운 괴수들을 사냥했던 일은 지금 휘페리온이 인계 받아서 하고 있었다.

물론 세계의 국가들은 휘페리온보다는 강민혁이 오기를 원했지만 민혁이 거부했다.

자신이 없는 자리를 대신할 아이들은 바로 휘페리온이었다. 그리고 세계도 그랬다.

그들이 자신을 항상 의지할 수만은 없었고, 새로운 강자들이 분명히 이끌어 가야 했다.

"이런 식의 테스트는 어떤 것 같아?"

테스트는 대부분 오재원의 머리에서 나온 것이었다. 민혁이 몸을 일으키면서 연기를 뿜으며 문으로 걸어갔다.

"나쁘진 않은 것 같다."

앞으로도 수시로 사람들을 뽑을 것이다. 그가 연기를 뿜으며 밖으로 나섰다.

❖　✢　❖

새벽 다섯 시. 너무 이른 시간이었지만 민혁은 차를 이끌고 밖으로 나섰다. 그의 차량이 부드러운 속도로 어딘가로 향하고 있었다.

그는 빨간 불 앞에 멈춰서 잠깐 휴대폰의 메시지를 확인했다.

최강현의 메시지가 와 있었다.

-x

쉽고 간단한 대답이었다. 최강현은 현재 국내가 아닌

세계를 돌고 있었다. 이유는 간단하다. 사자들을 찾아 다니는 것이다.

물론 사자들은 서로 끌림 같은 게 있다지만 혹시나 또 모른다, 돌아다니다보면 사자들이 나타날지.

아직 모든 일이 종결된 것도 아니었고, 최강현은 사자들을 찾는 것 뿐만이 아니라 마계로 넘어갈 방법 역시 찾고 있었다.

이번에는 역으로 민혁이 마계로 먼저 넘어가서 놈들을 친다. 위험요소를 모두 없애버릴 것이었다.

다시 초록불이 되자 차량이 움직였다. 그는 목적지보다 조금 먼 곳에 차를 세워두었다.

인력 사무소 앞이었다. 낡아빠진 스타렉스 차량에 대부분 마흔에서 쉰을 왔다갔다하는 남성들이 오르고 있었다.

그중 유독 앳된 아이가 눈에 띄었다.

이우민이었다.

민혁은 담배를 뻐끔거리며 노민후에게 받은 문자를 다시 한 번 확인했다.

아버지는 이 인력 사무소와 머지 않은 병원에 입원해 계셨다. 병명은 폐암이었다. 확인된 바에 의하면 현재 수술을 진행할지 약물 치료를 할지의 사이에 있다고 한다.

대부분 살 희망이 있는 자들은 수술을 하는 편이고, 생명 연장을 하는 경우 약물치료가 되는 편이다.

아마도 말이 사이에 있는 것이지, 수술을 할 수 있고 살

가능성이 있지만 돈이 없어서 수술을 못하는 상황으로 보였다.

민혁의 차량이 스타렉스를 뒤쫓아 천천히 움직였다. 스타렉스 차량은 머지 않은 공사판에서 멈춰섰다.

사람들이 우르르 내리고 어느정도 기술을 가진 이들은 용접 준비를 하기도 했고, 시멘트를 바를 준비도 하고 있었다.

그렇지만 기술이 없는 이들은 빨간 벽돌을 나르기 시작했다. 민혁은 시간을 확인했다.

아침 7시.

기특하다. 그렇지만 딱 그뿐이었다. 이우민 뿐만이 아니라 우리나라에 저 아이처럼 이 시간에 노가다 판에 있는 아이들은 좀 있었다.

대표적인 예로.

"내가 그랬지."

그는 픽 웃으며 연기를 뿜었다. 염인빈의 학력은 고등학교 자퇴였다.

이우민과 다르지 않았다. 그 때문에 놈에게 더 흥미가 생기는 것일 지도 모른다.

오늘 날씨는 다행이도 너무 춥지도, 그렇다고 덥지도 않은 선선 할 때였다. 가끔씩 다른 인부들과 웃으면서 이야기를 나누는 것을 보면 꽤나 이쪽에서 어린 나이치고 잔뼈가 굵은 것 같았다.

"괜찮군."

쉰을 조금 넘은 사내가 우민과 함께 땀을 흘리며 계단을 밟고 오르고 있었는데, 우민이 슬쩍 벽돌 세 개를 빼서 자신의 등에다가 싣는 모습이 보였다.

나이를 조금 먹은 사내가 어색하게 웃었고 이우민은 힘차게 앞서 나갔다.

저 아이와 자신의 모습이 겹쳐 보이는 이유는 무엇일까. 그리고 우민을 보면서 민혁은 계속 고민하고 있었다.

저 아이에게 어떤 능력이 어울릴까.

아칸이라는 마족에게서 얻은 능력은 괴수들을 부릴 수 있는 능력이었다. 잭에게서 얻은 능력은 마인을 만들어내는 것. 즉 홀리는 것이다.

그 외에도 꽤나 흥미 있는 능력이 몇 가지 되었다.

그리고 민혁은 이미 무형구슬을 활인길드의 인원을 통해서 실험을 해본 적이 있는데, 이 무형구슬을 통해서 얻은 능력은 차크라의 소비가 없었다.

물론 사용시간의 딜레마는 존재했지만 그 의미는 비각성자도 각성자만큼의 힘을 낼 수 있게 만들 수 있음을 의미하기도 한다.

더 똑똑하게 오재원처럼 생각하면, 이것은 돈냄새가 나는 능력이기도 했다.

세상에는 각성자가 되고 싶어 안달난 이들이 있었고 작은 급의 각성자여도 초인적인 능력만 얻으면 몇 억, 몇 십억,

몇 백억을 지불할 사람들이 충분히 있었다.

가벼운 능력 하나를 툭 던져주고 몇 백억을 벌 수도 있는 것이다. 그렇지만 그것은 민혁이 생각해보겠다고 했다.

남을 죽여서 얻은 능력을 장사로 사용하는 건 내키지 않았기 때문이다.

그렇게 생각을 하던 민혁은 이우민을 물끄러미 바라보다가 차를 돌렸다. 이번에 향하는 곳은 그의 집이다.

그의 집은 거의 달동네 수준이었다. 차를 근처에 세워두고 한참을 걸어올라 왔어야 할 정도다.

그는 낡은 주택을 한 번 쭈욱 둘러보고는 다시 발길을 돌려 밖에서 밥을 먹고 다시 그가 일하는 곳으로 갔다.

일하는 곳에서 계속 지켜보던 그는 어느덧 해가 저물 시간이 되는 것을 확인했다.

다른 인부들과 스타렉스 차량에 올랐다가 인력 사무소에서 돈을 받은 그는 '함께 술이나 빨자!' 하는 인부들을 뿌리치는 우민을 보며 픽 웃었다.

자신도 어린 시절, 미성년자임에도 아저씨들이 저렇게 말하면서 끌고 가려고 했다.

노가다 뛰는 이들은 대부분 술을 많이 마신다. 일이 고되기 때문이다. 저 제안을 거절하는 것도 사실 매우 힘든 편이지 않은가 싶다.

민혁은 그를 뒤따라 계속 움직였다. 그는 버스도, 지하철도 타지 않고 걸어서 병원으로 향했다.

병원에 도착한 그는 오늘 번 돈을 전부 수납하고 곧 바로 병실로 올라갔다.

민혁은 병실의 창문을 통해서 이우민을 바라봤다. 코에 호스가 들어간 쉰 중반의 쇠약해 보이는 남성이 그가 오자 손을 휘휘 젓고 있었다.

이우민이 그의 손을 잡아주는 모습이 보였다.

잠시 지켜봤다. 따로 간병인을 쓰지 않기 때문에 그가 직접 따뜻한 물로 적신 물수건으로 몸을 닦아주거나 대소변을 받아내는 모습이 보였다.

민혁은 카운터로 내려갔다. 그는 마스크와 모자를 쓰고 온 상태였다.

"302호 환자 있죠."

"아, 네."

프론트 업무를 보는 여성이 고개를 끄덕였다.

민혁이 카드를 내밀었다. 활인 길드의 로고가 박힌 골든 카드. 여성의 눈이 휘둥그레 커졌다.

한도가 없는 카드다.

"병원비 전부 납부해주고, 수술비까지 결제하시죠."

그녀는 그 말에 원무과에 전화를 걸어서 금액과 이제까지 밀린 것까지 확인한 후 상당한 금액을 긁었다. 카드를 돌려받은 민혁은 다시 위로 올라갔다.

위로 올라온 그는 병실과 마주 본 상태에서 의자에 앉아 다리를 꼬고 그가 나오길 기다렸다.

이우민이 나왔을 때, 그는 마스크와 모자를 벗으며 몸을 일으켰다.

"어!?"

"어는 무슨. 축하한다."

민혁은 큰 표정변화 없이 말했다.

"이번 면접에 합격했다."

"예?"

그는 고개를 갸우뚱했다.

"내일 아침 아홉시까지 활인길드 본부로 와서 내 집무실로 안내해달라고 해."

그 말을 끝으로 민혁은 몸을 돌렸다.

❖   ❖   ❖

아홉시가 되자 시간에 딱 맞춰서 이우민이 들어왔다. 그는 얼굴이 꽤 밝았다. 병원비 계산을 했다는 사실을 알았기 때문이다.

바로 내일이면 아버지가 수술에 들어갈 수 있었다.

"고맙…"

"됐고, 앉아. 그거 갚아야 한다."

일반인들이 그 정도 액수를 갚으려면 몇 년을 일해야 할 것이다. 그렇지만 각성자가 되면 달라진다.

한 달 만에 그 정도 액수는 갚을 수 있을 것이다.

"이번 면접을 통해서 너는 활인길드의 길드원이 된다. 그리고 조금은 '특별한' 길을 걷게 될 거야."

민혁은 특별하다는 부분을 강조했다. 분명히 특별한 것은 사실이었다.

그는 어쩌면 단 2~3년 내로 S급 각성자로 올라설지도 모른다. 무형구슬. 특히나 마신이 내린 능력 그대로를 주는 것은 그 정도 힘을 발휘 할 것이라 판단되었다.

민혁이 손을 앞으로 뻗었다. 그러자 검은 돌이 만들어졌다. 이우민은 신기하다는 듯이 눈을 휘둥그레 뜨면서 둘러봤다.

"히야…."

"이 돌을 흡수하는 순간 넌 괴수를 다룰 수 있다."

민혁이 이우민에게 주자고 선택한 능력은 아칸의 능력이었다. 괴수를 조종하는 능력.

"아주아주 강한 능력이다. 악하게 사용하면 아마 내가 널 죽일 거다."

조금 살벌한 말이었다. 그리고 진심이기도 했다. 자신이 준 능력을 악하게 이용하는 자가 있다면 가차 없이 죽일 것이다.

"돌을 잡아."

민혁의 명령조에 우민이 조심스레 손을 뻗었다. 그의 검지 손가락의 끝이 검은 돌과 닿는 순간이었다.

검은 돌이 이우민의 몸으로 빨려 들어가기 시작했다.

"으아아…!"

깜짝 놀란 우민이 뒤로 발라당 자빠졌다. 각성자도 아닌, 일반인과 다름 없었기에 당연시 거부반응을 보이며 깜짝 놀란 것이다.

민혁은 한 상자에서 라이센스를 꺼냈다.

미성년자가 라이센스를 획득하는 것은 엄연한 불법이다. 그렇지만 법은 꼭 지키라고 있는 것만은 아니지 않은가?

"그거 착용해."

민혁이 라이센스를 테이블 위에 올려 그에게 내밀었다.

어안이 벙벙한 표정으로 우민이 라이센스를 조심스레 집었다. 그가 팔에 착용했다.

"이 라이센스는 불법적인 거다. 즉, 네 랭킹이 뜨지 않는다는 소리이기도 해. 미성년자는 애초에 라이센스 획득이 특별한 경우를 제외하면 금지되어 있으니까. 스텟창이라고 외쳐서 능력을 확인해봐."

"스텟창."

이우민이 중얼거렸다. 그의 눈에만 보이는 홀로그램이 떠올랐다.

그는 곧 홀로그램을 보면서 중얼거렸다.

"아칸-괴수 테이밍."

그는 중얼거렸다. 그러면서 쭈르륵 읽었다. 민혁은 들으면서 픽 웃었다.

레벨 1에 C급 괴수를 세 마리씩 테이밍 할 수 있다고 한다. 그 말은 즉, 하루가 지날수록 괴수의 숫자가 늘어난다는 의미이기도 했다.

여기에 레벨이 높아지면? 더 대박일 것이다.

그리고 부수적인 능력으로 아공간도 있다고 한다. 현재의 아공간의 한정 괴수는 약 60여 마리라고 한다.

아공간에 60여마리의 C급 괴수가 다 채워진다면? 작은 군단이 만들어지는 것이다.

'어마어마한 능력을 줬군, 정말.'

민혁은 쓰게 웃었다.

7. 절대신과의 만남

NEO MODERN FANTASY STORY

RAID

신의 탄생

7. 절대신과의 만남

레이드

NEO MODERN FANTASY STORY

"너에게 임무를 하나 주지."

민혁은 앞에 놓인 물잔의 윗부분을 살살 손가락 끝으로 만졌다.

"강해져라. 넌 활인길드의 막강한 전력이 될 것이다."

이우민의 앞으로는 여러 가지로 생각해볼 수도 있었다. 만약 그가 B급의 괴수 300여 마리 이상을 아공간에 집어넣고 다닐 수 있게 된다면?

더 이상 활인은 번거롭게 길드원들을 던전에 보냄으로써 인력 낭비, 시간 낭비를 하지 않아도 될 것이었다.

1000여 마리 이상이 된다면? 세계에 지원도 충분할 것이고 그 이상이 된다면 어마어마한 군단이 형성 되는 것이다.

마신의 능력. 정확하게 아칸의 괴수를 부리는 능력이 가진 힘은 무한함 그 자체라고 할 수 있었다.

어쩌면 이 능력을 얻은 것으로도 이우민은 추후 한이라는 강자 이상으로 커질 수 있을지도 모른다.

"그리고 네가 말했듯이 지켜라."

민혁은 작은 웃음을 지었다.

"네 부모님도, 친구도, 주위 모든 사람들을. 약속할 수 있겠나?"

그 물음에 이우민은 결의에 찬 표정으로 고개를 끄덕였다. 그거면 되었다. 확고한 의지, 그리고 이우민이라는 인재가 보일 미래.

무척 기대가 되었다.

❖ ❖ ❖

한 달이 지나갔다. 민혁은 노민후가 올린 이우민에 관련한 보고서를 흘어보았다.

노민후는 말 그대로 '헐…!' 이라는 식으로 보고서를 작성했다. 그가 가진 능력 자체는 말도 안 되는 사기적인 능력이었고, 그를 성인이 될 때까지 전적으로 담당하게 될 노민후는 그 모습을 지켜보면서 경악에 찰 수 밖에 없었다.

민혁이 미혜와 함께 차량에 올랐다. 두 사람이 향하는 곳은 바로 민혁의 부모님이 계신 집이었다.

차츰 시간이 지나면서 어머니도 민혁을 받아들이고 계셨다. 평생 서로가 등을 돌리고 살기에는 무리였고 어머니 역시도 그라는 껍데기를 두어서라도 강민혁의 모습을 찾고 싶어하는 것 같았다.

"긴장된다."

그녀는 가슴 위에 손을 올리고 작은 심호흡을 쉬었다.

한동안 평화로운 일상이 지나가고 있었다. 민혁에게는 더할 나위 없이 행복한 삶이었다.

"두 분 모두 좋은 분이셔. 너무 긴장할 것 없어."

"응."

미혜는 혀를 내밀며 작게 웃었다. 그녀의 머리를 한 번 쓸어주었다. 차가 신호등에 멈춰 섰다.

메시지가 왔다는 알림을 들은 민혁이 휴대폰을 집어 들었다.

"운전하면서 휴대폰 만지지 말라니깐."

"잠깐만."

민혁은 어색한 웃음을 지었다. 결국 강민혁도 여자 앞에서는 잡혀 사는 존재였다. 미안한 표정으로 흘끗 시선을 휴대폰에 둔 민혁의 미간이 찌푸려졌다.

최강현이었다.

문자 메시지에는 항상 찍히던 'x'와는 다른 'ㅇ'라는 문구가 적혀져 있었으며 금방 전화를 하겠다는 문자가 있었다.

"정말, 말 안 들을 거야?"

"이거 봐."

민혁이 만류에도 휴대폰에 시선을 두자 입이 대쭉 나왔던 미혜도 그의 휴대폰을 받고는 눈을 크게 떴다.

그 메시지를 보는 순간 사실 미혜는 가슴이 덜컥 내려앉았다. 싫었다. 평생 'ㅇ'라는 대답이 오지 않기를 바랬다.

민혁이 언제 사라질지 모르니까, 정말 그분의 지시를 받은 사자가 그를 어디 먼 곳으로 데려갈지 모르니까.

"그, 금방 연락 하신다네… 잘 됐다…."

민혁은 계속 기다리고 있었다. 마계로 넘어갈 방법을, 혹은 그분과 접촉할 수 있는 방법까지도.

미혜는 그렇게 말하고 있었지만 씁쓸한 표정이었다. 그 얼굴을 읽은 민혁은 아무런 말도 하지 못했다.

어느덧 빨간 불이 켜지고 차가 다시 출발했다.

❖ ❖ ❖

[취에에엑!]

깊은 동굴 속 안처럼 어둡고 음침한 그곳에는 벽 틈에 집을 만든 뱀의 형상을 한 마물들이 울음을 토하고 있었다.

그 음침하고, 있기만 해도 소름이 끼칠 것 같은 곳에 한 여인이 의자에 앉아 있었다. 의자의 팔걸이 부분은 검은색 뼈로 이루어져 있었다.

그 의자에 앉은 여인은 무척이나 아름다웠다. 차가운 눈
동자는 감정이 없어 보일 정도다. 부드럽게 흐르는 검은 색
머리카락에 쌔하얀 피부가 돋보였다.

그녀의 앞으로 한 사내가 나타났다. 그는 한쪽 무릎을 바
닥에 꿇고 주먹 쥔 한 손을 땅에 대고 있었다.

[마신이시여. 명하신 대로 새로이 군주들을 뽑았습니
다.]

그녀는 마신이었다. 마계를 총 관리하는 자. 신이라는 이
름이 무색하지 않을 강함을 가진 여인이었다.

총 18대 마신인 그녀의 이름은 엘레베르였다. 엘레베르
는 고개를 끄덕였다. 사실 그녀에게 여덟 군주의 누군가의
죽음은 크게 동요할 것은 없었다.

누구든 새로 뽑으면 그만이니까.

덧붙여서 가장 중요한 이가 죽지 않고 살아 있었다. 서열
1위의 군주. 쟈칸이었다. 쟈칸의 능력은 그녀가 주었지만
대단한 능력이었다.

마신인 그녀조차도 어찌 할 수 없을 정도로 강한 능력이
다. 또한 쟈칸의 머리는 비상하기 그지 없었다.

그는 무력으로 따지면 발록이나 다른 타 군주에 비하면
약한 수준이었다. 비상한 머리와 그가 가진 능력을 합친다
면 남은 일곱의 군주 중 그 누구도 그와 견줄 수는 없을 것
이었다.

[계승자… 절대신….]

그녀의 입술이 열렸다. 계승자. 인간 따위에게 자신이 베였다. 물론 자신의 힘을 온전히 발휘하지는 못했다.

자신은 발록의 부름에 응답한 것이었고 소환에 의하여 나타난 그녀는 평소 힘의 반 절 밖에 발휘하지 못한다.

반절의 힘이라고 할지라도 대지를 흔들고, 하늘을 가를 수 있을 정도의 막강한 힘이었다. 그렇지만 계승자는 자신을 베었다.

그리고 절대신.

[아르온의 능력에 신이 개입했다.]

그녀는 음침하게 웃었다. 사실 계승자는 그 날 죽었어야 했다. 그랬다면 발록에 의해 지구라는 차원은 송두리째 흔들렸을 것이며 자신까지 합세한 상황에서 절대신은 자신이 관리하는 세상이 무너지는 것을 두 눈 똑똑히 뜨고 지켜봐야 했을 것이다.

그렇지만 지금의 상황처럼 악화되지는 않았을 것이다. 절대신은 직접적으로 계승자에게 개입해 그를 도왔다.

신들은 여럿이 있었지만 그들을 관장하는 신도 존재했다. 절대신도 결국 그의 밑이었다. 그는 전 차원을 관장하는 신이며 신들의 어머니 같은 존재였다.

그녀는 절대신에게만큼은 직접적인 관여를 하지 못하게 했다. 언젠간, 절대신의 자리는 계속 바뀌어야 하며 그것이 수단과 방법을 가리지 않은 다른 신들의 악행위에도 절대신은 직접적인 개입을 해선 안 되었다.

그 때문에 계승자를 통해 그는 그 자리를 주려던 것이었다. 그 계승자의 죽음을, 절대신이 관여하여서 막았다.

절대신에게 형벌이 떨어질 것이다.

가뜩이나 약해지고 있는 그의 힘이었다. 엘레베르의 입이 올라갔다.

그녀가 천천히 몸을 일으켰다.

머리를 조아리고 있는 쟈칸은 고개를 들지 않고 기듯이 그녀의 움직임대로 움직였다.

[절대신을 죽여야 한다.]

지금이라면 절대신을 죽일 수 있을 지도 몰랐다.

[그의 행방을 쫓아라.]

❖ ⁌ ❖

활인길드 전용기를 타고 있는 민혁은 편안하게 의자에 몸을 기대었다. 최강현과 통화를 하였다.

사자가 나타났다. 사자는 급하게 절대신이 자신을 부르고 있다고 하였다.

최강현은 사자의 말에 따라서 던전으로 움직였었다고 한다. 던전은 아직 공개되지 않은 비공식 던전이었다.

최강현은 들어가자마자 곧 바로 도망치듯이 뛰어나왔다고 한다. 차마 자신이 감당할 수 없는 괴수들이 드글드글거리고 있다고 한다.

어느덧 비행기가 착륙하였다.

푸슈유육!

문이 열리고 계단이 내려섰다. 민혁이 한 걸음 한 걸음 내려섰다. 그의 앞으로 선글라스를 끼고 있는 슈트를 입은 최강현과 그의 옆에 선 백인이 있었다.

사자에 대해서는 이야기를 들었다. 로버트라는 서른 후반의 남성이라고 한다.

그리고 A급의 루퍼 길드의 길드원이라고 들었다. 루퍼 길드는 세린디피티에 비하면 약한 세력을 가진 미국의 길드 중 하나였지만, 그래도 LA쪽에서는 이름 족 있다 싶은 길드 중 하나였다.

민혁은 최강현에게는 가운데 손가락을 올림으로써 인사를 해주었다. 그리고 로버트와는 악수를 하였다.

"반갑습니다. 강민혁입니다."

"로버트입니다. 코리안 나이트. 강민혁님을 뵙게 되어 영광입니다."

로버트가 꿈을 꾼 것은 정말 최근이었다고 한다. 그 꿈이 계속되었고 꿈은 계속해서 어딘가를 가리켰다고 한다.

그리고 자신을 홀리듯이 안내했다고. 그 홀림 끝에는 발견되지 않은 비공식 던전이 있던 것이다.

함께 마련되어 있는 리무진에 올랐다. 차량은 지체하지 않고 비공식 던전으로 향하기 시작했다.

"저를 급하게 찾는다는 것은…"

"뭐랄까. 다급해 보였습니다. 얼굴을 보지는 못했지만 꿈속에서 보았던 그분이 급하게 계승자라는 말을 반복했거든요."

민혁은 고개를 끄덕였다.

아르온의 능력에 빠져서 아무 것도 알지 못한 채 미국에서 대한민국으로 워프존을 타기 전에 절대신이 나타났었다.

그리고 그는 '이치'를 깼다고 말했다.

이치를 깼다는 것은, 그가 무언가를 어겼다는 것이다.

'무슨 일이 생긴 거군.'

절대신은 언젠간 그 자리를 민혁에게 넘겨줄 것이었다. 그 이전에 분명히 큰일이 생긴 것 같았다.

차는 계속해서 달렸다. 그동안 로버트와는 사사로운 이야기를 주로 나눴다. 그에게서 꿈에 관련해 듣는 것은 20분 남짓 밖에는 되지 않았으니까.

로버트는 성심은 착해 보이는 남성이었다. 가장 인상 깊었던 것은 지갑 속에 자신의 자녀들과 함께 찍은 사진을 밝게 웃으며 보일 때였다.

"참, 던전은 예상외로 눈에 보이는 곳에 위치해 있습니다."

"눈에 보이는 곳?"

"예, 마치 급하게 만들어진 것 같아요, 그 위치에 있으면서 이제까지 사람들에게 발견되지 않았다는 게 말이 되지 않는다 생각하거든요."

급하게 만들어진 것 같다. 그리고 최강현이 도망쳐 나올 정도의 괴수들이 있다.

절대신이 급하게 던전을 형성하고 자신을 제외한 다른 이들의 출입을 금하려고 했다. 라고 생각할 수 있었다.

"어딘데?"

"가보면 압니다."

최강현은 언제나 그렇듯 장난스레 웃었다.

"거의 다 와 갑니다."

뭐라 한 마디 하려고 했지만, 그 말에 민혁은 고개를 끄덕였다. 곧 리무진이 멈춰섰다. 차량에서 내린 민혁은 밑으로 내려가는 계단을 발견했다.

"지하철이잖아."

도심 한복판에 위치한 지하철이었다. 간혹, 이처럼 지하철에도 던전으로 넘어가는 문이 존재하기는 했다.

"이곳에 있거든요."

최강현과 함께 밑으로 내려갔다. 그리고 얼마 지나지 않아 '관계자 외 출입금지' 라고 써져 있는 문이 보였다.

"이거 제가 붙였습니다."

최강현이 씨익 웃었다.

"발견은 로버트가 했지만 이쪽 관리는 원래 플로토 길드가 합니다. 플로토 길드에서 노발대발 하길래 한 마디 했습니다."

"뭐라고?"

"강민혁이 이곳에 올 건데? 그 말 한 마디 하니까 꼬리를 내리더군요."

민혁은 피식 웃었다. 최강현이 문을 열어 주었다. 민혁이 안으로 들어갔다.

그곳에서 민혁은 볼 수 있었다. 문 안의 좁은 공간에 위치해 있는 던전을.

"같이 갈까요?"

"아니, 됐어."

민혁은 고개를 저었다. 최강현도 들어가기 싫다는 듯이 고개를 저었다.

"여자친구분한테는 연락 해뒀습니까? 언제 돌아오실지 모르잖아요."

민혁은 이번에도 생긋 웃으며 가운데 손가락을 들어 올리면서 답했다. 미혜에게는 충분히 설명해 두었고 최대한 빨리 돌아온다는 말만 해주었다.

민혁이 안으로 들어갔다. 잠시 어둠이 스치고 지나갔다.

눈을 뜬 민혁은 여느 던전과 크게 다를 바 없는 모습을 볼 수 있었다. 습기가 가득 차 있었고 역한 냄새가 코끝을 찔렀다.

민혁은 천천히 한 걸음 한 걸음 떼기 시작했다.

[퀘레에엑!]

얼마 지나지 않아 모습을 드러낸 괴수는 머리는 사자였고 하체는 말의 형태를 하고 있었다. 숫자는 한 마리가 아니었다. 열 댓 마리 정도. 한 놈이 민혁을 향해서 그 거대한 입을 벌리고 번쩍 뛰어 올랐다.

민혁은 가볍게 피해내고는 머리를 단숨에 내리쳤다.

우지지직!

머리가 뭉개지면서 놈이 바닥에 쓰러져 꿈틀거렸다. 민혁이 이렇게 가볍게 놈을 죽이기는 하였지만 그 움직임을 보면 SS급 각성자도 감당할 수 있을까 싶을 정도였다.

또한 갑각이 매우 두꺼운 편에 속했다. 어지간한 검이나 방출계 능력이 타격을 입히지 못할 것이었다.

그리고 놈들은 능력을 부리기도 하였다. 입에서 독을 뿜기도 하였고, 어떤 놈은 땅을 파고 들어가 갑자기 등 뒤에서 급습을 하려고 했다.

말이 갑자기였지 사실 민혁에게는 진즉에 간파를 당해 목이 비틀려 죽었다.

그는 지체하지 않고 빠른 걸음으로 던전에 들어갔다.

그의 빠른 걸음은 단 한 번도 멈추어지지 않았다. 그것이 지금 그의 수준이었다.

이 던전만 놓고 본다면 이제까지 발견된 던전 중에서 가장 난이도가 높은 던전으로 추정할 수 있었다.

그러나 그것은 일반적인 사람들에 한한 이야기였다. 강민혁에게는 해당 사항이 없는 이야기.

반나절 정도 들어갔을까. 민혁은 멀리서 작은 불빛이 스치는 것을 보았다. 그의 발걸음이 더욱 빨라졌다.

쿠우우우웅!

거대한 소리가 던전 전체를 진동시켰다. 작게 뿜어지는 불빛의 인근에 다다르자 들린 소리였다. 민혁은 미간을 좁혀서 확인했다.

사람의 형상? 그렇지만 온 몸이 완전하게 딱딱한 돌로 이루어진 이였으며 짧은 머리카락에 곧게 솟은 코, 날카롭게 찢어진 무쌍의 눈. 그리고 실오라기 하나 걸치지 않은 몸. 그는 생식기가 없었고 항문 또한 없었다.

두 개로 갈라져야 할 엉덩이가 일자였고 앞에 뭔가라도 있어야 할 곳은 온통 돌 뿐이었다.

남성체의 형상을 한 그는 터벅터벅 민혁의 앞으로 걸어왔다. 그와 2m거리 정도가 되자 그는 조심스레 한 쪽 무릎을 꿇었다.

[오시길 기다렸습니다.]

❖   ❖   ❖

[퀴에에에엑!]

[캬하아악!]

구름을 뚫고 높이 올라 선 거대한 신전의 앞의 공간이 열리면서 군주들과 마족, 마물들이 쉴 새 없이 튀어나오고 있었다.

광활하고 거대한 신전은 본래 절대신이 머무는 신전이었

다. 이 신전에는 함부로 다른 이들이 발을 들일 수 없었다.

하지만 그 결계가 매우 약해져 있었다. 절대신의 힘 또한 약해졌다는 것을 의미했다.

열린 공간에서 엘레베르가 천천히 걸어 나왔다. 그녀의 시선이 광활한 신전에 꽂혔다. 절대신이 머무는 신전.

언젠간 이곳을 자신의 성지로 만들고 싶다고 생각한 적이 있었다. 그리고 이곳의 절대신을 죽이고 그 자리에 오르고 싶다고도 생각했다.

그리고 바로 오늘 그녀는 여덟의 군주, 그리고 마족들과 함께 이 신전을 침범했다.

[꺄아아악!]

[으아악!]

절대신의 사자들이 비명을 지르면서 도망치고 있었다. 화려한 백색의 갑옷을 입은 사자들이 검과 방패, 창, 활, 다양한 능력들을 이용해서 대항하려고 했지만 무용지물이었다.

그들은 빠른 속도로 마족들의 손에 피를 흩뿌리며 쓰러지거나 거대한 마물의 입에 질끈질끈 씹어 먹히고 있었다.

터억

신전에 첫 걸음을 내딛은 엘레베르는 입가에 작은 미소를 지으면서 주위를 둘러봤다.

피로 물든 신전. 항상 자신이 원했고 갈망했던 모습이었다.

높게 솟아있는 둥그런 기둥들을 지나친 그녀는 6m는 될 법한 양쪽으로 열리는 문 앞에 섰다.

그녀가 팔을 휘익 젓는 순간이었다. 문이 큰 진동만 하면서 움직이지 않았다.

그녀가 눈을 부릅 뜨며 팔에 힘을 주는 순간이었다. 버텨내던 문이 결국 쿠쿠구구 열리기 시작했다.

그녀는 숨을 크게 들이마시었다. 비릿한 피 비린내가 코끝을 찔렀다. 그녀에게는 멋들어지는 남정네의 부드러운 향수 냄새를 맡은 것처럼 달콤하기 그지 없는 냄새였다.

그녀가 터벅터벅 걸음을 옮기자 신전 안에 있던 사자들 수십이 우르르 몰려나와 그녀의 앞을 막아섰다.

[건방지구나.]

그녀의 조막마한 입술이 열렸다. 하지만 그녀가 보이는 무위는 그 입술과는 상대되는 것이었다. 그녀가 양 손을 양 옆으로 미는 순간이었다.

사자들이 물밀 듯이 벽에 쳐 박혔다.

[마신님의 앞길을 막다니!]

마족과 여덟의 군주들이 뒤쫓아 들어와 벽에 처박혔던 그들의 목에 칼을 박기 시작했다.

엘레베르는 그들의 비명 소리를 힘찬 비트의 음악을 듣듯이 리듬을 타면서 터벅터벅 절대신이 있을 곳으로 걸어가고 있었다.

어느덧 순백으로 이루어진 의자가 모습을 드러냈다. 의자에는 천사와 악마가 주먹만한 구슬 하나를 사이에 두고 나체의 몸으로 서로 가지기 위해 손을 뻗는 문양이 그려져 있었다.

엘레베르의 미간이 찌푸려졌다. 그녀의 걸음이 다급해졌다. 그녀는 계단을 밟고 어느덧 의자의 바로 앞에 서 있었다.

[이놈….]

그녀의 미간이 찌푸려졌다. 그녀도 절대신과는 한 번도 얼굴을 대면한 적이 없었다. 그렇지만 절대신인 그가 도망을 칠 거라는 것은 생각도 하지 못했다. 이 신전을 두고 도망을 친다.

겁쟁이! 라는 말이 목구멍 밖으로 튀어나오려고 했다.

그녀는 힘이 풀린 듯 의자에 털썩 주저앉았다. 그녀는 머리를 굴리기 시작했다. 절대신이 어디로 도망을 쳤을까.

남의 집 드나들 듯이 다른 신들의 틈에 도망치지는 않았을 것이다. 다른 신들 역시도 그의 자리를 탐내는 자들이 많았으며, 마신인 자신이 쫓는 것을 그들도 얼핏 알고 있을 것이다.

그들이 절대신을 감싸주지는 않을 것이다.

그렇다면 다른 차원으로 도망을 쳤다?

그럴 가능성 역시도 희박했다. 단순히 도망을 쳤다면 언젠간 자신의 손에 잡혀 죽게 될 것이었다.

더 쉽게 생각해보았을 때 그가 도망쳤을 곳은 딱 한 군데 밖에는 없었다.

[계승자.]

계승자가 있는 곳으로 도망을 쳤다. 그것이 절대신이 생각하는 가장 안전한 휴식처일 것이었다.

거기에 마신인 자신은 절대신이 관장하는 차원에 직접 내려가지 못하며 내려간다고 해도 온전한 힘을 발휘하지 못한다. 지금 내려간다면 계승자의 손에 처참히 죽을 것이다.

아직 계승자는 신이 되지는 않았다. 마신이 인간에게 죽었다는 사실이 들리면 참으로 우스울 것이다.

그렇다면 방법은 딱 한 가지가 있었다.

[쟈칸.]

분노한 표정의 그녀의 입이 천천히 열리자 머지 않은 곳에 있던 쟈칸이 바람처럼 움직여 그녀의 앞에 머리를 박았다.

그녀의 입술이 비틀려 올라갔다.

[네 능력을 사용할 때가 되었구나.]

그 말에 고개를 바닥에 쳐 박고 있는 쟈칸의 입술이 히죽 올라갔다.

❖   ❖   ❖

돌로 이루어진 사자는 자신을 '무'라고 불러달라고 말했다. 민혁은 굳이 이유는 묻지 않았다. 그는 절대신이 있는 곳으로 안내하겠다면서 조심스레 민혁을 이끌었다.

그를 따라서 걸음을 한 민혁은 곧 빛 앞에 당도할 수 있었다.

천장이 높았다. 20m는 될 정도로 보였다. 곳곳에서 밝은 빛이 뿜어져 들어오고 있었으며 정중앙에는 하얀색으로 이루어진 돌로 만들어진 관 같은 것이 놓여 있었다.

관의 정중앙에는 악마와 천사가 서로 돌을 집으려는 문양이 있었다.

"이 안에?"

민혁은 조금 황당하다는 듯이 물었다. 무는 고개를 끄덕여 답했고, 민혁은 천천히 그 앞으로 다가섰다.

[계승자 님을 제외하고 아무도 열지 못합니다.]

민혁은 고개를 끄덕였다. 그리고 힘껏 뚜껑을 밀어냈다.

단순한 돌이 아닌 듯 보였다. 그로써도 밀어내는데 팔뚝에 핏줄이 투툭 돋아날 정도였으며 이를 악물어야 했다.

쿠쿠쿠쿠!

천천히 문이 열리기 시작했다. 서서히 민혁의 시야로 그가 보이기 시작했다. 잘 눕혀져 있는 사내의 옆구리부터 보이기 시작해 곧 얼굴의 반절이 보였다.

금발의 머리카락이 잘 정돈되어 깔려있었다.

쿠쿠쿠쿠! 쿠우우우웅!

밀어내던 돌이 바닥에 떨어졌다. 땅이 크게 진동하면서 짙은 흙먼지를 만들어내었다.

민혁은 천천히 그를 둘러보았다. 서양인처럼 높게 솟은 코에, 주먹처럼 작은 얼굴. 단단한 체격. 입고 있는 하얀 색 사제복 같은 옷과 식물의 줄기를 엮어 만든 듯 보이는 샌들 같이 생긴 신발.

"절대신?"

민혁은 의아한 목소리로 그를 불렀다.

그 순간, 그의 눈동자가 번쩍 떠졌다.

민혁이 주춤 뒤로 물러섰다. 두렵지는 않았다. 하지만 절 대신이라는 이름이 가진 힘이 결코 가볍지 않음을 그는 알 고 있어서였다.

눈을 뜬 절대신의 눈동자는 에메랄드처럼 초록색이었다. 그 눈은 오롯이 민혁의 얼굴을 향해서 고정되어 있었다.

이내, 절대신은 행동했다.

"흐아아아암!"

하품을 크게 하면서 기지개를 키는 행동을. 그러면서 상 체를 일으킨 그는 자신의 등을 긁적거렸다.

"계승자?"

그는 그렇게 말하면서 관에서 사뿐히 내려왔다. 민혁은 그를 마주보고 함께 섰다.

절대신은 키가 자신만큼은 될 정도로 훤칠하게 컸다. 눈 을 떠보니, 눈과 얼굴이 생각보다 조화가 잘 어울려져 어마 어마한 미남자라고 할 수 있었다.

"왜 이렇게 늦게 왔어? 배고프게."

하지만 그 입에서 흘러나오는 말들은 생각보다 위엄은 없는 것이었다. 보통 영화나 드라마, 소설 속에서의 절대신 정도 되는 이들은 말 한 마디에 천지와 땅을 흔들고, 무엇이든지 할 수 있지 않던가.

그렇지만 지금 민혁의 앞에 선 절대신은 그저 평범한 인간처럼 보일 정도였다.

민혁의 미간이 찌푸려졌다.

"절대신?"

금발의 그는 픽 웃으면서 고개를 끄덕이며 양 팔짱을 끼고는 던전의 바깥 쪽을 향해서 걸음을 떼기 시작했다.

"가자."

민혁은 미간을 찌푸리면서 그를 돌아봤다. 절대신이 손가락을 따악 퉁기는 순간, 돌로 이루어진 형상을 한 '무'가 스르르 바닥에 스며들었다.

"어디를?"

민혁의 질문에 사내는 당연하다는 걸 묻는다는 듯이 웃었다.

"네가 사는 곳."

❖ ❖ ❖

리무진을 타고서 함께 이동하고 있었다. 로버트는 돌려보내었다. 그가 절대신과 마주할 필요는 굳이 없다고 판단

되어서였다.

리무진에는 최강현과 민혁, 그리고 절대신. 이렇게 세 사람이 함께 앉아있었다.

"오, 맛있어. 맛있어. 나쁘지 않아."

절대신은 리무진에 오르자마자 말했다. '배고파, 뒈지겠네.' 그 말에 차량에 배치되어 있던 샌드위치를 주었는데, 그는 게눈 감추듯이 그것을 우유와 함께 먹고 있었다.

"이 음식 이름이 뭐라고?"

"샌드위치."

벌써 세 번째 말해준 것이다. 절대신은 기억력이 썩 좋지는 않은 듯 보였다. 그리고 그를 보고 있자면 게티가 생각이 날 정도였다.

"왜 내가 위엄도 없고 카리스마도 없어서 실망했나?"

그 질문에 민혁은 망설이지 않고 고개를 끄덕였고 최강현의 표정도 '헐…'이 되어서 끄덕여졌다.

절대신은 피식 웃었다. 그는 마지막 샌드위치를 입에 밀어 넣고 모두 삼킨 뒤에 남은 우유까지 모두 마셨다.

"나도 한 때는 너희와 같은 인간에 지나지 않았으니까."

그는 그렇게 말하면서 쓸쓸하게 웃었다.

"원래는 그리스 사람이었지. 제우스? 그 신도 나를 따서 만들어진 신이고. 뭐 바람둥이 어쩌고 하지만 그 신도 최고의 신이라고 칭송 받았으니까, 나쁘진 않다고 생각해."

절대신도 원래는 인간이었다. 그것도 이곳의 차원에.

"그리고 지금은 정말 인간에 지나지 않아지고 있으니까."

그는 자신의 손을 내려다보면서 말했다. 그 말을 한 후 그는 입을 다물었다. 민혁과 둘이 있을 때 이야기를 하려고 하는 것임을 짐작할 수 있었다.

절대신은 창밖의 세상을 내다보았다.

"많이 변했어, 정말."

계속해서 그는 지켜보고 있었을 것이다. 인류의 변화, 과학에 의해 돌아가는 세상. 그리고 괴수 사냥 시대라고 불리는 지금 시대의 변화까지도.

"옷을 한 벌 사줘야 하지 않겠습니까?"

최강현의 질문에 민혁은 고개를 끄덕였다. 때마침 리무진은 명품 아울렛 매장의 옆을 지나치고 있었다.

절대신에게는 차에 있으라는 말을 하고 강현과 함께 둘이 들어갔다. 굳이 절대신의 모습을 사람들에게 보여선 좋을 바 없었다.

덧붙여 강현이나 자신이나 유명인사였고 절대신이 함께 나란히 걷는다면 신문에 대문짝만하게 뜰 것이다.

강민혁, 최강현의 옆에서 이상한 옷을 입은 사내는 누구? 라는 식의 제목의 기사가.

민혁은 대충 좋아 보이는 슈트를 몇 벌 구입한 후에 차로 돌아왔다.

그에게 건네주자 그는 망설이지 않고 그 안에서 옷을 갈아입었다.

다행이도 그에게 꼭 맞았다. 신의 위엄이나 카리스마는 볼 수 없었지만 슈트를 차려입으니, 더욱더 멋들어지는 얼굴이었다.

지금 당장 거리를 지나가면 수많은 여성들이 돌아볼 것이었다.

차는 어느덧 공항에 도착했다. 강현은 해야 할 일이 미국에 남아있었기에 두 사람만이 전용기에 올랐다.

전용기에 오르고 나서 민혁은 그를 마주 보면서 말했다.

"이제 왜 이곳에 왔는지 이야기 해줘야 하지 않겠습니까?"

그리고 인간이 되고 있다는 이야기까지도.

"나를 알렉스라고 불러줬으면 좋겠어."

그는 가벼운 이야기로 시작했다. 민혁도 고민하고 있던 부분이다. '절대신 님!' 이라고 부르기에는 어감이 조금 이상했으니까.

"얼마 전에 우리 만났었지?"

민혁은 고개를 끄덕였다. 얼마 전의 만남. 아르온의 능력에 민혁이 빠졌을 때였다.

"그때 나는 이치를 분명히 어겼다."

"이치가 도대체 뭡니까."

"나의 위에선 신이 정한 법률. 그 법률을 어겼지."

"당신보다 높은 신이 있습니까?"

절대신. 그 석 자만 곱씹어보면 최고의 신을 뜻하는 것 같았다.

"물론이지. 어쩌면 그 신의 위에도 다른 신이 있을지도 모르지."

그는 피식 웃어 보였다.

"아무튼 그 법률을 나는 어겼어. 직접적으로 관여해서는 안 되는 것이었지. 원래 계승자는 죽었어야 할 운명이었을 거야. 그리고 절대신의 자리도 네가 아닌 다른 신이 가져갔어야 했겠지."

신이라고 하여서 누군가의 죽음을 미리 알고 있을 수는 없었고, 절대신 역시도 마찬가지였다. 하지만 그때에 강민혁이 죽었어야 함은 알고 있었다.

"내가 절대신이 되고 딱 두 번 법률을 어겼지."

그는 손가락 두 개를 펼쳐 보이면서 웃었다.

"처음에는 네가 죽었을 때, 그리고 얼마 전."

두 법률 모두 민혁을 위해서 어긴 법률이었다.

"내가 받은 형벌은 간단해. 절대신으로써 가진 능력을 반납하는 거지. 첫 번째 법률을 어겼을 때에는 반절 정도의 힘을 빼앗겼었지. 그리고 그때부터 신들이 날 노리기 시작했고, 지금은 못 죽여서 안달이 나 있을 거야. 이젠 거의 인간에 지나지 않으니까. 물론 인간이라고는 해도 강하기는 하지."

그는 자신의 주먹을 들어 보았다. 민혁은 그가 가진 힘이 자신보다는 조금 밑이라고 생각했다.

"왜 내가 너보다 약하니까, 우스워? 원래 너 정도면 내 손아귀에서 주무를 수 있었다고."

그는 코를 씰룩이면서 장난스럽게 웃었다.

"내가 괜히 절대신이 아니거든."

"그렇지만 지금은 아니잖습니까?"

"그렇긴 하지."

민혁의 깝치지 마세요. 식의 말에 알렉스는 콧잔등을 긁었다.

"그래서 이곳에 온 정확한 이유는 뭡니까?"

"도망친 거지."

"도망…?"

도망을 쳤다. 절대신이 도망을 쳤다는 그 말을 민혁은 속으로 여러 차례 곱씹어봤다.

"다른 신들도 알아챘을 테니까. 지금쯤이면 내가 있던 신전도 습격 받았을 거야. 마신은 나를 찾고 있겠지. 다른 신들도 마찬가지고. 그 신들 중 나를 죽이는 이가 다음의 절대신의 권력을 이어받게 될 테니까."

절대신. 아니 알렉스는 작은 한숨을 뱉어냈다.

"또 다른 방법으로는 널 죽여도 그 이름을 이어받을 수 있겠지. 하지만 난 그런 걸 원치 않아. 네가 신이 되었으면 해."

민혁이 이제까지 궁금했던 것의 답을 어쩌면 오늘 들을 수 있을 지도 몰랐다.

왜 하필 자신인가? 왜 자신이 신이 되어야만 하는가. 왜 계승자를 해야만 하는가.

"왜 너냐고?"

그 질문을 하기 이전에 알렉스는 피식 웃으며 속을 들여다본 것처럼 말했다.

"나도 똑같은 질문을 그 전에 절대신에게 했었지. 하기 싫었으니까. 그리고 나는 그에게 이런 답변을 받았어."

그는 장난스럽게 웃었다.

"당신이니까. 너이니까. 해야만 한다고."

❖ ✢ ❖

그는 엉덩이를 조금 의자에서 떼내며 그의 가슴을 툭툭 두들겨주었다.

"이건 운명이니까."

민혁은 이 운명이 싫었다. 그렇지만 더 이상 알렉스는 대답해줄 것 같지 않았다. 그는 작은 한숨을 쉬면서 품에서 담배갑을 꺼내다가 멈칫했다.

"펴도 됩니까?"

"나도 줘."

"아…"

민혁은 픽 웃었다. 알렉스도 담배는 태울 줄 아나보다. 그에게 담배 한 가치를 건네주자 입에 문 그가 손가락 하나를 담배의 끝에 가져다 대었다.

그러자 불이 치이익 붙었다.

"귀찮게 라이터는."

그는 쯔쯔 거리면서 혀를 찼다.

"내가 네 옆으로 도망친 이유는 간단해. 날 지켜줘. 내가 죽든, 니가 죽든 누가 죽으면 절대신은 바뀐다. 그렇게 되면 이곳은 사라진다. 혹시라도 마신이 절대신이 된다고 생각해봐. 이곳은 마인들 소굴이 될 걸. 지금의 이 평화로움은 사라질 거야. 인간들도 마족처럼 살육을 즐기고 빼앗고 약탈하는 삶을 살게 되겠지. 그리고 그녀의 발등에 키스나 하면서 지배 당하는 삶을 살 거다. 우리는 앞으로 88일만 버티면 된다."

"88일?"

민혁이 고개를 갸웃했다.

"88일이 되면 강민혁. 너는 절대신의 자리를 내 위의 신에게 하사 받게 될 테니까. 그때까지만 우리가 살아남으면 게임은 끝나."

연기를 후우우 뿜어내는 알렉스가 호기롭게 웃어 보였다. 88일. 민혁은 곱씹어 보다가 휴대폰을 꺼내었다.

그는 정확하게 날짜 계산을 끝냈다. 어느덧 알렉스는 의자에 편안히 머리를 기댄 채 스르르 눈을 감았다.

활인길드의 본부에 알렉스와 함께 도착했다. 그를 이끌고 올라가다가 때마침 엘리베이터의 앞에서 오재원과 마주쳤다.

오재원은 훤칠하게 잘 생긴 사내를 보고는 고개를 갸웃했다.

"누구야?"

"절대신."

"농담도."

주머니에 손을 꽂고 있던 오재원은 어이가 없다는 듯이 픽 웃었다. 누가 그렇게 말하면 믿겠는가. 신이 이렇게 지상에 내려왔다? 그저 평범한 것처럼 생긴 인간의 모습으로?

"진짜?"

민혁이 대답을 해주지 않자 오재원이 홱 시선을 틀어서 알렉스를 봤다. 알렉스는 서글서글 웃기만 하였다.

저절로 오재원의 주머니에 꽂혀있던 양 손이 슬며시 빠져 나왔다.

세계에서 현재 가장 이름 높은 활인길드를 이끄는 수장인 오재원이었지만 신 앞이라고 하니 자신도 모르게 공손해지는 것이다.

"타시죠."

엘리베이터가 도착하자 민혁과 이수현, 오재원이 엘리베이터에 탔다. 알렉스가 멀뚱히 서 있자 민혁이 고개를 갸우뚱했다.

"이렇게?"

알렉스가 엘리베이터에 발을 집어넣었다. 곧 엘리베이터가 올라가기 시작하자 그가 엘리베이터에 바짝 밀착했다.

"지, 집이 움직인다…!"

민혁이 이마에 손을 짚었다. 오재원과 이수현이 조금 황당하다는 표정이었다.

"집을 하나 구해줘. 좋은 집으로. 그리고 되도록 사람들 눈에 안 띄는 곳으로. 가정부나, 이런 사람들은 필요 없고."

"절대신 님께서 거주하실 곳?"

민혁이 고개를 끄덕이자 오재원도 맞추어 끄덕였다.

"내리시죠."

"지, 집이 멈췄다."

알렉스는 그렇게 말하면서 후다닥 민혁을 뒤따라 내렸다. 일단 오늘이나 내일, 오재원이 집을 구해주기 전까지는 옆에 계속 붙이고 있을 생각이었다.

그리고 집이 하나 구해지면 그곳에서 둘이 같이 있을 것이었다.

"오늘 이곳에서 함께 자죠."

"뭐, 내 신전에 비하면 초라하기 그지 없지만. 안락하군."

민혁의 말이 끝나기가 무섭게 알렉스는 침대에 벌러덩 누워버렸다.

"참, 앞으로 조심해야 해. 마신도 눈치가 있지. 내가 니 옆에 숨었다는 걸 알고 있을 거야. 무슨 짓을 할지 몰라."

"그렇지만 마신은 생각보다 약해빠졌더군요."

민혁의 말에 알렉스는 피식 조소했다.

"뭔가 착각하나 본데."

그의 눈이 진지하게 가라앉았다.

"신들은 무력만 보고 판단하면 안 된다는 거다. 계승자인 너에게는 그 누구도 대적하지 못할 강한 힘이 있는 것이 사실이다. 그렇지만 그마저도 무시할 수 있을 능력을 가진 신들이 많아."

알렉스는 천천히 눈을 감았다.

"어떤 추악한 짓으로 접근해올지는 아무도 모른다고."

"참, 그 전에 마계로 넘어갈 수 있는 방법은 없는 겁니까?"

민혁이 질문했다. 알렉스의 눈이 천천히 떠졌다.

다리아는 분명히 자신을 마계로 보내줬었다. 그리고 그녀는 알렉스가 보낸 사자였다. 어쩌면 지금 당장이라도 그는 자신을 마계로 보내줄 수 있을 지도 모른다고 생각했다.

마신이 무슨 또 허튼 짓을 하려 한다면. 지금 자신이 가서 죽이는 것이 낫다는 판단이 선 것이다.

"지금은 없어. 아쉽지만."

하지만 그의 대답은 탁 맥이 풀리는 것이었다.

"나 인간 되어가고 있다니까? 신이 가진 능력 따위 하나 둘 사라지고 있다고. 다른 방법이 있긴 하지. 블랙 미스릴을 모아."

"블랙 미스릴?"

블랙 미스릴은 1kg만 해도 몇 억을 호가하는 고가의 광물이었다. 주로 언데드들이 출몰하는 던전에서 얻을 수 있었는데, 얻는 것도 쉬운 것이 아니었다.

"블랙 미스릴이 한 몇 만 kg정도 있으면 이동할 수 있어. 블랙 미스릴에 아주아주 극소량의 마기가 있거든. 하지만 그 정도 블랙 미스릴은 없지. 가장 확실한 방법은 하나야."

그가 손가락 하나를 들어 올렸다.

"놈들이 다시 마계의 문을 열었을 때 튀어 들어 가는 거지."

민혁은 고개를 끄덕였다. 확실히 그 방법이 제일 좋을 것 같았다.

지금 보면 아나시스를 통해 얻은 능력을 레벨업 시켜서 마계로 넘어가는 것도 현실성이 없다. 그 전에 88일이 지날 테니까.

"나 잔다. 밥 먹을 때 깨워줘."

그 말을 하고 3초 후에 드르렁거리는 소리가 퍼졌다. 민혁은 이마에 손을 짚었다. 절대신이 아니라 웬 철없는 다 큰 남자를 떠맡은 기분이었다.

그는 의자에 앉아 생각에 빠졌다.

'88일이 지나면 신이 된다.'

신이 된다. 민혁에게는 사실 많은 생각을 하게 하는 말이었다.

8. 방랑자

NEO MODERN FANTASY STORY

RAID

신의 탄생

레이드

NEO MODERN FANTASY STORY

양평에 있는 초호화 전원주택이었다. 평수가 150여 평은 될 정도이며 인조잔디가 깔끔하게 깔려 있었다.

전원주택의 중앙에는 새하얀 동상이 놓여 있었는데, 그 앞에 세워진 어린 소년의 형상을 한 천사가 중요한 부위에서 물을 뿌리고 있었다.

사박사박!

알렉스는 뒷짐을 쥔 채 터벅터벅 주위를 배회하고 있었다. 담벼락이 높게 솟아있었기 때문에 밖에선 그 모습을 볼 수 없었다.

아마도 누군가 이 모습을 본다면 화려한 금발의 미남자와 거대한 전원주택이 참으로 잘 어울린다고 말을 했을 것이다.

"식사 준비했습니다."

전원주택의 1층과 2층의 벽은 대부분이 강화 유리였다. 그가 스르르 문을 열고 그에게 말하자 알렉스가 다가섰다.

신발을 벗고 들어온 그를 보며 민혁은 얕은 한숨을 쉬었다. 알렉스를 철저히 숨겨야 했기에 자신이 그의 밥을 챙겨줘야만 했다.

덧붙여서, 이 전원주택마저도 주위에서 가장 구석지고 조용한 곳에 위치해 있었다.

알렉스는 식탁에 차려져 있는 김치찌개와 계란말이, 오징어 젓갈 같은 음식을 보면서 흡족하게 웃었다.

"맛있겠군."

벌써 그가 이곳에서 생활한 지 1주. 그가 활인길드의 숙소에서 하룻밤 자고 바로 다음 날, 오재원은 이곳을 구했다.

처음에는 샌드위치나 스프, 스테이크 같은 서양식 음식들을 주었다. 딱 이미지만 보아도 그런 게 어울릴 것 같으니까.

하지만 생각외로 그는 한식에 눈을 떴다. 그것도 무척이나 좋아했다.

수저를 들어 함께 식사를 하던 민혁이 조심스레 테이블 위로 올려났다.

알렉스는 상관하지 않고 계속 수저를 움직였다.

"이제 고작 두 개… 남은 건 다섯 개…."

민혁은 그 말을 곱씹었다. 무형갑의 힘은 전부 찾았다.

다른 이의 힘을 흡수, 능력 또한 흡수, 그리고 무엇이든지 막을 수 있을 것 같은 방패까지.

그렇지만 무형검은 아니었다. 이제 고작 두 자루를 얻었을 뿐이었다. 아직도 다섯 자루가 남아 있었다.

민혁이 무형검 때문에 고심을 하는 이유는 얼마 전 알렉스와 나눈 대화 때문이었다. 알렉스는 민혁이 일곱 자루의 무형검을 거머쥐는 순간 대적할 자가 없을 거라고 말했다.

모든 위험을 헤쳐나갈 것이며 다른 신들의 저항도 발밑에 두고 굴복시킬 수 있을 것이라고 말했다.

절대신이 된다고 해서 계속 그 자리를 유지할 수 있는 것은 아니다. 언젠간 다른 누군가가 계승할 것이다.

하지만 그 전에 앞서 모든 무형검을 찾게 된다면 그 어떤 신도 대적하지 못할 절대적인 힘을 얻게 될 것이며 그 어떤 역경도 헤쳐나갈 수 있을 거라고 말했다.

"깨달음이라…."

민혁은 복잡한 듯 머리를 훌훌 털었다.

지금 자신의 수준에서는 더 이상 괴수를 잡거나, 사람 사냥을 한다고 해서 크게 나아지지는 않는다.

신 정도를 죽인다면 또 모를까. 여기에서 더 성장하는 방법은 무형검을 얻는 것이다.

"세상을 둘러보면 얻을 수 있을 지도 모르지."

알렉스는 계속 깨달아야만 한다고 말하고 있었다. 그 깨닫는 것이 무엇인지는 알 수 없었다.

"작은 우물 안 개구리는 그곳의 세상과 그 우물 안 속 밖에는 알지 못하지, 그렇지만 세상 밖의 개구리는 더 많은 것을 보고 더 많은 것을 깨달을 수 있어."

알렉스는 반숙으로 만든 계란 후라이의 노른자를 타악 터뜨리면서 맛깔나게 비볐다. 전형적인 한국인의 모습과 흡사했다.

그는 그것을 크게 떠서 입에 넣어 우물거렸다.

"내가 관장하는 이곳이든, 다른 차원이든 크게 상관은 없지 않을까."

알렉스는 다시 한 수저 떠서 입에 넣어 민혁을 보았다. 마계로 넘어가지 못할 뿐이지, 다른 차원으로 가는 방법은 얼마든지 있다고 그는 말해주었다.

민혁은 턱을 어루만졌다. 그 말만을 들으면 다른 차원, 그리고 이곳 전부를 둘러보고 싶기도 했다.

자신이라고 하여서 이 지구라는 곳을 전부 둘러본 것은 아니었다. 사실 선진국 위주로 많이 돌아다니고는 했다.

이유는 간단했다. 선진국과 친해지면 얻는 것이 많았기 때문이었다. 어쩌면 자신도 지킨다, 지킨다라고 언급하기는 했지만 결국 속물에 지나지 않았을지도 모른다.

하지만 문제가 하나 있었다. 알렉스는 함께 움직이지 않겠다고 선언 해 버렸다.

알렉스가 죽으면 절대신의 자리가 넘어간다. 자신이 죽어도 넘어간다. 참 아이러니 했다.

"정말 괜찮으시겠습니까?"

"누구도 이곳에서는 나를 쫓을 수 없어. 힘을 잃었다고 는 하지만 이곳을 통째로 날려버리지 않는 이상 그 전에 자 네가 먼저 돌아올 것 같은데?"

알렉스의 말도 맞았다. 통째로 누군가 이곳을 날리기 전 에 민혁은 이미 이곳에 돌아와 그자를 막고 있을 것이다.

"더 강해지기 위해 잠시 둘러보고 온다는데 말리는 사람 은 없을 거야. 아, 그 아름다운 여인이 막을 수도 있겠군."

알렉스는 코를 찡그렸다. 이곳에 와본 사람은 딱 두 명이 었다. 오재원과 김미혜였다.

오재원은 이 집을 구해준 장본인이었고, 김미혜의 경우 는 계승자를 돕는 사자였기에 크게 상관이 없었다.

"내가 참 사자를 잘 뽑았지, 암. 아름다운 사자야."

"갓 어빌리티 능력이 쉽게 보면 마신이 준 능력과 비슷 합니까?"

그러고보면 알렉스도 마신처럼 능력을 부여해 주는 것들 이 있는 것이지 않은가 싶다.

"빙고."

스스로 직접적인 개입을 해선 안 되기에 알렉스는 갓 어 빌리티를 사자들에게 나눠준 것 같았다.

"근데 왜 네 개 뿐입니까? 마신은 더 많은데."

"마신의 능력과는 비교조차 하지 말아 달라고."

알렉스는 의미심장하게 웃어 보였다.

"더 대단합니까?"

얼핏보면 마신이 준 능력들만큼 대단한가 싶기도 했다. 마신의 능력. 마인을 만들어내고 공간을 이동할 수 있는 문을 만들어내며 무수히 많은 마물들과 괴수들을 다룬다.

거기에 민혁조차도 뚫지 못할 환상 능력에 마신강림까지.

알렉스가 아이들에게 준 능력은 보이지 않을 정도로 빠른 속도, 공간 이동 능력, 괴수화와 앤트화다.

"아직 성장이 덜 되었으니까. 마신의 능력은 완전체가 되어서 나오거든. 그들이 성장한다면 군주들은 그들의 손에 밟힌다."

지금도 오중태는 누구보다 빨랐으며, 김미혜는 방출계 능력자 중 최고라 칭송받는 줄리안 무어를 앞질렀다.

그리고 스미스와 이현인 역시 크게 다를 바 없이 강한 힘을 보여주고 있었다. 그렇지만 그보다 더 성장한다.

"그리고 계승자인 자네도 더 성장하지. 난 완성된 캐릭보다는 키워나가는 캐릭터가 더 좋거든."

알렉스가 능글맞게 웃었다. 어느덧 그는 식사를 마쳤고 두 사람이 담배를 하나씩 입에 물었다.

"그럼 떠나야겠군요."

민혁은 연기를 허공에 뿜었다.

어차피 지금 당장 알렉스는 무언가 해답을 주지 않을 거였으며 마신이나 군주들이 무엇을 하는지 알 수 없다.

시간을 축내느니 무형검을 쫓는 게 옳은 선택이리라.

백룡 길드에 세워져 있던 여인의 형상을 한 동상과 똑같은 동상이 세워져 있었다. 그리고 그 앞에는 무표정한 얼굴의 사내가 서 있었다.

　　사내는 이제 막 스무 살 스물 한 살이나 되었을 법 해 보일 정도로 앳되어 보였다.

　　동양인의 그의 눈썹은 무척이나 검었고 코는 칼날처럼 날카롭게 솟아 있었다. 광대는 조금 나와있었지만 쭈욱 빠진 턱선과 조목하게 조화를 이루었다.

　　[엘레베르!]

　　그의 입이 열렸다. 그 낮게 가라앉은 목소리에 공기가 진동했다.

　　[엘레베르!]

　　다시 한 번 그가 마신의 이름을 뱉었다. 곧 이어 그 동상 안에서 반투명한 엘레베르가 빠져나왔다.

　　[이곳에 절대신이 있는 것이 확실한가?]

　　그 질문에 엘레베르는 고개를 끄덕였다. 앳된 소년의 얼굴을 한 그는 하대를 하고 있었다. 마신인 그녀에게.

　　[신 중에서 유일한 신이 당신이지.]

　　엘레베르의 입꼬리가 올라갔다.

　　[다른 차원에서 온전한 힘을 발휘할 수 있는 능력을 하사받은 자가.]

절대신 위에 선 또 다른. 마신도 알지 못하는 신은 각 신에게 다양한 능력을 베풀었다. 마신이 여덟의 군주에게 능력을 주고 절대신이 갓 어빌리티를 사자들에게 주었듯이.

그리고 앞에 선 사내는 능력이라고 하기에 뭣 할지도 모르지만 자신이 관장하는 차원이 아닌 다른 차원에서도 온전한 힘을 발휘할 수 있었다.

그리고 그는 현존하는 신 중에서 제일 강력했다. 절대신? 그는 권력을 가진 왕일 뿐이었다.

왕이라고 해서 그 어떤 무사보다 강한 것은 아니었다. 앞의 사내는 세계를 손에 쥔 무사와 같은 자다.

오롯이 강함 하나만으로 신의 자리에 올랐다. 신은 균등한 균형을 원했고 평화만을 바라진 않았다.

평화를 위한 신도 있었지만 앞의 사내처럼 전투적이고, 광기어린 신도 있었다.

그의 이름은 알론.

[파괴신. 아직 기다려 주라고.]

엘레베르는 여우 같이 웃어보였다.

파괴신. 알론은 고개를 갸웃했다.

[계승자. 강함을 타고 받은 전사. 싸우고 싶다.]

[그 계승자가 내가 거느리는 쟈칸에 패한다면 파괴신인 당신이 실망하지 않겠어?]

그녀의 말에 파괴신은 흥미가 동한 표정으로 반대쪽으로 고개를 밀었다.

[시험을 치루자고. 파괴신. 당신은 누구보다 강해.]

엘레베르가 그녀의 가슴에 조심스럽게 손을 올리면서 그의 귓가에 숨결을 불어넣으며 속삭였다.

[그런 당신과 싸울 자격이 있는지 확인해 봐야지.]

사실은 그 뜻이 아니다. 파괴신은 욕심이 없다. 오로지 싸우고 싶어하는 자이다. 강한 자를 쫓는 자. 그것이 파괴신 알론이었으며 그는 관리하는 차원조차도 없었다.

그가 좋아하는 건 강한 자. 그리고 엘레베르가 원하는 것은 독식이었다.

파괴신은 권력욕이 없기 때문에 계승자를 죽인다고 하여서 그 자리를 자신이 가지려고 하진 않을 것이다.

오히려 마신에게 귀찮다는 듯이 너나 하라면서 넘길 것이다. 물론 그렇게 되면 편해진다. 허나, 문제 되는 것은 다른 신들이 인정하지 않을 것이다.

되도록 최후의 보류로 파괴신을 이용하고 싶었다. 될 수 있다면 자칸의 손에 계승자의 목이 비틀리면 명분은 얻는다.

자신이 절대신의 자리에 앉을 명분.

[시간이 오래 걸리는 것은 아니니까.]

그녀는 그의 귀 밑의 턱선부터 시작해 앞쪽 뾰족한 턱까지 손가락으로 부드럽게 쓸었다.

파괴신은 고개를 끄덕였다.

[시험하라.]

승낙이 떨어졌다.

엘레베르가 이죽이며 웃었다. 파괴신에게까지 과연 계승자가 당도할 수 있을까? 그녀는 불가능이라고 생각했다.

물론 파괴신은 강했다. 허나, 자칸의 능력도 무시할 수는 없었다. 자칸의 능력은 소환술이었다.

단순한 괴수 소환술이나, 언데드 소환술 같은 개념이 아니었다. 그는 총 네 번에 걸쳐서 소환이 가능했다.

이 네 번에 걸쳐서 가능한 소환은 제약이 크게 없었으며 어떤 존재도 소환이 가능했다.

[일단은 가 있도록 해.]

그녀의 말에 파괴신은 미간을 찌푸렸다.

[이 차원의 대한민국이라는 나라로.]

비릿하게 웃는 엘레베르. 그리고 파괴신은 고개를 끄덕이며 몸을 돌렸다.

❖　❖　❖

뜨거운 태양 빛은 대지를 쩌적 갈라지게 만들 정도였다. 며칠 동안 비가 오지 않은 건지 아프리카의 사람들은 기억도 나지 않을 것이다.

거대한 승합용 트럭 하나가 황량한 아프리카의 대지를 가르면서 내달리고 있었다.

타고 있는 이들 모두가 반 팔에 반 바지, 가장 가벼운 복장을 하고 있었다. 그럼에도 더운 듯 하나 같이 옷을 펄럭

이거나 손 부채질을 하고 있었다.

"에이미, 얼마나 남았냐고 물어보지."

하얀 색 턱수염을 보기 좋게 기른 사내는 머리 색 또한 하얀 색이었다. 안경을 쓴 그는 척 보기에도 배운 폼새가 났다.

그는 의사였다. 그리고 지원계 각성자이기도 하였다. 그의 이름은 노아였다. 하버드 의과대학의 교수인 그는 세계적으로도 높은 이름을 가지고 있었다.

그의 이름은 말 그대로 '노아.' 다 노아라는 이름을 떠올리면 사람들은 노아의 방주를 떠올릴 것이다.

그 노아의 방주처럼, 그는 누군가를 구한다. 사람들은 그를 '세계인의 노아'라고 부르기도 한다.

물론 그를 아는 사람들은 대부분 빈민국 구조나, 봉사활동에 관심이 있는 자들 정도였다.

그는 각성자로써도 뛰어난 두각을 드러냈다. 자그마치 A+급의 각성자였다. 거기에 뛰어난 현대의학 능력은 그를 단연 독보적으로 보이게 만들었다.

"얼마나 남았죠?"

라이센스를 통해서 언어가 해석되었다.

"한 시간 정도 더 가면 됩니다."

피부가 새까맣고 이는 하얀 아프리카의 전형적인 청년이 답해주었다. 에이미는 질린다는 기색으로 고개를 절레절레 저었다.

그뿐만이 아니었다. 노아가 이끌고 온 자원봉사자들 모두가 기가 질린다는 표정이었다.

이 끔찍한 더위라니!

물론 이들 전부가 지원계 각성자였다. 아프리카에는 무수히 많은 위험이 있었으며 지원계 각성자이자 현대 의학을 함께 배운 이들이 더욱 많은 사람들을 구할 수 있음을 아는 노아는 각성자들을 뽑아서 데리고 오고는 한다.

이들은 충분히 자신의 몸에 차크라를 둘러 체온 유지를 할 수 있을 정도의 실력자들이었다. 그렇지만 노아가 허락하지 않았다.

이유는 간단했다.

'사람 한 명이라도 더 구할 수 있는 차크라를 아껴야지, 괜한 곳에 차크라를 허비하지 마!'

에이미는 정말이지 고지식한 노친네라고 생각했다. 물론 교수이자 의사로써 그는 존경 받아 마땅하다. 그렇지만 융통성이 없어도 너무 없지 않은가 싶었다.

그녀는 생수병을 꺼내어 한 모금 입에 넣었다가 미간을 찌푸렸다. 마치 물이 끓은 것처럼 생수병 안 물은 뜨겁기 그지 없었기 때문이다.

'이렇게 힘들 줄 알았으면 오지 않는 거였어.'

교수들에게 좋은 인상, 그리고 학점, 결정적으로 노아의 눈에 들 수 있다는 것에 이번 봉사에 참여했다.

그렇지만 생각했던 것보다 고된 하루하루가 이어지고

있었다. 험난한 길을 걸어대면 하루만에 신발 밑창이 너덜 너덜 해질 정도였고, 얇은 다리를 가진 그녀의 다리는 하루에도 수십, 수백 번을 휘청할 정도였다.

그녀가 운동화를 벗고는 발을 주물렀다. 흘끗하고 시선을 돌리자 몇 남자들이 고개를 홱 틀었다.

에이미는 무척이나 아름다운 여인이었다. 하버드 의과대학의 제 2의 줄리안 무어라고 사람들은 입에 올릴 정도였다.

그녀가 꾀죄죄한 모습으로 자신의 발을 주무르는 모습조차도 남자들은 침을 흘릴 정도였다. 어떤 이는 이곳 봉사에 참여한 이유가 에이미와 이어지지 않을까 싶어서 이기도 하였다.

"발 아파? 주물러줄까?"

대표적인 예가 바로 앤더슨이었다. 앤더슨은 갈색의 머리카락을 짧게 치고 있었는데 모델처럼 키가 훌쩍 컸으며 머리 크기는 주먹만큼 작았다. 그리고 지원계 각성자로써도 벌써 B+급에 올랐을 정도였다. 이제 앤더슨의 나이가 스물 여 덟이라는 것을 감안하면 그는 흔히 말하는 엄친아였다.

"됐거든?"

하지만 에이미는 앤더슨에게 흥미가 눈꼽만큼도 없었다. 지금 이곳에 있는 남정네 중에서 그나마 지금 흥미가 있는 사람은 딱 한 사람이었다.

구석진 곳에 앉아서 양 팔짱을 낀 채 고개를 파묻고 있는 동양인 사내가 있었다.

사내는 스물 다섯 정도 되어 보이는 외모에 평범한 인상이었다.

"이 더위에 잘도 자는군. 땀 봐."

앤더슨이 코를 긁으며 어깨를 으쓱거렸다. 사내는 차크라를 몸에 흘리지 않고 있음을 몸이 보여줬다. 사실 그는 일행이 아니었다. 빠르게 내달리던 차량이 홀로 아프리카 대지를 걷고 있는 그를 발견하고는 잠깐 멈췄다.

사내는 자신의 이름과 나이, 출신 국가 정도만 밝혔으며 이곳에 온 목적은 혼자서 아프리카를 돌면서 난민들을 구조하고 싶다고 말하였다.

모두가 그 말을 듣고는 어이 없어 했다. 이곳은 관광지가 아니었다.

특히나 지금 향하고 있는 곳은 더더욱. 노아 일행의 차량이 향하는 곳은 아프리카에서도 무척이나 환자들이 많으며 괴수들의 출몰이 잦은 곳이기도 하였으며 이제까지 손이 거의 닿질 않아 매우 고된 노동이 예상되는 곳이었다.

또 얼마 전에 그 인근에서 SS급의 괴수가 발견되었다는 이야기가 돌았으며 그 SS급의 네임드 괴수로 인해서 마을 몇 개가 사라졌을 정도라고 한다.

때문에 세계의 몇 국가에서 이름 좀 있다 싶은 각성자들을 보내었지만 그들은 그 네임드 괴수를 찾아내지 못하고 돌아갔다.

놈이 죽었는지, 살았는지는 모르지만. 그들은 놈이 죽었다라고 판단을 내렸다. 어차피 결국 그들은 어디 길드의 누구누구 아프리카 난민들을 위해 출격하다. 라는 타이틀을 얻고 싶었던 것이지. 놈과 마주치고 싶지는 않았을 것이고 그들의 바람대로 되어준 것.

그리고 언론에는 놈은 죽었다. 라고 말하고 다니는 것이다. 물론 그 말을 믿는 사람들이 많다. 노아의 일행도 그 말이 맞지 않을까 싶었다.

그 때 마을 몇 개를 삼킨 후 분명히 놈은 종적을 감췄으니까.

더군다나 요즘 아프리카에는 자원 봉사자들과 세계의 다양한 국가들의 지원이 큰 폭으로 줄어든 실정이었다.

얼마 전에 있었던 발록의 등장 때문이었다. 물론 다시 활발해지려고 하는 모습을 보이고 있기는 하였지만, SS급의 괴수가 출현하던 때와 맞춰서 던전 몇 개에 웨이브가 일어나 괴수들이 아프리카의 동물들 수만큼이나 풀려난 실정이었다.

자신들의 경우는 현재 탑승자 중 S급의 공격계 각성자를 한 사람 동행하고 있었다. 헌데, 사내는 혼자서 그 괴수들이 득실거리는 곳을 걸어온 것이다.

척 보았을 때, 강한 사내라는 생각은 들지 않았다. 그저 독특하고 운이 좋아서 살아있는 동양인이라는 생각이 들었다.

노아는 황당해 하면서도 그를 혼자 두지 말고 데려가자고 했다. 어이없는 그의 꿈이었지만 누군가를 구제한다는 명목은 칭찬받아 마땅했기 때문이었다.

'대한민국이라고 했지. 그곳에 코리안 나이트가 있지 아마.'

에이미는 마른 입술을 혀로 적셨다. 대한민국은 현재 가장 핫한 나라다. 미국조차도 이제 곧 대한민국 앞에 무릎 꿇을 지도 모른다.

그 때문에 관심이 가는 것인지도 모르겠다.

"뭐야, 에이미. 저 마늘 냄새 나는 놈한테 관심이라도 있는 거야?"

"그것보다는 재밌잖아."

에이미가 이죽 웃었다. 앤더슨의 미간이 찌푸려졌다.

"최소한 너처럼 여자 공무니나 졸졸 쫓아다니느라 시간 낭비하는 것보단 낭만적인 것 같은데?"

앤더슨의 미간이 찌푸려졌다. 그렇지만 곧 그는 픽 웃었다. 이것이 에이미의 매력이지 않은가 싶었다.

앤더슨의 부모는 잘 나가는 각성자였다. 언젠가는 그녀를 품에 안고 말 것이다. 자신은 가지지 못한 게 없으니까.

"흐아아암!"

동양인. 그는 자신의 이름을 강민후라고 밝혔다. 그는 잠에서 깬 듯 하품을 크게 하더니 생수병을 집어 목구멍에 가져갔다.

에이미는 자신도 모르게 자신의 목을 양 손으로 부여잡았다. 그 뜨거운 액체가 들어가던 것이 생각난 것이다.

하지만 사내는 너무나도 태연하게 차가운 냉수 마시듯이 꿀꺽꿀꺽 들이켰다. 목젖이 크게 울렁거렸다.

그리고는 입가를 쓰윽 닦아냈다.

"아직 멀었습니까?"

사내도 분명한 것은 각성자였다. 라이센스를 착용했고 자체 통역이 이루어지니까. 그는 공격계 계열이라고 밝혔다.

"금방 도착할 걸세. 말했지만 놀라지 말게. 아프리카의 난민들을 구조한다는 건 그리 쉬운 것이 아니니, 자네가 보지 못한 끔찍한 것들도 볼 수 있을지도 몰라."

"명심하죠."

강민후. 정확하게 강민혁은 고개를 끄덕였다. 아프리카에는 도착한 지 며칠 되지 않았다. 단 며칠 사이지만 그는 이곳에서 많은 것을 느끼고 보고 있었다. 그리고 사람들은 자신을 알아보지 못했다. 이유는 간단하다. 자신의 배낭에는 도플갱어의 액기스가 한 가득 들어 있었으니까.

차량이 흙먼지를 자욱하게 만들어내며 아프리카의 마을로 들어섰다. 아프리카의 집은 대부분 소의 배설물로 만든다.

하지만 이곳은 조금 달랐다. 우간다라는 소의 형상과 비슷한 괴수를 마을의 전사들이 잡아다가 사육시켜서 그 배변물을 이용하여 집을 짓는데, 소의 배변물과 흡사하면서도 소의 배변물보다 더욱더 좋은 역할을 해냈다.

차량이 안으로 들어서자 마을 안이 시끌벅적해졌다. 바로 뒤쪽으로 쫓아오던 구조용품을 실고 온 트럭으로 아프리카의 난민들이 모여들고 있었다.

민혁도 자연스럽게 구조용품을 실은 트럭 뒤로 이동했다. 안에는 아프리카의 어린 아이들의 영양실조를 회복해줄 영양식과 전염병을 치료해줄 백신, 물 등이 실어져 있었다.

그중 그들이 가장 갈망하는 것은 물이었다. 물 부족 국가로 유명한 아프리카. 물 한 번을 기르기 위해서 40km가 넘는 길을 아침마다 왔다갔다하기도 하는 이들이 그들이었다.

대부분의 마을들은 현재 세계에서 지원을 아끼지 않아 공사를 함으로써 물을 마을에서도 얻을 수 있게 설계 해놨지만 이 마을은 최근에 발견된 숨어있는 마을이었다.

이 부족의 이름은 이스랑거였다. 이스랑거의 부족인들은 외부인과의 소통을 잘 하려 하지 않았고 위치 또한 너무 구석지고 험난한 곳에 있었기 때문에 이제야 구조가 이루어졌다.

구조를 하는 과정에서 이야기를 하면서도 꽤나 곤욕을 치렀다고 들었다.

"이봐. 마늘."

앤더슨이 구호 물품 박스를 민혁에게 넘겨 받으면서 한쪽 눈썹을 치켜 올렸다.

"에이미가 아주 아름다운 미녀여서 고개가 나도 모르게

돌아가는 건 알아. 하지만 한 번만 더 쳐다보거나 하면 가만두지 않겠어. 다시는 개고기를 먹지 못하게 해주지."

민혁은 그 말에 고개를 끄덕거렸다. 아주 아름다운 미녀라. 그것은 사실이다. 줄리안 무어나, 김미혜와 견줄 정도라고는 볼 수 없었다.

그렇지만 웬만한 연예인만큼의 외모를 가진 것은 사실. 하지만 자신은 눈을 준 적이 없었다. 그 때문에 절로 작은 실소가 흘러 나왔다.

픽

"웃어? 네가 공격계라지만 너 같은 건 내 상대도 안 된다고? 응?"

그는 미간을 찌푸리면서 도발적으로 말했다. 민혁은 고개를 끄덕였다.

"그래? 그렇군. 너 강하구나."

"그렇지. 알아서 기라고."

앤더슨은 이제야 말귀를 알아듣는다는 듯이 어깨를 으쓱거렸다. 민혁은 굳이 마찰은 일으키고 싶지 않았다.

이곳에 온 이유는 무형검을 얻기 위한 깨달음도 있었지만 막상 와보니 변하는 생각도 있었다.

자신은 강하다고 해서 필요로 하는 곳에 가서 괴수만 죽여주고 하면 다 되는 줄 알고 있었다.

하지만 아니었다. 이런 빈민국. 이곳이 오히려 더욱더 많은 힘을 필요로 하고 있었다.

'이 마을에는 얼마나 아픈 아이들이 있고, 죽어가는 사람들이 있을까.'

그는 그 생각만을 하고 있었다.

민혁이 앤더슨에게 막 상자 하나를 더 넘기던 때였다.

안쪽에서 황급히 뛰어오는 이들이 있었다. 그들은 조잡하게 만든 창이나, 검 같은 것을 들고 있었는데, 상체에는 아무것도 걸치지 않았고, 하체에도 급소만 아슬하게 가려냈다.

한 사내의 품에 안겨 있는 스물 중반 정도 되는 아프리카의 여인이 있었는데 그녀는 정신을 잃은 듯 보였다.

불길함을 직감한 노아가 튀어 나갔다.

전사는 조심스럽게 그녀를 바닥에 눕혔다. 그는 펑펑 울면서 말했다.

"그레이트 블랙맘바에게 물렸습니다."

그를 안고 있던 전사이자 펑펑 울어대는 그가 이 여인의 남편쯤 된다는 것을 노아나 일행은 알 수 있었다.

일행들이 우르르 몰려 들었다. 노아는 서둘러서 상처 부위를 살폈다. 아프리카에서 가장 무서운 뱀은 블랙맘바였다.

블랙맘바.

놈은 피부가 검은 것은 아니었다. 그렇지만 입 내부. 혀부터 시작해서 입 천장까지도 검었기 때문에 블랙맘바라는 이름을 가지고 있다.

길이는 보통 4~5m사이를 왔다갔다하며 무게는 2kg이 대부분이었지만 그 이상으로 거대한 놈들도 꽤나 있었다.

놈들 한 마리 한 마리가 가진 독은 보통 성인 남자 열 명을 죽일 수 있을 정도라고 알려져 있으며 공식적으로 세계에서 가장 위험한 독사라고도 블랙맘바는 알려져 있다.

그리고 그레이트 블랙맘바. 놈은 괴수였다. 블랙맘바와 거의 흡사하게 생겼지만 크기가 조금 더 큰 편이었는데, 일반 블랙맘바가 가진 독에 비해 5배는 더 되는 독을 가지고 있었다.

놈에게 물리면? 대부분 죽는다.

어마어마한 차크라를 가지지 않은 이라면.

노아는 딱딱하게 굳어지고 있는 여인의 얼굴을 보곤 다급해졌다.

그래도 그는 A+급의 각성자이자 하버드 대학교에서 이름 좀 날린다 싶은 교수였다.

그녀가 물린 부위는 종아리 부분이었다. 종아리에는 팔뚝만한 입이 물고간 자리가 보였다.

그가 손을 위로 뻗자 하얀 빛이 일렁거리며 그녀의 종아리에 난 그레이트 블랙맘바의 자국에서 검은 독이 방울방울을 맺으면서 뽑혀 나오기 시작했다.

하지만 문제는 이제부터였다.

"이미 혈관을 타고 있어."

아직 혈관에 주입되지 않은 독은 뽑아냈다고 하지만 이미 혈관에 주입된 것은 지원계 능력으로도 어쩌지 못한다.

방법은 하나였다. 혈관에 있는 그레이트 블랙 맘바의 독을 녹여야 하는 것이었다.

"앤더슨. 차크라 전이 할 수 있나?"

노아는 다급하게 팔 소매를 걷어 올렸다. 눈치 빠른 에이미는 노아가 무슨 일을 하려고 하는 것인지 알고는 여인의 등을 껴안아서 등 뒤에서 받치고는 그녀를 앉은 자세로 만들었다.

앤더슨은 입술을 깨물었다. 차크라 전이는 차크라 컨트롤처럼 어려운 것이었다. 앤더슨은 분명히 재능 있는 자였다.

그 나이에 B+급이라면 분명히 뛰어났다. 허나, 차크라 전이는 하지 못했다.

노아의 얼굴이 일그러졌지만 더 이상 지체할 수 없었다.

그가 여인의 다리 쪽에 손을 뻗더니, 온 차크라를 그녀의 몸으로 흘려보내기 시작했다.

"끄흐윽!"

그녀의 몸이 비틀렸다. 얕은 신음이 터져나왔다. 노아의 이마에서 식은 땀이 비오듯이 흐르기 시작했다.

그는 차크라를 아끼지 않았다. A+급 각성자로써 가지고 있는 모든 차크라를 그녀에게 흘려 보내고 있었다.

그렇지만 차크라가 부족했다. 죽음의 문턱 앞에 둔 여인을 차크라로 끌어오는 건 쉬운 일이 아니었다. 그리고 부끄러운 것이지만 자신의 컨트롤로 그녀의 혈관 안에 퍼져 있는 맹독을 뽑아내는 건 무리였던 것이다.

"안 돼…."

노아의 미간이 찌푸려졌다. 매일 같이 자신의 앞에서 죽는 아프리카의 난민들이 수두룩했지만 그때마다 고통스러웠고, 자신의 무력함을 탓해야했다.

그리고 자원봉사를 온 이들조차 고개를 홱홱 돌리기 시작했다. 그들은 노아처럼 숱한 죽음을 본 것은 아니었으니까.

"끄흐흐흑!"

갈수록 여인의 앞에선 남성의 울음 소리가 커지기 시작했다. 그때에 누군가가 조심스럽게 무릎을 굽혔다.

"제가 하겠습니다."

"…자네"

노아의 미간이 찌푸려졌다. 그뿐만이 아니었다. 앤더슨도, 여인을 껴안고 있는 에이미도, 다른 자원봉사자들도 모두 미간을 찌푸리면서 어이없다는 표정으로 한 사내를 보고 있었다.

그는 대한민국에서 왔다는 동양인. 공격계 각성자라는 강민후였다.

"공격계 계열이라면서…."

사실 그에 대해서 아는 것은 없었다. 허나, 확실한 건 공격계는 지원계만큼 세세하게 차크라를 움직이지 못한다는 것이었다. 더군다나, 노아는 하버드 의과대학의 교수였다.

의학의 집중력과 세세함은 그 어떤 것보다 뛰어나다. 또한, 그가 가진 차크라가 자신으로도 역부족인 차크라를 낼 수 있다고?

"할 수 있습니다."

강민혁은 그렇게 말하면서 노아의 손을 천천히 그녀의 다리에서 떼어냈다.

"살릴 수 있습니까아!?"

아프리카의 전사가 눈물을 뚝뚝 흘리며 물었다. 민혁이 굳은 표정으로 고개를 끄덕였다.

"살릴 수 있습니다."

그는 앤더슨에게 손을 뻗었다. 민혁의 양 팔에는 투명화 모드가 이루어진 인피니티 건틀릿이 착용되어져 있었다.

카르마는 일반인에게 주입하면 어떤 일이 벌어질지 모른다. 때문에 인피니티 건틀릿으로 남의 차크라를 흡수하려는 것이다.

굳이 죽이지 않아도 차크라 흡수는 가능했다. 또한 많은 차크라가 있지 않아도 민혁의 차크라 컨트롤 수준이라면 충분히 혈관 안의 모든 독을 몰아낼 수 있었다.

앤더슨은 의아해하며 손을 뻗었다. 그 순간이었다. 앤더슨은 몸의 힘이 쭈우욱 빠지면서 다리가 후들거리는 것을 느꼈다.

이내 터억 그는 바닥에 주저앉았다.

"커허억! 허억!"

그는 거친 숨을 몰아쉬었다. 에이미의 눈이 휘둥그레 커졌다. 노아도 마찬가지였다.

노아가 앤더슨에게 물었던 '차크라 전이'였다. 남의 몸에서 차크라를 받아내거나 혹은 넣어주는 것.

차크라 컨트롤만큼 견고한 것. 사실 해낼 수 있는 이들의 숫자가 무척 적다는 그 차크라 전이를 정체 모를 동양인이 가뿐히 해낸 것이다.

"잠깐 어지러울 겁니다."

"네."

민혁이 에이미의 어깨에 손을 뻗으며 한 말이다. 그녀가 고개를 끄덕였고, 곧 앤더슨과 비슷한 경험을 해야만 했다.

그녀의 몸이 조금 늘어졌다. 그녀는 힘겹게 여인을 붙잡고 있었다.

민혁은 인피니티 건틀릿에 축적된 차크라의 양을 보며 고개를 끄덕였다. 충분하다. 그가 조심스레 여인의 환부에 손을 뻗었다.

그리고 차크라를 밀어 넣기 시작했다. 그의 차크라는 사람 몸 속 안에 박힌 아주아주 미세한 유리의 조각을 찾아내듯이 움직이고 있었다.

핀셋으로 찝듯이 그는 차크라를 견고하게 컨트롤함으로써 모든 독을 뽑아내기 시작했다.

"말도 안 돼⋯."

방법은 두 가지였다. 어마어마한 차크라로 밀어내거나, 견고한 컨트롤로 뽑아내거나. 노아가 선택한 방법은 전자였다.

때문에 앤더슨에게 차크라 전이를 할 줄 아는지 혹시 물어본 것이다. 가능했다면 그에게서 차크라를 받았으면 되니까.

하지만 민혁은 후자를 해내고 있었다. 말도 안 된다, 저 나이에 저런 대단한 차크라 컨트롤을 보이는 청년이라니.

이내 여인의 표정이 한결 편안해졌다. 민혁은 이마에서 흐르는 땀을 닦아냈다.

"이제 남은 건 지원계 각성자 분들이 해주셔야 겠군요."

그녀는 기력이 많이 쇄한 것 같았다. 자신이 할 일은 끝났다. 울던 사내는 노아의 팔을 잡고 물었다.

"어떻게 됐습니까!?"

"무, 무사할 겁니다."

노아는 믿기지 않지만 그녀의 안색이 돌아오는 것을 보며 판단했다. 괜찮을 거다. 다른 자원봉사자들이 회복 마법만 걸어줘도 금세 팔팔해질 것이다.

"감사합니다! 감사합니다!"

사내가 민혁의 앞에서 펑펑 울어대면서 고개를 꾸벅꾸벅 숙여보였다.

그는 무안한 표정으로 어색하게 웃어보였다.

'멋있잖아. 저 동양인.'

힘이 빠진 표정으로 그를 바라보는 에이미의 눈이 부드럽게 가라앉았다. 그녀는 자신도 모르게 자신의 엄지 손가락을 살짝 깨물었다.

❖ ❖ ❖

아프리카의 가장 큰 문제점 중 하나는 바로 가뭄이었으며 깨끗한 물을 구하기 쉽지 않다는 것이었다.

그 때문에 씻지 못해서 다양한 전염병에 걸리는 이들이 많았으며 심하면 실명, 더 심하면 죽음까지 이르게 하는 편이었다.

꽤 된 때의 일이지만 이것 때문에 한 흑인 청년이 몸에 바르기만 해도 씻은 것 같은 효과를 내는 로션을 발명하였다.

그리고 그 덕분에 많은 인명구조를 할 수 있었다. 허나, 그뿐이다. 그것은 분명히 가격이 있는 상품이었으며 매일 매일 공급되는 것은 아니었으니까.

결국 가장 좋은 수단은 이곳에도 깨끗한 물을 받을 수 있는 시설을 연결하거나 하는 것이었는데, 여간 쉬운 게 아니다.

지형이 너무 험난했기 때문에 장비들이 들어오기 힘들 거라는 점이었다. 그나마, 이 마을 사람들이 바라는 것은 하루 빨리 시원하게 빗줄기가 내렸으면 하는 것이었다.

민혁은 세 살의 배싹 마른 어린 아이를 안고 있었다. 뼈밖에 없다는 말이 정말이지 실감이 갔다. 엄지와 검지를 둥글게 말면 아이의 팔뚝이 쏙 들어올 정도였다.

민혁은 걸죽한 영양식을 잘 비벼서 아이의 입에 천천히 떠먹였다.

입가에 묻은 이유식을 닦아준 민혁은 씁쓸하게 웃어보였다.

'돌아가면 오재원과 이야기를 더 해봐야겠어.'

분명히 활인길드는 지금 대외적으로 많은 봉사를 하고 있었다. 그렇지만 부족했다. 민혁은 자신이 활인에 주는 이득을 생각한다면 활인이 더욱 봉사에 힘 쓸 수 있으리라 믿는다.

활인길드라는 단체가 하나 움직임으로써 수십, 수백만의 인명을 구제할 수 있을 지도 모른다.

'그게 네가 원하는 길드이기도 할 테니까.'

오재원은 모두가 잘 사는 세상을 원했다. 물론 이곳까지는 생각하지 못하겠지만, 그라면 충분히 수긍할 것이다.

기척이 느껴졌다. 그 기척은 무척이나 수줍게 숨어 있었다.

"들어오렴."

곧 이어서 민혁의 시선에 한 여자아이가 들어왔다. 여덟 살 정도 되었을 법한 아이는 더듬더듬 벽을 짚으면서 민혁을 향해서 오고 있었다.

그의 미간이 찌푸려졌다.

씻지 못해서 실명이 된다.

그런 이야기 들어본 적이 있는가?

아프리카에서는 사실 그런 일이 빈번하게 일어난다. 아직 여덟 살 정도 되어보이는 이 아이도. 그 병의 희생양인 듯 보였다.

"이리오렴."

민혁은 일부러 소리를 냈다. 아이의 입가에 작은 웃음이 맺어졌다. 그는 일부러 손을 뻗어 더듬거리는 아이의 손을 잡아줬다.

"동생이니?"

아이는 세차게 고개를 끄덕이기만 했다.

"금방 좋아질 거야."

아이의 붉게 충혈된 눈을 보니 민혁은 가슴이 답답했다. 손을 올려 머리를 한껏 쓸어주었다. 그는 주섬주섬 주머니를 만졌다.

초코바 하나가 만져졌다. 까서 아이의 손에 쥐어 주었다.

"먹어 봐."

달콤한 단내가 나자 아이는 활짝 웃으며 한 입 베어 물고는 허겁지겁 먹기 시작했다. 아주 맛있게 먹어주는 모습에 기분이 좋았다.

"몇 살이니?"

"여덟."

아이는 손가락 여덟 개를 펼쳤다.

"아주아주 예쁘고, 귀엽구나. 이름은?"

"키리쿠…."

"이름도 예쁘네."

민혁은 아이의 볼을 살짝 꼬집어줬다. 아이는 기분 좋게 웃어주었다.

스르르 대충 에스키모인들의 집처럼 뻥 뚫린 입구로 또 다른 사람이 모습을 드러냈다.

아름다운 미녀, 에이미였다.

허나, 민혁은 그녀에게 전혀 일말의 관심도 없었기에 시선을 다시 안고 있는 아이와 키리쿠에게 돌렸다.

에이미의 미간이 찌푸려졌다.

'이 남자 뭔가 달라.'

자신의 꽁무니나 쫓던 남자들과는 달랐다. 신비스럽고, 강했으며 자신의 줏대가 있어보였다.

'가져보고 싶어.'

그녀의 눈꼬리가 살살 올라갔다.

"아까 대단했어요. 정말."

에이미는 양 팔짱을 낀 채 그에게 다가가며 한 말이었다. 키리쿠는 낯선 여자의 목소리가 들리자 민혁에게 찰싹 달라 붙었다.

민혁은 딱히 답하지 않고 작게 웃음으로써 대답해 주었다. 그녀가 민혁의 옆자리에 낡고 당장 쓰러질 것 같은 조잡하게 만든 의자에 앉았다.

"이유식 먹이는 솜씨가 능숙한대요? 조국에 아이라도 있는 거예요?"

"없습니다."

민혁은 고개를 저었다. 굳이 말을 계속 섞고 싶지 않은데, 말을 걸어오니 답을 안 해줄 순 없었다.

하지만 에이미는 그 계기를 만들어내었다.

키리쿠는 낯선 여인을 꺼려 해도 친해지고 싶은 건지 그녀에게 손을 뻗고 있었다. 민혁에게 한 눈이 팔려 있던 에이미는 자신의 팔을 쓰다듬는 그 느낌에 흠칫 놀라면서 더러운 것이 닿은 듯이 팔을 빼냈다.

키리쿠는 의아한 표정을 짓고 있었지만 민혁은 똑똑히 알 수 있었다. 더러워한 것이다.

그의 눈이 가라앉았다.

그렇지만 그것을 입 밖으로 내뱉지는 않았다.

"나, 나도 모르게. 호호. 안녕. 꼬마야."

에이미는 자신이 보인 행위를 보고 강민혁의 표정이 미묘히 변했다는 것을 알아챘다. 그제야 그녀의 머리에 일부러 손을 올려 쓰다듬었다.

사람의 본질은 변하지 않는다. 그녀는 분명히 더러워했고, 아이의 움직임에 긴장했다.

"멋있었어요. 정말."

키리쿠는 그 사실도 알지 못한 채 그녀의 팔을 어루만지면서 신기해하고 있었다. 그녀의 칭찬어린 말에도 민혁의 표정은 변화가 일체 없었다.

에이미는 일부러 다리를 꼬았다. 더운 날씨였기에 짧게 입은 핫팬츠의 다리를 꼬자 각선미가 훤히 드러났다.

더군다나 검게 그을린 피부가 더욱더 성욕을 일으킬 수 있으리라. 하지만 민혁은 시선조차 주지 않았다.

"당신 강한 사람이지요? 신비스럽고."

그녀의 입술이 도발적으로 열렸다. 민혁은 픽 웃었다.

"이봐."

그는 자연스레 하대를 했다. 겉모습만 보면 분명 에이미가 몇 살은 더 많을 것이다.

그의 차갑게 가라앉은 눈과 마주한 에이미는 자신도 모르게 마른 침을 꿀꺽 삼켰다.

마치 사냥감을 앞에 둔 정글의 지배자와 눈이 마주친 듯 섬뜩한 기분이었다. 그녀는 절로 팔에 오한이 밀려오는 것을 느꼈다.

"남자한테 꼬리 칠 시간 있으면 가서 아이들 이유식이나 한 번 더 떠먹였으면 하는데."

민혁의 말에 에이미의 얼굴이 붉게 달아올랐다.

"꼬, 꼬리라니요?"

"내가 착각한 건가? 아무튼 여기에 온 본질을 기억해줬으면 좋겠는데, 이렇게 노닥거리라고 자원봉사 온 건 아니잖아?"

민혁의 말이 백 번 맞았다. 지금 밖에서는 다른 자원 봉사자들이 팔을 벗고 나서 백신을 맞춰주고 있거나 이유식을 떠먹여 주고 있었다.

에이미는 놀고 있지만 아무도 뭐라고 하는 사람은 없었다. 이유는 간단하다. 예쁘니까.

물론 노아한테 걸렸다면 된통 깨졌을 것이다.

"기가 막혀… 원래 이렇게 동양인들은 싸가지가 없나요?"

"없지. 싸가지. 하지만 적어도 나는 이곳의 사람들을 안아줄 수 있어. 너는?"

민혁의 질문에 에이미는 바로 답할 수 없었다. 그 안아줄 수 있어라는 의미는 쉽게 풀이가 가능했다.

방금 전 그녀의 행동. 키리쿠를 더럽다는 듯이 보았었으니까. 그녀는 애초에 자원봉사에 크게 관심이 없던 것이었다.

"그리고 밖에 있는 네 애인이 나를 죽일 듯이 노려보는 군. 피곤하게 하지 말아줬으면 해."

밖에서 느껴지던 기척을 민혁은 진즉에 알고 있었다. 들으라는 듯이 일부러 말했다. 에이미가 눈을 크게 뜨면서 입구 쪽으로 시선을 틀더니 성이 난 듯 벌떡 몸을 일으켰다.

"어?"

그녀가 벌떡 일어서자 그녀의 팔을 조물딱 거리던 키리쿠의 균형이 무너졌다. 민혁이 부드럽게 그녀를 팔로 감싸면서 넘어지지 않게 했다.

에이미가 홱 시선을 틀었다가 미간을 일그러뜨렸다. 자신도 방금 전, 행동에 의해 아이가 넘어질 뻔 했고 앞에 사내에게서 돌이킬 수 없는 실수를 했다는 것을 안 것이다.

"이렇게 아이에게 배려심도 없다니. 글러 먹었군."

"기가 막혀, 정말!"

민혁은 혀를 내놓고 찼다. 에이미는 성이 난 듯 쿵쾅쿵쾅거리면서 성난 발걸음으로 나섰다.

그녀는 밖에 선 앤더슨과 마주치자 싸납게 노려봤다.

"너 누가 나 염탐하래?"

"에이미. 저런 마늘 냄새 나는 놈이 뭐가 좋다고."

앤더슨도 눈치가 분명히 있었다. 그녀와 함께 지내본 그는 에이미가 남자들에게 먼저 말을 걸지 않으려 함을 알았다.

허나, 에이미가 먼저 말을 걸었고 호감을 계속 표시하며 그를 칭찬했다. 그 말은 간단하다. 에이미가 저 동양인 놈에게 관심이 있다.

"좋다니? 그저 아까 그 능력이 대단해 보였을 뿐이야."

에이미는 콧방귀를 끼면서 홱 몸을 돌렸다. 그녀가 움직이고 앤더슨은 사나운 시선으로 민혁을 바라봤다.

하지만 민혁은 전혀 개의치 않고 키리쿠의 머리를 쓰다듬어 주고 있었다.

캠프파이어처럼 모닥불을 마을 주민들이 피웠다. 그곳을 중심으로 자원봉사자들이 옹기종기 원을 그리고 앉아 있었으며 주민들은 춤을 추거나, 노래, 악기를 연주하면서 흥을 돋우고 있었다.

그들은 자신들이 해줄 수 있는 최대한의 음식, 술, 음악을 선물해 주고 있었다. 하지만 그들의 최선이 선진국에서 온 그들에게는 지루하고 뒤 떨어지는 재즈 음악 같을 수 밖에 없었다.

"왜 브라자를 안 차고 가슴을 저렇게 흔들어 대는 걸까."

"자기 가슴들에 자부심이 큰가 보지."

앤더슨의 말에 옆에 앉은 에이미가 픽 웃으며 말했다.

민혁은 노아의 옆에서 주민들이 준 술을 목 뒤로 넘기고 있었다.

"아까 정말 고마웠네. 자네가 아니었으면 큰일날 뻔 했어."

"아닙니다. 당연히 해야 할 일을 했을 뿐입니다."

에이미에게는 누구보다 민혁은 차가웠지만 노아에게는 아니었다. 노아라는 사내나 몇 자원봉사자들은 정말 봉사를 온 듯 싶었다.

그들은 주민들과 친해지기 위해 최대한 노력하고 있었고 쉬지 않고 움직여 주었다.

그리고 눈빛부터가 달랐다.

짜악! 짜악! 짜악!

이들과 오늘 밤을 함께 함을 진심으로 기뻐하는 봉사자들은 박수를 치면서 그들의 노래에 부흥하고 있었으며, 학점이나 혹은 어쩔 수 없는 이유로 온 이들은 따분하다는 표정으로 하품이나 해대면서 담배나 피워대고 있었다.

그 대표적인 족속이 에이미와 앤더슨이라고 할 수 있었다.

"자네, 한국인이라고 했지. 한국에는 정말 대단한 사람들이 많아."

민혁은 답하지 않고 술을 마셨다.

"코리안 나이트. 강민혁? 그분도 그러지 않나. 염인빈이었다가 강민혁이라는 사람이 되었지. 난 말일세. 그분의 그 점이 존경 받아 마땅하다고 생각해."

자신의 이야기를 하자 민망했지만 민혁은 고개를 끄덕이며 들었다.

"그 정도 자리에서, 그 정도 일을 했으면 힘들었을 거야. 또 새로운 사람의 몸에서 환생했다면 나였다면 염인빈의 삶을 버리고 새로운 그 몸의 인생을 살았을 거야. 편안하고 안락하며, 평범한 그런 삶. 그렇지만 그분은 모두를 위해서 다시 모습을 드러내 주었으니까."

"그렇죠."

"그뿐만이 아니지."

노아는 상당히 흥분한 어조였다.

"활인길드의 오재원 마스터는 세계 몬스터 기구에서 동양인 최초로 얼마 전 최고직에 올랐지. 그의 명령 하나면 세계의 모든 길드가 움직이고, 법이 바뀔 정도지. 악한 자에게는 한 없이 악하고, 약한 자에게는 한 없이 베풀 줄 아는 자라고 이야기가 많아. 정말 멋진 사람이야."

'네가 헛 살진 않았구나. 오재원.'

자신과 가장 친한 절친의 이야기를 들으면서 민혁은 작게 웃었다.

"그리고 한국인들은 정말 신비로워, 어찌 자네 같은 나이에 차크라 전이 뿐만이 아니라, 차크라를 그렇게 섬세하게 다룰 수 있나? 자네 혹시 방태성의 밑에 있던 숨어 있는 제자 아닌가?"

신의 방태성은 세계의 의학인들이라면 모두가 아는 자였으며 그의 제자 이현인의 이름도 높이 비상하고 있었다.

특히나, 이현인의 경우 아프리카 난민 구조를 할 당시 이곳에서 상당한 유명세를 얻어간 것으로 알고 있었다.

노아는 이현인의 얼굴을 알고 있었다. 하지만 앞의 사내는 얼굴이 전혀 달랐고 숨겨진 제자쯤 되지 않을까 싶은 표정이었다.

"아닙니다."

그 노친네 제자라니, 생각만 해도 끔찍했다. 민혁은 작게 웃으며 고개를 저었다.

술이 계속 오고갔다. 그러던 중, 족장에게 마을의 전사들이 황급히 다가가 뭐라 말하는 것이 보였다.

족장의 표정이 심각해졌다.

그는 뭐라 말하더니 그들을 물리고는 노아의 앞으로 다가왔다.

"내일쯤에 떠나시지요."

"예? 어째서요?"

이곳에 일주일 정도 머물기로 했었다. 더군다나, 이곳에 처음 방문했지만 낮에 여인을 살린 덕분에 이미지가 좋아져서 더 머무를 수 있을 지도 모른다고 여겼는데, 족장이 조심스레 한 말이다.

"SS급의 괴수. 콜렌의 흔적이 근처에서 발견되었습니다."

"…콜렌."

노아의 눈이 크게 떠졌다. 민혁도 얼핏 들어 알고 있었다.

"죽지 않은 건가."

"내일 해가 뜨면 모두 돌아가시지요."

족장은 씁쓸한 표정으로 말했다. 그놈의 손에 주민들 모두가 죽는다면 그것은 운명이었다. 이 마을을 버리고 도망갈 수는 없었다.

그리고 추측일 뿐이었다. 놈이 이 마을을 급습한다는 보장은 전혀 없다.

"더 도움을 드려야 하는데…."

노아는 입술을 질끈 깨물었다. 그렇다고 위험이 분명히 있는데, 안 갈 수도 없었다.

"차라리 함께 이동하시는 게 어떻겠습니까."

노아의 제안에 족장은 고개를 저었다. 이스랑거 부족은 고집에 강했으며 자신들이 태어난 곳에서 죽기를 바래하는 부족이었다.

역시나 예상한 족장의 답에 노아는 한숨을 쉬면서 술을 들이켰다.

"기적이 있을지도 모르죠."

족장은 그렇게 말하면서 어느 한 곳을 보았다. 그곳에는 동상이 하나 세워져 있었다. 노아도, 민혁도 궁금했던 동상이다.

이런 마을에 어떻게 저런 동상이 있을까. 동상은 전사의 모습을 띠고 있었는데, 한 손에는 방패, 한 손에는 검을 쥐고 있었다.

"어쩌면 칼란크 전사가 우릴 지켜줄 지도 모릅니다."

"칼란크…."

노아는 그 이름을 곱씹었다.

"전해오는 전설 중 하나이지요. 칼란크 전사는 부족이 재앙과 맞이했을 때 그 재앙으로부터 마을을 구한다라고 알려져 있습니다."

족장은 기다랗게 이어진 파이프를 뻐끔거렸다. 담뱃잎이 타 들어가며 연기가 뿜어졌다.

"그와 함께 축복이 내린다라고. 우리 부족은 그 축복이 비라고 생각하지요. 몇 날 며칠, 부족한 물을 하늘이 내려 줄 거라고."

노아는 그 말에 작은 탄식을 흘렸다.

애석하지만 살면서 기적은 많이 일어나지 않는다. 족장의 그 말은 그저 희망사항일 뿐이었다.

"알겠습니다."

결국 노아는 담배 한 가치를 입에 물어 뿜으면서 고개를 끄덕였다. 일행과 이야기를 한 후에 내일 떠나야 할 것 같았다.

그러던 중 민혁은 한 여인의 손을 잡고 주위를 두리번거리는 키리쿠를 발견했다.

여인은 민혁을 발견하고는 밝게 웃으며 다가왔다.

"아이가 당신을 좋아해요."

민혁은 부드럽게 웃으며 키리쿠에게 양 팔을 벌렸다.

"이리 와. 키리쿠."

아이는 해맑게 웃으며 민혁의 품에 쏘옥 안겼다. 그 모습을 보는 에이미의 눈이 가라앉았다.

9. 비가 온다

NEO MODERN FANTASY STORY

RAID

신의 탄생

9. 비가 온다

레이드

NEO MODERN FANTASY STORY

'난 왜 여기 왔을까, 정말.'

강민혁이 키리쿠를 안으면서 보이는 미소는 참된 것이었다. 정말이지 그 아이를 아끼고, 도와주고 싶어하는 모습이었다.

에이미는 강민혁의 말에 처음에는 정말 큰 화가 났었다. 자신을 무시하고, 비웃으며 조롱하는 것만 같았다.

그렇지만 그의 미소를 보고 있노라면 자신이 잘못 된 것이었다는 걸 되새기고 있었다.

'저 동양인이 맞아. 난 아이를 더러워 했으니까.'

에이미는 앞에 놓인 술을 벌컥 들이켰다.

'그리고 지금조차도 귀찮아 하고 있지. 이 모든 걸.'

그녀는 한시라도 빨리 이 축제를 끝내고 들어가서 자고 싶다는 자신을 또 한 번 느끼고는 픽 웃었다.

사람은 변하지 않는다고 했던가.

'당신은 분명히 멋있어, 적어도 이 새끼보단.'

에이미는 슬쩍 자신의 어깨에 팔을 감싸려는 앤더슨을 서늘하게 노려봤다.

앤더슨은 그녀의 시선이 동양인 남자에게 꽂혀 있는 걸 보고는 미간을 찌푸렸다.

찰싹!

"꺼져, 앤더슨."

에이미는 차갑게 말했고, 그의 얼굴은 와락 일그러졌다.

족장이 돌아갔다. 노아가 한숨을 뱉으며 중얼거렸다.

"기적… 전사… 정말 있었다면 다른 마을들이 그리 되지 않았을 테지."

노아는 여기에서 돌아가야만 하는 나약함이 싫은 모습이었다. 민혁은 키리쿠를 품에 안고는 노아를 돌아보며 웃었다.

"기적. 그건 만들어 내는 것이죠."

"뭐…?"

노아의 미간이 찌푸려졌다.

동양인 청년이 한 말은 독특한 것이었으니까. 기적은 있습니다. 기적은 없습니다. 도 아닌, 기적은 만들어 내는 것이다.

민혁은 노아를 바라봤다.

"여기서 계속 머무르시면 될 겁니다. 원하시는 만큼."

그 말에 노아는 의아한 표정으로 답했다.

"안되네. 자원봉사자들이 죽으면 받게 되는 질타와 원망…."

"제가 콜렌을 죽이겠습니다."

"……!"

작게 중얼거린 민혁의 말에 노아의 눈이 크게 떠졌다. 그가 한 발언은 결코 가벼운 것이 아니었다. SS급의 괴수를 죽이겠다니?

"자네가 보인 차크라 전이 능력이나, 차크라 컨트롤은 무척 대단한 것이었어. 하지만 콜렌을 죽인다는 것은… 후우. 자네가 SS급 이상의 각성자라도 된다는 말인가?"

13인의 퍼스트 클래스 중 그의 얼굴은 없었다. 그리고 대한민국이라는 나라에 SS급 이상의 강자 중 이 정도 나이를 가진 이는 없다고 알고 있었다. 휘페리온을 제외하고서.

"콜렌은 원숭이의 하체에, 소의 상체, 스콜피온의 꼬리, 머리는 뱀이라고 알고 있습니다. 귀는 표범의 귀의 색깔이고 뾰족하며 크죠."

민혁은 얼핏 들은 놈의 인상착의를 줄줄 늘어놓았다.

"놈의 귀를 가져오겠습니다. 이 아이의 눈을 봐주십시오."

민혁은 키리쿠의 머리를 쓰다듬어 주었다. 아직 돌아보지 못한 게 많았다. 키리쿠의 눈을 봐달라고 했지만 다른 사람들의 병을 모두 봐달라는 말을 하고 있는 것이었다.

"고칠 수 있다면 최선을 다해서 고쳐주십시오. 콜렌은 제가 죽여드리겠습니다."

민혁의 목소리는 조용했다. 그 의미를 알았다. 시끌벅적하게 놈을 죽이고 싶은 생각은 없었다.

"그럴 순 없네. 자네의 정체를 알지도 못하는데, 믿을 순 없어. 그러다가 우리가 모두 죽으면…."

민혁은 품에서 작은 유리병 하나를 꺼냈다. 검은 색 액체가 담겨 출렁거렸다.

"이 내용물이 무엇인지 아시나요?"

노아는 눈을 크게 떴다. 알고 있었다. 아주 잘.

"도플갱어 액기스…."

그는 민혁의 얼굴을 뚫어져라 바라봤다. 그는 절로 긴장되었다.

떨리는 목소리로 입을 열었다.

"자네… 누구인가…."

그저 민혁은 웃어보였다. 노아의 예상되는 사람은 몇으로 좁혀졌다. SS급의 괴수를 사냥할 수 있다면 한참 세계에서 각광 받는 휘페리온의 누군가일 수도 있었고, 대한민국의 13인의 퍼스트 클래스. 최강현 일 수도 있었다.

그리고 또 다른 한 사람은….

"강민혁….."

허나, 민혁은 그렇다라고 답하지 않았다. 노아의 예상은 추측일 뿐이었으니까.

"그저 결과물을 보시면 될 겁니다. 최대한 빠르게 놈을 죽이죠."

민혁은 앞에 놓인 잔을 입에 털어 넣어 모두 비워냈다. 그리고는 키리쿠의 머리를 쓰다듬었다.

"부디 전설처럼 이 적막한 하늘에 비가 쏟아졌으면 좋겠군요."

그의 말이 노아의 귓가에 맴돌았다.

술자리가 거의 끝나갔다. 장작불을 태우던 불은 꺼져 가고 있었으며 자원 봉사자들 대부분이 돌아갔다.

민혁은 자신의 품에서 잠이 든 키리쿠를 조심스럽게 아이의 집에 데려다 주었다. 자지 않고 기다리던 여인이 그녀를 품에 안았다.

"고맙습니다."

여인은 고개를 꾸벅 숙였다. 민혁은 부드럽게 웃고는 밖에 나갔다.

밖으로 나선 그는 서늘한 시선과 마주할 수 있었다. 앤더슨이었다. 코끝이 붉어지고 비틀거리는 그는 술이 취한 게 분명해 보였다.

"무슨 용무지?"

"네놈, 마음에 안 들어."

앤더슨은 코웃음 치면서 주머니에 손을 꽂고 성큼성큼 다가왔다.

"마늘 냄새 나는 것도 그렇고, 마을 주민들한테 천사라도 된 것마냥 웃어대는 것도 그렇고, 연기 하지 마. 니 속내를 드러내라고 빌어먹을 새끼야."

"미친놈."

민혁은 실소를 흘렸다. 앤더슨은 그 말에 화가 머리 끝까지 올라오려고 했다.

부족한 것 하나 없이 살아온 자신이다. 돈이면 돈, 인기면 인기, 학업 성적이면 성적. 모든 걸 다 가졌다.

단, 하나 에이미만 갖지 못했다. 그런 에이미가 이 동양인에게 여전히 관심을 보이고 있었다.

"우리 아버지가 누군지 알아?"

그는 호기롭게 웃었다.

"워스턴 길드의 마스터시라고. 이 새끼야. 너 같은 건 내가 말만 하면 쥐도 새도 모르게 죽일 수 있어."

워스턴 길드는 꽤 유명한 길드다. 그렇지만 민혁은 별 관심이 없었다. 활인의 이름에 비한다면 새 발의 피였고, 이런 종자들은 상대하고 싶지 않았다.

그가 막 지나치려는데, 앤더슨이 잡으려 했다. 그 앤더슨을 또 막는 한 사람이 있었다.

"앤더슨, 지금 뭐하는 거야?"

에이미였다. 그녀가 양 팔짱을 끼고 차가운 표정으로

한 쪽 다리를 짚은 채 그를 노려보고 있었다.

"오, 나의 사랑 에이미."

"미친새끼."

에이미의 입이 차갑게 열렸다. 민혁은 멈추지 않고 계속 걸었다. 어차피 자신이 상관할 일은 없었다.

"왜 그렇게 차갑게 말하는 거야, 응?"

앤더슨은 비틀거리며 다가와 술내를 풀풀 풍기며 그녀의 볼을 양 손으로 감싸려 했다.

에이미가 타악 쳐냈다.

"더러워. 그 손 치워. 앤더슨. 너 같은 종자가 제일 싫어. 왜 괜한 동양인한테 시비를 걸지?"

"그야…."

앤더슨은 비틀거리며 이죽 웃었다.

"네가 그놈한테 마음이 있으니까."

"무, 무슨 소리야. 마음 따위 없어."

"눈빛이 다르던데, 응?"

앤더슨은 비릿하게 웃었다. 에이미가 결국 한숨을 뱉었다.

"관심이 있는 건 맞아. 그렇지만."

그리곤 그를 서늘하게 보았다.

"열등감이 쌓여서 술쳐먹고 지랄하는 네 모습을 돌아봐. 당연히 너보단 동양인이 낫지."

"이런…."

앤더슨의 얼굴이 확 구겨졌다.

"거지 같은 년이…."

그는 해선 안되는 말을 해버렸다. 에이미의 집은 부자는 아니었다. 아니, 조금 못 사는 편. 하버드 대학도 열심히 했기에 장학금으로 올 수 있었다.

아름다움 뒤에 감춰진 그녀의 슬픔도 분명히 있었다.

"나와 만나면 넌 뭐든 가질 수 있어."

그가 에이미의 손을 확 틀어잡으려고 했다. 에이미는 두 걸음 물러났다.

"글쎄, 내가 졸업만 해도. 그 거지같은 년이라는 말 취소해야 할 걸."

그 말도 사실이었다. 어린시절은 불우했다하나 에이미는 졸업만 하면 막대한 돈을 만질 수 있을 것이니까.

"병신 새끼."

에이미가 확 몸을 돌렸다. 앤더슨의 얼굴이 붉으락 읅으락 해졌다. 몸을 돌린 그녀를 뒤쫓았다.

그리고는 그녀의 부드러운 머리칼을 거칠게 움켜쥐었다.

"이 쌍년!"

"꺄아… 읍!"

앤더슨의 머리채를 움켜 잡은 채 그녀의 입을 틀어막고는 질질 어딘가로 끌고 가기 시작했다.

마을과 조금 떨어진 곳으로 그녀를 끌고 간 앤더슨은 맨
바닥위에 그녀를 눕힌 채 그녀의 티셔츠를 벗겨내기 위해
안간힘을 쓰고 있었다.

　　"애, 앤더슨…! 너, 너 미친 거야!?"

　　에이미는 양 팔이 붙잡힌 채 소리쳤다. 앤더슨은 고개를
끄덕였다.

　　"그래, 나 미쳤어. 응? 너 같은 거 나한테는 아무것도 아
니라고. 흐흐…!"

　　술기운과 분노가 일구어낸 참사였다. 그는 에이미의 가
슴에 손을 뻗으려 했고, 순간 손이 빠진 에이미가 그의 뺨
을 후려쳤다.

　　쫘악!

　　"에이미…! 너!"

　　결국 앤더슨이 주먹으로 에이미의 안면을 한 번 가격했
다.

　　퍼억!

　　"끄윽!"

　　힘이 빠진 순간을 놓치지 않고 그녀의 티셔츠를 벗겨냈
다. 브래지어 사이로 도톰하게 살이 오른 탐스러운 가슴이
엿보였다.

　　"애, 앤더슨… 이 쓰레기 새끼…."

에이미의 목소리에 힘이 없었다. 그렇지만 그녀는 힘껏 침을 모아 그의 얼굴에 뱉었다.

앤더슨이 다시 그녀의 얼굴을 주먹으로 가격했다.

"끄윽."

에이미의 정신이 흐릿해졌다. 머리가 빙글빙글 도는 것 같았다. 어느덧, 앤더슨의 손은 그녀의 가슴을 주무르고 있었고, 손은 하체의 핫팬츠로 내려가고 있었다.

그 순간. 누군가 앤더슨의 상의 뒤를 잡아댕겼다.

후우웅!

앤더슨이 뒤로 날아갔다. 단순히 잡아 당긴 거였지만 말이다.

"아버지가 워스턴 길드 마스터라고 하셨던가?"

그 누군가는 다름 아닌 민혁이었다. 혹시나 싶어 와봤는데 현실이 되어 있었다.

저런 자들은 보통 이렇다.

"아버지 얼굴에 먹칠을 제대로 하는군."

민혁은 실소를 흘렸다. 그 아버지란 작자도 사실 앤더슨과 다를 바 없었다. 그렇지만 사람들은 그를 좋은 사람이라고 생각한다.

왜냐, 비즈니스를 제대로 하기 때문이다. 겉으로는 좋은 사람인 척 하지만 뒤에서는 온갖 악행위를 다 저지르는 놈이다.

"이익…! 네놈!"

앤더슨이 달려 들었다.

하지만 그는 민혁의 손날 한 번에 풀썩 기절해버렸다.

"정말 귀찮게."

민혁은 한숨을 뱉으며 에이미에게 다가갔다. 정신을 어느정도 차린 에이미는 서둘러서 한 팔로 자신의 가슴을 가렸다.

"수, 수치스러워…."

입가에 피를 흘리고 있지만 그녀는 그것보다 앤더슨에게 탐욕 당할 뻔 했다는 게 더 치가 떨린다는 표정이었다.

"저 미친놈은 알아서 처리할 수 있겠지?"

민혁의 말에 에이미는 고개를 끄덕였다. 바로 노아에게 보고할 생각이었다.

그렇게 되면 앤더슨은 끝이다.

"혹시라도 필요하면 증인 정도는 해주지."

민혁이 홱 몸을 돌리려 했다. 에이미는 자신도 모르게 다급해져 그에게 목소리를 크게 냈다.

"저, 저기…!"

그의 고개가 살짝 돌아갔다.

"고, 고마워요."

다시 그는 앞으로 걸어갔다.

"그리고 나도 아이를 더러워 했다는 거 인정해요. 그렇지만 나 그렇게 나쁜 사람 아니예요. 단지 낯설었을 뿐이에요. 당신 때문에 오늘 하루 배운 게 많아요. 당신한테

마음이 있어서 하는 소리가 아니라, 내 자신이 한심해서
하는 말이에요. 이번에는 진심으로."

민혁의 고개가 다시 돌아갔다.

"자신을 한심하게 생각한다면 사람은 변할 수 있을 지도
모르지."

민혁은 작게 웃고는 다시 앞으로 걸으려다가 멈칫했다.
그는 시선을 틀었다.

"때마침 찾으러 가려고 했는데, 그러지 않아도 되겠어.
내가 오늘 오지 않았다면 모두 죽었겠군."

그 말에 에이미는 의아한 표정이었다. 그순간이었다. 에
이미는 자신을 향해서 뾰족하게 튀어나오는 송곳 같은 꼬
리를 보아만 했다.

"꺄악!"

그녀가 비명을 지르는 순간이었다. 바람처럼 움직인 민
혁은 어느덧 그녀를 안고 있었다.

에이미는 그의 품에 안겨서 벌벌 떨면서 모습을 드러낸
괴수를 볼 수 있었다.

꼬리는 스콜피온, 머리는 뱀, 귀는 표범색의 크고 긴 것,
하체는 원숭이, 상체는 소였다.

"코, 콜렌…!"

그 크기가 자그마치 7m는 될 정도로 거대했다. 마을 여
러 개를 씹어먹은 네임드 괴수.

그녀는 벌벌 떨기 시작했다. 꼼짝없이 오늘 자신은 죽을

것이라고 여겼다.

"나, 나나 하, 하고 싶은 일이 오늘 생겼었는데…."

"그게 뭔데?"

에이미의 목소리는 원통한 것 같았다. 민혁이 여유롭게 질문했다.

"다, 당신처럼 아이들에게 웃어보이고 싶은 거요."

"그건 어렵지 않은 거야. 꼭 그렇게 해."

민혁은 씨익 웃었다. 에이미는 그를 바라봤다. 평범한 인상의 동양인. 그는 SS급의 괴수 콜렌 앞에서도 떨지 않았다.

그가 차크라 전이와 컨트롤을 한 것을 보았다. 그렇지만 이건 수준이 다른 이야기였다.

그런데도 떨지 않았다.

"꼭 아이들에게 웃어줘. 네가 웃는 거 못 생기진 않았으니까. 아이들도 분명 좋아할 거다."

생긋 웃은 민혁이 한 걸음 뗀 순간이었다. 에이미는 느꼈다. 자신의 눈 앞의 공간이 바람처럼 스쳐 지나가고 있다고.

눈 깜짝할 사이에 일어난 일이었다. SS급의 괴수 콜렌은 비명조차 지르지 못하고 발걸음 한 번 떼지 못한 채 몸이 반으로 절단되면서 스르르 바닥으로 쓰러졌다.

민혁의 품에 안겨 있는 에이미의 눈이 가늘게 떨렸다. 말도 안 되는 일이 눈앞에서 벌어졌다.

SS급? 아니 그 이상이었다. 그렇지 않고서야 이렇게 가볍게 콜렌을 사냥할 수 있을 리는 없었다.

"이제 그만 내려오지."

민혁은 조심스레 그녀를 바닥에 내려줬다. 그리고는 터벅터벅 걸어갔다. 그의 한 손에 차크라 컨트롤이 작은 단도처럼 형성되었다.

그는 콜렌의 귀 한 쪽을 잘라내었다. 그리고는 쓰러져 있는 앤더슨의 티셔츠를 강제로 벗긴 후에 그 안에 잘 감쌌다.

"아무에게도 말하지 않을 거지?"

민혁은 작게 웃으며 그녀를 돌아봤다. 그녀는 둔탁한 무언가에 맞은 듯이 멍한 표정이었다.

"대체 정체가 뭐죠…?"

그녀는 답이 아닌 질문을 했다. 민혁은 앤더슨을 어깨에 들쳐 업었다.

"아프리카에는 콜렌만큼은 아니지만 강한 괴수들이 꽤나 많아. 이런 곳까지 데리고 오다니, 이놈은 멍청이가 분명해."

민혁은 딱히 대답하지 않았다. 그저 앤더슨을 들쳐 업고는 그녀를 돌아봤다.

"돌아가자."

그녀는 그의 정체를 듣지 못했다. 허나 확실한 건 하나 있었다. 그는 자신이 이제까지 본 사람 중에서 가장 강한 사람이며 알 수 없는 신비로움을 가진 사내였다.

머리에서 스치는 사람이 한 명 있었다. 그를 뒤따라 걷는 에이미는 자신도 모르게 중얼거렸다.

"강…민혁…."

얼마 전 신문기사를 통해 보았다. 강민혁이 공식석상에서 자취를 감추었다고. 오재원 마스터는 그와 관련하여서 잠시 휴식기를 갖기 위함이라고 공표하였다.

그에 관련한 다양한 소문이 떠돌고 있었다. 강민혁 사망설, 강민혁 도망설, 더 재밌게는 강민혁 괴수 설이나, 외계인 설도 돌고 있을 정도였다.

그녀의 자신의 이름을 중얼거리는 소리를 들은 민혁은 작게 웃으며 앞으로 걸어나갔다.

두 시간 정도 지나면 이제 해가 뜰 것이었다.

❖   ❖   ❖

앤더슨은 몽롱한 정신으로 잠에서 깨어났다. 스르르 눈을 뜬 그는 눈앞에 보이는 노아를 비롯한 함께 자원 봉사를 온 남성들을 보면서 의아한 표정이었다.

"끄으응… 왜들 그러고 있는 겁니까."

아픈 머리가 취기 때문이라고 그는 여겼다. 전 날밤의 기억이 뚜렷하지 않았기 때문이었다. 노아의 눈이 매서웠다.

"앤더슨. 자네, 에이미의 몸에 손을 대려 했다는 것이 사실인가?"

"에? 그게 무…."

깜짝 놀랐던 앤더슨은 어제의 기억을 떠올려낼 수 있었다. 에이미의 가슴을 주무르고, 그녀의 하체에까지 손을 뻗었다.

그랬다가 그 빌어먹을 동양인이 앞에 다가왔고 하늘이 빙글빙글 돌았던 것이 기억의 끝이었다.

앤더슨의 얼굴이 사색이 되었다. 자신이 무슨 짓을 한 줄 알게 된 것, 그리고 노아와 다른 이들까지 알고 있었다.

"앤더슨."

노아의 눈이 차갑게 가라앉았다. 사실 그는 앤더슨이 동행하는 게 썩 내키지 않았다. 그의 아버지의 제안이 아니었다면, 그를 명단에 넣지 않았을 것이다.

그의 아버지란 작자도 참 웃긴 작자였다. 아들의 앞으로에 '자원봉사'라는 타이틀이 얼마나 중요한지 알고 그걸 활용하기 위해 그를 보낸 것이다.

그렇지만 노아에게는 명분이 생겼다.

앤더슨에게 벌을 줄 수 있는 것과 그를 절대 더 이상 자원봉사단에 참가하지 못하게 하는 것, 그리고 하버드 대학으로 돌아간 후에는 에이미를 도와서 법적인 처벌을 받게 하는 것이었다.

앤더슨이 부정하지 못하자, 남성들의 표정은 쯔쯔 혀를 차는 표정이었다.

"병신 새끼. 할 짓이 없어서 여자를. 아무리 에이미가 아름답다지만 정도는 지켜야지?"

한 남성이 얼굴을 일그러뜨리며 앤더슨을 보면서 더러운 것을 본 듯 고개를 절레절레 저었다.

"앤더슨, 우리는 일주일 후에 돌아간다. 그동안 이 안에서 나오지 마."

노아는 진심을 담아서 차갑게 한 말이었다.

"화장실이나 흡연, 특별한 용무 외에 밖으로 나오면 자네가 학교에서 제 발로 나가게 해주지."

노아의 말은 진심이었다. 애초에 앤더슨이 이 자원봉사에 참가한 이유 중 하나가 에이미 때문인 것도 그는 짐작하고 있었다.

노아가 성이 난 듯 먼저 나섰고, 다른 자원봉사자들도 이끌었다. 모두가 한 마디씩 던졌다.

"빽 믿고 설치지 마."

"앤더슨, 처음부터 마음에 안 들었어."

아무리 그가 성적이 우수하고 각성자로써 뛰어나대도 그는 사람들을 잃은 것이다. 더군다나, 조국으로 돌아가면?

눈앞이 깜깜해졌다. 앤더슨은 절망하면서 자신의 얼굴을 양 손바닥으로 감쌌다.

❖　✢　❖

노아는 자원봉사자들에게 할당해줄 식량을 받아들면서 고개를 살짝 숙여준 뒤에 대충 자리를 잡고 앉아 밥을 먹는 동양인 사내를 바라보았다.

그는 여전히 믿기지 않아 자신의 손을 내려다봤다. 자신의 손에 얼마 전까지만 하여도 콜렌의 귀가 놓여 있었다.

분명히 콜렌의 귀였고 더욱더 그 사실을 확실시해준 것은 마을의 전사들이었다. 그들은 콜렌의 양단 된 시체를 가지고 돌아왔다.

족장은 그 모습을 보고 노아에게 어찌 된 일이냐며 물었다. 노아는 쓰게 웃으며 답했다.

"기적이 일어난 것 아니겠습니까. 누군가 우릴 도운 것이지요."

동양인은 자신의 정체를 밝히는 걸 분명히 꺼려했다. 노아는 천천히 그에게 다가갔다.

"자네 덕분에 더 여기에 머물 수 있게 되었어. 진심으로 고맙네."

노아는 고개를 꾸벅 숙여 보였다. 그가 누구인지는 사실 중요하지 않았다. 더 중요한 사실은 바로 그 덕분에 이 마을에 더 머물 수 있다는 것이고 환자들을 더 돌봐줄 수 있다는 것이었다.

민혁은 작게 웃음만 띠었다. 노아는 그의 옆자리에 대충 앉았다.

"괜찮나? SS급의 괴수의 부산물이면…."

노아는 말끝을 흐렸다. 이대로 가면 저 부산물은 이곳 마을 사람들의 것이 된다. 물론 외부로 운송은 자신들이

해줄 것이다.

　외부로 놈의 시신이 운송이 되면 길드에 팔게 될 것이고 어마어마한 돈이 쥐어질 것이다. 노아는 그 돈을 이 마을에 사용할 것이었다.

　괴수 하나를 사냥했을 뿐이지만 놈은 분명히 네임드 괴수다. 아이들을 더 좋은 시설에서 치료해줄 수 있을 테고, 무리하지만 이 돈으로도 충분히 먼 곳에 위치한 강가와 이곳을 연결해 물펌프를 연결할 수 있을 지도 모른다.

　"괜찮습니다."

　그 정도의 막대한 돈이었다. 그렇지만 동양인 사내인 강민후는 태연하게 고개를 저었다.

　참된 사람이여서 그럴까, 아니면 그만큼 돈이 많아서일까.

　전자 일 수도 있고 후자일 수도 있다. 무엇이 그를 그렇게 했든 그는 강했고 정직한 사람 같았다.

　"자네를 알게 된 건 내 아프리카 여정 중 가장 큰 행운이었지 않나 싶어."

　노아의 말은 진심이었다. 민혁은 부드럽게 웃어 보였다. 그러다가 툭하고 얼굴을 때리는 무언가에 그의 시선이 하늘로 올라갔다.

　"기적이 일어나는군요."

　방금 전까지만 해도 마른하늘이었다. 정말 기적처럼 갑자기 빗방울 한 방울이 떨어졌고, 어느덧 먹구름이 몰려오고 있었다.

투툭!

투투투툭!

투투투투툭!

한 방울, 두 방울씩 떨어지기 시작한 빗방울이 어느덧 굵게 쏟아지기 시작했다. 얼마나 굵고 많은 양이냐면 시야가 가려질 정도였다.

누구도 비를 피하는 사람은 없었다. 마을의 주민들이 서둘러 밖으로 나와서 뛸 듯이 기뻐하기 시작했다.

"칼란크 전사가 재앙으로부터 마을을 지켜낸 후에 축복이 내린다."

노아는 그 말을 중얼거렸다. 어쩌면 칼란크 전사는 이 앞의 동양인 사내일 지도 몰랐다. 민혁은 어느덧 흠뻑 젖어 있었다. 그렇지만 그도 다른 주민들처럼 비를 피하지 않고 맞고 있었다.

그때에 민혁은 볼 수 있었다. 해맑게 웃는 키리쿠가 비를 맞으면서 뛰고 있었다. 앞이 보이지 않는 그녀는 결국 풀썩 넘어지고 말았다.

하지만 키리쿠는 다시 웃으면서 몸을 일으켰다. 그리고는 하늘을 향해서 입을 커다랗게 벌렸다.

그 아이의 입 안으로 물방울이 투툭투툭 들어가기 시작했다. 민망한 모습이었지만 주민들은 키리쿠의 그 모습을 따라하기 시작했다.

"나도 해볼까."

민혁은 하늘을 향해서 입을 쩌억 벌렸다. 아프리카의 깨끗한 비가 그의 입을 지나서 목구멍 뒤로 꿀떡꿀떡 넘어갔다.

"이런 기분이구나."

그는 부드럽게 웃었다.

우우우우웅!

"…깨달음."

민혁은 차크라 주머니의 주위가 진동하는 것을 느꼈다. 형성 된 두 자루의 무형검이 짙게 울고 있었다.

또 다른 깨달음이 근접했음을 암시하는 것이었다.

민혁의 시선이 다시 키리쿠에게로 돌아갔다. 그는 자신도 모르게 픽 웃고야 말았다.

에이미가 키리쿠를 양 겨드랑이에 손을 끼워 넣은 채 하늘 높이 들어 올리며 빙글빙글 몸을 돌리면서 웃고 있었다.

"키리쿠! 비야! 비가 온다고!"

"꺄르르르르!"

에이미는 진심으로 기뻐하고 있었다. 그리고 키리쿠를 향해서 웃고 있었다. 변하고자 한다면 못 변하는 사람은 없다.

어쩌면 틱틱대고 차가워 보였던 그녀의 깊은 마음 속 안은 그렇게 차갑지만은 않았을 수도 있었다.

"그래, 그렇게 웃는 거 아주 아름다워."

민혁은 처음으로 에이미라는 여성이 정말 아름답다고 생각했다. 비에 흠뻑 젖은 채 키리쿠를 하늘 높이 올린 채 크게 웃는 그녀는 무척 아름다웠다.

민혁은 앞으로 손을 뻗었다. 그의 손바닥을 비가 흠뻑 적셨다.

"우리나라만 가도 물을 펑펑 써대지. 샤워만 40분 동안 하는 사람들도 많으니까."

그들이 40분 동안 샤워를 하는 양이면, 이 아프리카에서 얼마나 많은 아이들이 목마름을 해소할 수 있을까.

자신들 같은 선진국, 그리고 아프리카에 비해서는 물이 풍부한 나라에서는 그 고마움을 모른다.

어디선가 민혁은 본 기억이 있다.

네팔이라는 나라는 세계에서 가장 가난한 빈민국 중 하나였지만 국민들의 행복지수만큼은 세계에서 손에 꼽힐 정도로 높다고.

"행복은 꼭 풍요 속에서 나오는 것은 아니지."

지이이이잉!

차크라 주머니 앞에서 빛이 만들어졌다. 곧 그것은 또 한 자루의 무형검의 형상을 구축하기 시작했다.

완전하게 모습을 드러낸 무형검. 총 세 자루.

"크지 않은 것, 작은 것에서도 얻을 것이 있다. 이런 건가?"

민혁은 흡족한 미소로 에이미와 키리쿠를 보았다. 어느덧 그녀는 키리쿠를 꽉 품에 끌어 안은 채 그의 앞으로 성큼 다가왔다.

그녀는 키리쿠를 넘겨주고는 허리춤에 양 손을 올린 채 고개를 최대한 젖혀 물을 받아 먹었다.

"시원해요! 정말 시원하다고요!"

"그래, 시원하다. 정말."

그는 에이미를 보면서 웃어줬다. 자신도 살면서 이렇듯 값진 물은 처음 마셔보았다. 정말이지 달콤했으며 시원한 물이었다.

민혁은 다시 한 번 하늘을 향해서 입을 커다랗게 벌렸다.

그는 자신의 이 행동에 우습기도 한 것인지 웃음을 흘리고 있었다. 그렇지만 민망하지는 않았다. 그저 즐거울 뿐.

10. 동행

RAID

신의 탄생

레이드

NEO MODERN FANTASY STORY

마신 엘레베르가 공간을 찢으면서 모습을 드러냈다.
자칸이 황급히 고개를 조아렸다. 그녀는 주위를 둘러봤
다.

수 천의 마족의 목숨이 사용되었으며 마물들의 숫자도
적지 않았다. 그뿐만이 아니었다. 다양한 차원의 생명체들
이 모두 재물이 되어서 받쳐졌다.

주위는 온통 피바다였다. 보기 싫은 것인지 엘레베르가
손을 한 번 휘젓는 순간 바닥을 적셨던 피는 모두 스르르
바닥으로 스며 들어 사라졌다.

[완성 되었는가?]

[예.]

자칸은 작게 웃음 지으면서 답했다. 엘레베르는 만족스러운 미소를 지으면서 한 걸음, 한 걸음 문을 향해서 걸어 갔다.

그녀가 문고리를 향해 손을 뻗는 순간이었다.

[아주아주 난폭하고 강한 놈이지요. 전 세계의 마물들, 그리고 역사상 가장 강했던 놈이기도 합니다.]

이것이 바로 자칸의 능력이었다. 과거의 존재를 회생시킨다. 엘레베르가 이죽이며 웃었다.

[계승자조차도 죽일 수 있을까?]

그녀의 질문에 자칸은 음침한 웃음을 흘렸다.

[그러지 못해도 괜찮습니다. 총 세 개의 문을 준비했으니까요.]

자칸은 계획성이 철저했다. 그의 말을 들은 엘레베르는 흡족한 미소를 지었다. 총 세 개의 문, 세 개 모두 어마어마한 존재들이 있을 것이었다.

엘레베르가 문을 열어 젖혔다. 그리고 보았다. 자신조차도 숨이 막힐 듯한 강렬한 눈동자를.

놈은 낮게 으르렁거렸다. 그렇지만 엘레베르를 공격하지는 못했다. 놈들은 소환사의 명령에 절대적인 복종을 해야만 했다.

그렇지 않다면 그들은 다시 사라질 것이었다.

[만족스럽구나.]

엘레베르는 작게 웃었다.

[빠른 시일 내에 계승자에게 보내거라.]

[예.]

자칸은 음침하게 웃었다. 그리고 그 웃음 뒤에는 또 다른 음모가 숨어 있다는 사실을 마신 엘레베르는 알지 못했다.

❖　❖　❖

삼일 동안 아프리카에서 멈추지 않고 시원한 빗줄기가 내렸다. 에이미는 찌푸둥한 몸을 기지개를 키면서 일으켰다.

어제 저녁 잠이 들 때만 하여도 비가 내리고 있었는데, 그친 것인지 빗소리가 들리지 않았다. 밖으로 나선 에이미는 뜨겁게 내리쬐는 태양과 말라가는 빗자국들을 보았다.

그러던 중 그녀는 눈이 보이지 않는 소녀. 키리쿠가 자신을 부르는 소리를 들었다.

"에이미, 에이미."

그녀의 석 자만 부르는 키리쿠를 따라서 에이미는 걸음을 옮겼다.

키리쿠는 손에 초코바 두 개를 쥔 채 자신을 부르고 있었다. 그녀는 힘껏 아이를 안았다.

"무슨 일이야, 키리쿠. 자지 않고."

그녀의 익숙한 목소리가 들리자 키리쿠는 한 손으로 어딘가를 가리켰다. 그곳은 마을의 입구 쪽이었다.

에이미의 입이 살짝 벌어졌다. 그녀는 키리쿠가 자신에게 내미는 초코바를 보았다.

무슨 일인지 짐작할 수 있었다. 자신이 보았던 동양인. 그리고 며칠 사이지만 사랑에 빠지게 만들었던 그가 돌아갔다는 뜻일 것이었다.

아쉽다. 더 이상 그를 볼 수 없다는 게. 마치 그를 만난 것은 꿈을 꾸었던 것 같았다.

바람처럼 빠르게 움직여서 SS급의 괴수를 양단 내었고 그 누구보다 사람 좋은 미소를 지어 보였던 그.

살아가면서 앞으로 그런 사람을 만날 수 있을까? 아마 없지 않을까 싶었다. 처음에는 그에게 밑 보였고 사이가 좋지 않았지만 그는 분명히 가슴 속 깊은 곳에 남을 것 같았다.

키리쿠가 초코바를 까서 그녀의 입에 밀었다. 에이미는 작게 한 입 베어 물었다.

달콤한 초콜릿과 카라멜, 아몬드가 함께 버무려져서 입 안에서 환상적인 맛을 내었다.

에이미는 키리쿠의 머리를 쓰다듬어 준 후 그녀의 이마에 입을 맞췄다.

"잘 가요."

그리고 몸을 돌렸다. 그녀는 노아의 방을 찾아갔다. 노아는 밝게 웃고 있었다.

"자네, 정말 며칠 사이지만 변했어. 그 친구 때문에."

"갔어요. 그 동양인."

에이미의 말에 노아의 눈이 크게 떠졌다가 이내 픽 웃었다. 그런 사람이라면 그런 퇴장이 어울릴 지도 모르겠다.

에이미는 갈망하고 있었다. 노아는 부드럽게 웃었다. 정말이지 그녀는 며칠 사이에 변했다.

처음 학점이나 자신의 눈에 들기 위해 이곳에 왔다는 것쯤은 짐작했다. 자신의 눈에만 들어도 괜찮은 길드에 들어갈 수 있었다.

노아 스스로 판단하기는 그렇지만 자신은 그 정도의 힘을 가진 사람이었으니까. 그리고 이번에 생각을 굳힌 것이 하나 있었다.

그 생각을 굳히게 된 계기는 그녀가 만들어 내었다. 바로 어제 저녁이었다.

'키리쿠. 이 아이의 눈 어떻게 안 될까요. 교수님?'

가망이 없지는 않아 보였다. 데리고 나가서 치료를 하고 돌아온다면 충분히 가능성이 있어 보였다. 그뿐만이 아니었다. 마을의 몇 아이들이나, 성인들의 눈도 그렇게 심하지 않은 이들이 분명히 있었다.

그에 노아는 고민했다. 그들과 함께 나간다면 다시 자신은 이들과 이 마을로 돌아와야 했다. 다른 마을을 돌 수 있는 시간이 축소되는 것일 지도 몰랐다.

그렇지만 결단을 내렸다. 이 이스랑가 부족의 마을은 손때가 많이 묻지 않았기에 더 오래 머물고 더 도와주자고.

"키리쿠의 눈은 데리고 나가서 치료한다면 충분히 완치가 가능할 걸세."

에이미의 얼굴이 활짝 펴졌다.

"콜렌의 부산물로 인해서 얻는 돈으로 왔다갔다 하는 것은 큰 무리가 없을 거야. 그런데, 자네는 이곳에 다시 올 텐가?"

그 질문에 그녀는 잠깐의 망설임도 없이 대답했다.

"네."

"왜? 돌아올 때는 정말 자원봉사에 마음이 깊은 이들만 데려올 생각이야. 굳이 괜한 걸음 하지 마."

노아는 실험하는 것이었다. 정말 돌아올 때는 많은 봉사자들이 필요치 않았다. 인원 메꾸기 식의 봉사자들보다는 진심으로 이들을 치료 하는데 전념해 줄 이들을 데려올 생각이었다.

"자네는 이미 어제 키리쿠라는 소녀의 눈에 대해서 언급한 것만으로도 나에게 좋은 인상을 남겼네, 에이미. 더 무리하지 마. 학교로 돌아가서 공부를 해야지."

"아뇨, 저는 남겠어요. 이것도 공부인 걸요."

에이미는 머리카락을 귀 뒤로 넘기면서 웃었다.

노아는 고개를 끄덕였다. 이 정도면 그녀는 시험에 합격했다고 할 수 있다.

"자네가 졸업할 때 아포칼립토 길드에 추천할 생각이네."

그 말에 에이미의 눈이 크게 떠졌다. 아포칼립토 길드는 세계적으로 이름 높은 지원계 각성자들이 모인 길드였다.

세계 삼대 길드는 균형을 이루었다. 강함 뿐만 아니라 지원, 자금력과 전술력까지 모두를 갖춘 것이 세계 삼대 길드다.

그렇지만 아포칼립토는 뛰어난 지원계 각성자들만이 모인 길드였다. 아포칼립토는 세계 삼대 길드는 아니었지만 그 이름에 결코 뒤지지 않는 어마어마한 길드였다.

그 길드에 노아가 추천을 해준다는 것은 앞으로 에이미의 인생은 파란만장해진다는 것을 의미할 것이다. 그렇지만 그녀는 고개를 저었다.

"그건 제가 생각 좀 해봐야겠는데요, 교수님?"

그녀의 장난스러운 웃음에 노아는 미간을 찌푸렸다.

"무슨 소리야, 에이미?"

"졸업 후에 교수님에게 배울 것을 더 배우고 싶거든요."

그 말에 노아의 입이 살짝 벌어졌다. 그 의미는 졸업 후에 이렇게 자원봉사를 자신을 따라서 하겠다는 뜻이었다.

물론 생각 좀 해보겠다는 의미는 힘에 부치면 못할 지도 모르는 것을 암시하는 것일 거다.

그렇지만 아포칼립토 길드의 이름 앞에서 그보다 더 자원봉사를 생각한다는 것은 대단한 것이었다.

"어떻게 자네가 이 며칠 사이에 이렇게 변했을까? 응? 하하!"

노아는 기분 좋게 호탕하게 웃어 보였다. 에이미는 그저 빙긋이 웃으며 속으로 답했다.

'그 동양인 남자가 저에게 새로운 꿈을 심어주었거든요.'

집 안에서 두 사람의 웃음소리가 퍼져나가고 있었다.

❖ ❖ ❖

민혁은 아프리카를 떠나기 전에 이곳의 사람들에게 선물을 주고 싶었다. 그 선물은 바로 이곳에 있는 괴수들을 모조리 죽이는 것이었다.

현재 아프리카의 무수히 많은 던전에 웨이브가 일어나서 괴수들이 상당수가 풀린 실정이었다. 그 때문에 죽어 나가는 사람들의 숫자는 가하급수적으로 늘어나고 있었다.

발록과의 결전의 날을 위해서 세계에서 파견 되었던 각성자들이 모두 회수됨으로써 결국 던전의 물량이 모두 차서 이런 일이 일어난 것이다.

뒤늦게 세계는 아프리카가 이러다가 사라질 지도 모른다는 판단하에 지원을 다시 하기 시작했지만, 지금은 손을 쓰기 벅찰 정도로 괴수들의 숫자가 늘어났다.

제대로 세계의 길드들이 손을 잡고 쓸지 않으면 아마도 꽤나 벅찰 것이었다.

그놈들을 자신의 손으로 죽일 생각이었다.

푸쉬이이익!

[키레에에엑!]

도마뱀이었지만 사람처럼 두 발로 걸어 다니는 리자드맨 수 십 마리를 단숨에 베어버린 민혁이다. 그는 놈들을 가볍게 베어내고는 멈추지 않고 계속해서 걸어갔다.

그는 만나는 괴수들을 족족 죽이고 있었다.

그러던 중, 그의 시선으로 멀리서 무리를 구축하고 다가오는 사람들이 보였다.

그들은 딱 보기에도 지원을 온 각성자들로 보였는데, 여덟 명 정도 되어 보였다. 그들은 민혁을 발견하고는 의아한 표정으로 다가오고 있었다.

민혁은 그들의 인상착의를 보고는 턱을 어루만졌다. 그들은 방금 전 치열했던 전투가 있었음을 알려주는 듯 입고 있는 무구나, 무기가 성치 않았으며 어떤 이는 부상을 당한 듯 싶었다.

"여기에 왜 혼자 있습니까?"

리더로 보이는 미국인 사내가 그들보다 몇 걸음 앞서 나오면서 의아한 표정으로 질문했다.

민혁은 거짓말을 잘 뱉어냈다.

"일행을 잃었거든요."

"잃었다는 의미는…."

사내는 말끝을 흐렸다. 이 적막한 땅 아프리카에서 일행을 잃었다는 것은, 잃어버렸다. 보다는 죽었다는 의미로 받아들이는 것이 더 어울리는 편이었다.

아프리카는 다른 곳보다 분명히 큰 위험들이 많았다.

"대한민국의 팀입니까?"

일본인으로 추정되는 일본도를 찬 사내가 물었다. 민혁은 고개만 끄덕였다.

"혹시 활인 인가요?"

"아뇨, 활인은 아닙니다. 아주 작은 길드죠."

민혁은 대충 둘러대었다. 그리고는 이번에는 그가 질문을 했다.

"여러분은…."

"……."

그 질문을 들은 그들의 얼굴빛이 파래졌다. 그들은 기존에는 총 오 십여 명 정도의 작은 중대 정도의 숫자였다.

그렇지만 이젠 분대원만큼의 숫자 밖에 남지 않았다.

"스콜피온 킹과 리자드맨 떼를 만났습니다. 우리만 겨우 살아 남아 지원요청을 위해 움직이고 있지요."

"저런."

민혁은 얕은 한숨을 쉬었다. 남을 위해서 지원 왔다가 죽은 자들. 그들의 죽음은 분명히 안타까운 것이었다.

그리고 민혁은 생각을 머리에서 여러 가지 했다. 이 주위의 괴수들을 쓸고 있었지만 자신이 미처 발견하지 못한 놈들도 있을 것이 사실이다.

스콜피온 킹은 생소한 괴수였다. 아무래도 아프리카의 괴수였기 때문인 듯 싶었다.

"놈은 어느정도 급입니까?"

"S+급 이상은 될 것으로 보입니다."

민혁은 턱을 어루만졌다. 그렇다면 이중 S+급의 각성자
는 없다는 것을 의미한다. 그리고 사실 지원을 나온 각성자
들은 대게 급이 어마어마하게 높은 이는 적은 편이다.

그런 자들은 당장이라도 돈 쓸어담는 시간도 부족할 테
니까.

"함께 동행 해도 될까요?"

민혁은 질문했다. 아프리카의 사람들 구조도 중요했지
만 이들이 무사히 돌아가는 것도 중요하다고 생각되었
다.

그냥 보고 지나칠 수 없는 것이 사람 목숨이니까.

그들은 자신들끼리 몇 마디 이야기를 나누었다. 답은 금
방 나왔다.

"물론입니다."

민혁은 동료들을 모두 잃었다 말했고, 그들은 상당수를
잃고 자신들만 살아 남았다고 말했다. 동병상련쯤 될 것이
다. 물론 민혁은 거짓말을 했지만.

"물 좀 드시겠습니까?"

때 아닌 동행이었지만 괜찮은 것 같았다. 리더의 사내가
수통을 흔들어 물을 확인하고는 말했다. 민혁은 싱긋 웃으
며 건네받고는 목구멍 뒤로 그 물을 들이켰다.

갈증이 어느 정도 해소되는 듯 싶었다.

민혁은 리더와 함께 걸었다. 그는 평소에 쾌활하고 리더 십이 강한 사내인 것 같았다. 나이는 서른 초반 정도로 보였는데, 그보다 나이가 많은 이들도 군말 없이 들었다.

"저희는 세계 곳곳에서 모인 난민구조 길드 '커넥터' 죠."

"꽤 이름 있는 길드의 분들이셨군요."

길드는 꼭 그 나라에 소속되어 있거나 하지는 않는다, 세계적으로 뜻이 같은 사람들이 모여서 만드는 길드도 분명히 존재했는데, 커넥터는 꽤나 이름 좀 있다 싶은 길드였다.

커넥터의 각성자들은 대게 큰 돈을 만지지 못한다, 그들은 사람들을 구조하면서 사냥한 괴수를 통해 얻은 돈을 이용해서 다시 그들을 돕는다.

하지만 그들이 아무것도 얻지 못하는 것은 아니다, 명예와 찬사를 받는다.

커넥터는 세계에서 '영웅적 길드'로 꽤나 칭송 받았다. 길드원의 수는 총 사 백 여명 정도라고 들었으며 길드의 마스터는 S+급의 각성자였다.

"전 커넥터 길드의 2중대를 이끄는 대장. 리처드라고 합니다."

"저희 길드는 워낙 규모도 작고 해서 말해도 모르실 겁니다. 강민후라고 합니다."

서로 인사를 나눴다. 뒤에서 차례대로 사람들은 자신들의 이름과 출신을 말해주었다.

지금 그들은 모두 한뜻이었다. 어서 빨리 이 살 떨리는 곳을 벗어나 자신들의 베이스 캠프로 가는 것이다.

그곳에서 지원요청을 하고 혹시라도 살아 남아있을지 모를 동료들을 구한다. 그 때문인지 그들의 걸음은 무척 빠른 편이었다.

"파견은 자주 오십니까?"

"아뇨, 처음입니다."

"다음엔 안 오실 지도 모르겠군요."

한숨 섞인 가라앉은 목소리에 민혁은 그 뜻을 알아챘다. 리처드는 민혁이 동료 모두를 잃고 혼자 살아남은 이라고 생각하고 있었으니까.

또한, 일반 사람들이 '명예'를 얻을 수 있다는 꿈을 안고 왔다가 험한 꼴을 많이 보고 더 이상 오지 않는 이들이 수두룩 할 것이다.

"생각보다는 괜찮으시군요."

리처드는 의아했지만 크게 파고들려고 하지는 않았다. 동료를 잃었다면 괜히 콕 집는 건 실례였으니까.

하지만 등 뒤에서 눈치 없는 러시아인이 틱틱대는 목소리로 말했다.

"동료를 모두 잃고 혼자 살아남은 사람 치고는 얼굴이 편안하군요."

뒤를 돌아보면 그들의 표정 모두는 다급함과 이곳에서 벗어났으면 하는 갈망함이 가득해 보였다.

민혁은 씁쓸한 표정을 지었다. 자신과 함께 했던 동료를 잃는 기분. 그건 정말이지 좆 같은 것이다.

"좀만 가면 베이스 캠프가 있습니다. 그쪽에서 저희 팀과 합류를 하시고 공항까지 가시면 됩니다. 저 친구는 오늘 친한 동료를 잃었습니다. 이해해주세요."

"이해합니다."

"이해? 이해한다면 그런 편안한 표정 짓지 못하지, 지금 내 얼굴을 보라고!"

사내는 괜한 화풀이를 민혁에게 했다. 그는 슬쩍 사내를 돌아봤다.

그의 표정에서는 여러 가지가 보였다. 자신의 나약함에 대한 자책, 좌절, 슬픔, 분노.

이해했다. 하지만 민혁은 그를 보며 말했다.

"당신이 더 강했다면 지킬 수 있었을지도 모르지요."

그것이 정답이니까.

리처드는 조금 당혹한 표정이었다.

"워워. 진정들 하시죠."

사내의 얼굴이 붉어져 당장 달려들 것 같았기 때문이다. 하지만 곧 사내의 옆에 선 여인이 뭐라 말하며 그를 제지했다.

끓었던 분위기가 한층 진정 되었다. 어느덧 천막이 쳐진 베이스 캠프가 보였다. 리처드와 일행의 발걸음이 빨라졌다.

그들이 천막으로 들어섰다. 커넥터 길드의 사람들의 얼굴이 일그러지면서 웅성거리기 시작했다.

"다른 이들은?"

"리처드, 다른 사람들은 어디 있나요?"

"로즈….'"

"빌어먹을!"

그들의 얼굴은 안타까움에 물들었다. 살아남은 여덟 명은 모두 고개를 숙이고 죄인과 같았다. 그때에 한 사내가 그들의 앞으로 걸어왔다.

"무슨 일인가, 리처드."

사내는 근육이 번지르르하게 피어 있었으며 척 보기에도 카리스마가 물씬 풍겨 나왔다. 할리우드의 근육질 배우 같은 이미지였는데, 시원하게 민 머리가 인상적이었다.

"스콜피온 킹과 리자드맨 떼를 만나서 대부분 잃었습니다. 그렇지만 아직 살아있는 이들이 있을 겁니다. 어쩌면 저희처럼 뭉쳐서 벗어날 길을 찾고 있는 일행이 있을지도 몰라요."

리처드의 이야기를 들은 사내의 표정은 진지해졌다. 그는 흘끗 여덟의 이들을 둘러보다 낯선 얼굴의 동양인을 보고 고개를 갸웃했다.

"이 자는?"

"길을 오다 만났습니다. 강민후라고 대한민국 길드에서 파견 나왔다고 합니다. 일행 모두를 잃었다고 합니다."

"그래?"

사내는 미심쩍은 표정으로 민혁을 흘어보았다. 대한민국에서 따로 팀이 파견되었다는 말은 들어본 적이 없기 때문이다.

물론 자신들의 정보통이 그렇게 확실한 것은 아니었지만.

일단 지금 중요한 건 정체 모를 동양인은 아니었다. 남은 이들을 구출하는 것이었다.

"1중대와 3중대가 팀을 형성하여서 구출 작전을 펼치도록 한다. 모두 준비하라."

민혁은 사내를 위아래로 흘어보았다. 커넥터 길드의 마스터는 S+급. 그리고 비공식으로 세상에 알려지지 않은 강자가 한 사람 있었다.

그가 바로 앞에 있는 사내인 듯 했다.

자신의 생각이 맞다면 그는 SS-급의 각성자 마이클일 것이다.

사람들이 분주히 움직이기 시작했다. 하지만 마이클만은 움직이지 않았다. 그는 민혁에게 다가왔다.

"커넥터 길드 1중대 대장 마이클이다."

그는 자연스레 하대를 했다. 나이도 자신이 열 살은 더 많아 보였고, 급도 그래 보였으니까. 민혁은 개의치 않고 받아들였다.

"대한민국에서 온 강민후라고 합니다."

"혹시 어떤 이들에게 습격을 받았나?"

그 질문에 민혁은 잠시 고민하며 자신의 턱을 어루만졌다.

자신의 정확한 정체를 밝힐 필요는 없었다. 하지만 지금 커넥터 길드는 사람을 필요로 했다. 강한 사람을.

스콜피온 킹과 리자드맨 떼가 나왔다. 그리고 2중대라면 상당한 핵심 전력이다. 그 전력이 순식간에 당해 여덟 밖에 남지 못했다. 이들 중 많은 이들이 되려 구출작전을 펼치다가 죽을지도 몰랐다.

더군다나 놈들이 무리를 짓고 다니는 경우는 흔치 않았다. 더 강한 무언가가 있을 수도 있었다.

"스콜피온 킹과 리자드맨들이었습니다."

민혁은 여기에서 '저 강합니다. 제가 모두 죽이고 구출해 오겠습니다.' 라고 말할 필요성은 느끼지 못했다.

괜히 그런 말 한다고 좋을 건 없다. 행동으로 보여주는 게 나을 것 같았다.

커넥터 길드라면 최소한 이 주위에 어떤 괴수들이 포진되어 있는지는 어느정도 꿰고 있을 것이고 가장 위험한 곳이 어딘지, 어디를 조심해야 하는지 알 것이다.

그것을 확인하고 놈들을 죽일 것이다. 그 조건으로 사람들을 구출 하는데 도와 줄 생각이었다.

"동료들을 모두 잃어 원통하기 그지없습니다. 저도 이번 구출 작전에 합류시켜 주십시오."

민혁의 말에 마이클은 의심 없이 작게 고개를 끄덕였다.
모두 전멸하고 혼자 살아남았다면 분노해서라도 그럴 만
했다.

"그러지."

마이클은 흔쾌히 수긍했다.

그리고 곧 트럭 여러 대가 앞에 나타났는데 실랑이가 있
었다.

"리처드 대장님! 안 됩니다!"

"닥쳐! 나도 함께 간다."

리처드가 트럭에 올라 있었다. 그는 많이 지친 모습이었
다. 다른 이들이 그를 만류했다. 그 지친 몸으로 어딜 가냐
는 것이었다.

그리고 문제는 더 발생했다. 2중대의 살아남은 이들이
리처드를 따라서 함께 트럭에 올랐다.

그들 중에 팔을 잘 못 쓰는 부상을 입은 자조차도 트럭에
올라서 고집을 피워대고 있었다.

"우리 2중대도 함께 간다."

마이클이 미간을 찌푸리며 트럭 앞으로 다가섰다. 리처
드는 결의에 찬 표정을 지었지만 그가 막상 오자 입술을 깨
물었다.

"리처드."

마이클의 묵직하게 내려앉은 음성에 그는 긴장했다.

"보리코 마을의 주변에 급 높은 괴수들이 서성인다고

한다. 난 그곳에 가봐야 할 것 같아. 구출팀의 지휘를 맡겨도 되겠나?"

마이클은 생각 같아선 자신이 가고 싶었지만 마을 주민들의 생사도 분명히 중요한 것이었다.

"맡겨 주십시오."

"알겠다. 참, 이 동양인. 함께 가고 싶다고 하는군."

마이클이 옆에 선 민혁을 턱짓했다. 그가 트럭 위에 올랐다.

"참을 수가 없지요?"

리처드의 씁쓸한 목소리에 민혁은 답하지는 않았다. 무엇을 참을 수 없겠는가, 동료 잃은 슬픔, 놈들에 대한 분노, 가슴에 칼을 꽂겠다는 굳은 결의.

트럭이 먼지를 일으키며 출발했다. 총 넉 대였다. 숫자는 얼핏 육십은 되어 보였다.

"아까 전에 심하게 말했던 거 미안합니다, 신경이 날카로웠어요."

아까의 러시아인이 말했다. 민혁이 트럭에 올라서는 모습을 보고 역시나 그조차도 동료 잃은 슬픔에 참을 수 없다고 여긴 것이다.

"괜찮습니다. 이해하거든요."

민혁은 쓰윽 여덟의 눈에 익은 사람들을 둘러보았다.

"바로 코앞에서 죽어간 동료, 내가 한 번만 더 잘 판단했어도 구할 수 있었을 텐데, 또 다르게는 너무 맥없이 잃었기에 나약함을 탓하게 되죠. 그리고 무기력함으로 다가와 스스로를 원망하게 됩니다. 모두 비슷하게 느낄 겁니다."

민혁은 누구보다 소중한 자들을 많이 잃어봤다. 그 말에 누구도 반문하지 않았다.

"그래서 아까 전에 말씀드렸지요."

민혁은 곧은 목소리로 말했다.

"자신이 강해지면 한 사람이라도 더 구할 수 있습니다."

"멋진 말입니다. 민후."

리처드가 작게 웃어 보였다. 지원계 각성자 한 사람이 팔을 다친 각성자를 회복 능력으로 치료하고 있었다.

트럭은 먼지 사이를 헤치면서 빠르게 내달리기 시작했다.

❖ ❖ ❖

참혹한 참상이 있었던 곳에 도착했다. 트럭 네 대가 멈춰 섰다. 이들을 지휘하게 된 리처드가 가장 앞장 섰다.

아까 전 모습을 드러냈던 스콜피온 킹과 그를 비롯한 리자드맨 떼가 홀연 듯이 자취를 감추고는 사라져 있었다.

그리고 볼 수 있었다. 갈갈이 찢겨 나간 동료들의 시체를.

"오… 로즈…"

한 남성은 녹슨 리자드맨의 검에 가슴부터 /자로 큰 상처를 남긴 채 바닥에 눈도 감지 못한 채 죽은 여인의 앞에 힘없이 무릎 꿇고 눈물을 흘렸다.

그의 애인이라는 사실을 짐작할 수 있었다.

무수히 많은 시체들을 보면서 리처드는 공허한 표정이었다.

그는 2중대를 이끄는 대장이었다. 자신을 위해서 중대원들은 길을 터주기 위해 최선을 다했다.

그리고 자신은 그 덕분에 죽지 않고 살아있을 수 있었다.

그 때문에 가슴이 답답하고 울음이 흐를 것만 같았다. 이제 막 스물 셋 이나 되었을 법한 청년도 죽었고, 당장 집에 돌아가면 가족이 반겨줄 이들도 죽었다.

하지만 리처드는 입술을 꽉 깨물고 울음을 참았다.

대장이라는 건 이런 거다. 막중한 책임이 있는 자다. 그리고 지금 그가 생각해야 할 것은 딱 하나였다.

그는 시체의 수를 눈으로 빠르게 셌다. 분명하다. 여섯에서 열 명 정도의 시체가 없었다.

두 가지 생각을 할 수 있었다. 스콜피온 킹이 뜯어 먹었거나 혹은 살아서 도망쳤거나.

리자드맨들은 애초에 사람고기를 먹지 않았다, 스콜피온 킹도 썩 배고프지 않으면 즐기지 않는 것으로 안다.

후자에 가깝다. 문제는 지금 그들이 살아 있느냐는 것.

"살아있는 자들이 있을 수 있다. 빠르게 움직여라!"

"예!"

그 명령을 듣고 모두가 고개를 끄덕였다. 그 틈 안에서 민혁은 도움을 주자고 여겼다.

그는 천천히 눈을 감았다.

그의 감각은 분명히 이들보다 훨씬 특화되어 있었다. 그들의 기척과 차크라를 쫓는다.

〈6권에서 계속〉